“我是你的国王老爹。”

他赠她好运，赠她爱意与庇护，
赠她一往无前的勇气。

//

“很多人喜欢夏天，每一年的夏天，他们都喜欢，对于他们来说，太阳一样炽热，风一样吹就行。但是我不一样，我只喜欢那一年的夏天，过去就是过去了，所以，我没办法喜欢上另一个夏天。”

“我得承认，我希望婚姻可以牵绊住你，让你留在我身边。”

——我卑劣地想剥夺你的部分自由。

“认识你真好啊，李至诚。”

——无数个难过或快乐、倒霉或幸运的瞬间，我都感叹，幸好还有你。

你让悲伤失去效力，让幸福无限放大。

彩页绘制：我是俊鹏　涂星视觉

魅丽文化 花火工作室

夏至玫瑰

猪蝶/著

百花洲文艺出版社
BAIHUAZHOU LITERATURE AND ART PRESS

图书在版编目（CIP）数据

夏至玫瑰 / 猪蝶著. — 南昌 : 百花洲文艺出版社，2022.7

ISBN 978-7-5500-4713-6

Ⅰ. ①夏… Ⅱ. ①猪… Ⅲ. ①言情小说—中国—当代 Ⅳ. ① I247.5

中国版本图书馆 CIP 数据核字 (2022) 第 075353 号

夏至玫瑰

XIAZHI MEIGUI

猪蝶 著

出 版 人	章华荣
出版统筹	曾英姿
责任编辑	蔡央扬
选题策划	丐小亥
特约编辑	八 柚
装帧设计	苏 茶
封面绘制	HENG-YUE
内页设计	曹文琦
出版发行	百花洲文艺出版社
社 址	南昌市红谷滩区世贸路 898 号博能中心 A 座 20 楼
邮 编	330038
经 销	全国新华书店
印 刷	湖南天闻新华印务有限公司
开 本	880mm×1230mm 1/32 印张 9.75
版 次	2022 年 7 月第 1 版第 1 次印刷
字 数	236 千字
书 号	ISBN 978-7-5500-4713-6
定 价	46.80 元

赣版权登字 05-2022-80

网址 http：//www.bhzwy.com

目录

CONTENTS

楔　子

四月，人间春意正盛，和风抚过郁金香，窗外鸟鸣啁啾，楼下的猫叫声尖细。暖阳下，整个世界像蒙上了一层柔焦滤镜。

这是李至诚最讨厌的季节，天气暖和，人就容易犯懒，本来就懒惰的人，到了春天，整个人更是困乏无力。

一上午，他回了四封邮件，咖啡喝得舌尖发苦，便让秘书送了一杯牛奶进来。长时间的阅读使得眼睛酸涩难耐，李至诚张嘴打了个哈欠，发现竟然还没到午休时间。

自己做老板的最大好处就是偷懒没有负罪感，开小差开得心安理得。他登录自家开发的游戏，签到领取了今日礼包，欣赏完“女儿”的美貌，看余额不多，又往里头充了三百块人民币。

其实只要他开口，马上就能要来一个满级账号，但李至诚坚持认为，从玩家的角度体验游戏，才更容易发现问题。

敲门声响起的时候，李至诚放下了搭在办公桌上的两条长腿，清清嗓子，正襟危坐，像煞有介事地端起手边的杯子浅抿一口。

运营总监方宇拿着文件走了进来，做着日常的工作汇报，李至诚专心地听着，钢笔在指间随意地打转。

手机提示音响起，他分神瞥了一眼，正要收回目光，却倏地僵住了。

“先暂停一下。”他难得不礼貌了一回。

方宇合上文件，很有眼力见儿地说：“其实也没什么重要的事情，你要是忙，我就先走了。”

李至诚轻轻颔首，道：“行，日本那边要是确认好了，就签吧。”

等办公室的门重新被关上，他才拿起手机，确认自己刚才是否看错了。

发来消息的是李至诚大学时候的学弟，叫张远志，硕士研究生毕业后，他进了海城的J大当老师，现在已经是助理教授了。张远志和李至诚的关系不错，这些年来，两人也一直保持着联系。

张远志："哥，周以联系我了，问我们大学招聘的事，她要回国了？"

李至诚读完屏幕上的文字，在键盘上打下"关我屁事"，在发出前又犹豫了，全部删掉后，改为"我不知道"。

寥寥几个字，搅乱了一池静水。

李至诚仰靠在办公椅上，望向落地窗外的街景。外面阳光明媚，春花灿烂，他却体会不到半点儿美好，只觉得心烦。

"喂，云岘，我新发现了一家小酒馆，晚上一起去呗。"他联系了好友，企图找个发泄口。

电话那头的人语气温和地拒绝道："我今晚得在店里帮忙，改天吧。"

李至诚"嘁"了一声："你不陪我，我自己去。"

剩余的牛奶被他一饮而尽，李至诚擦了一下嘴，系上西装扣子，推开办公室的门，看着格子间里的员工们正埋头工作，他的心情终于好了一些。

因为不想给人打工，所以他辞职开了自己的工作室，这会儿，看着一群人勤勤恳恳地为自己打工，李至诚感受到了满足。

"贝妍，我出去一趟。"

秘书轻声回道："好的，老板。"

车钥匙在食指上转着圈，这种无意识的小动作，李至诚有很多，他的手里总要有件东西可以玩，为此，上学的时候他没少挨老师的批评。

让他乖乖的也不是不可能，有一次上了摩天轮，他坐在周以身边，一动不动，掌心全是汗，紧张得不敢看她，她以为他是恐高，便自然而然地牵住了他的手。

触感陌生，体温却逐渐趋同，李至诚人在摩天轮上，心却坐了趟过山车，原本打算说的话也忘光了。

当时他已经老大不小了，现在想起来可真丢人，他居然会有如此纯情的时候。

钥匙被摁回卡槽，李至诚觉得有点热，扯了扯衣领。云岘的咖啡馆就开在他的公司楼下，李至诚进去顺走了一杯冰柠檬茶。

拉开车门上了车，李至诚坐到驾驶座上，启动了车子，却不知道方向盘该往哪边打。他只是单纯地想逃个班，但又没想好要去哪儿。

将热点新闻浏览完，他的杯子里只剩了一大片柠檬，李至诚降下车窗，捏着塑料杯做了一个投掷运动，一道抛物线划过低空，塑料杯精准地落入了垃圾桶。李至诚在心里给自己判了个好球。

“你们男生对篮球就这么执着吗？幼不幼稚啊？”

耳边突然响起一道熟悉的声音，李至诚扯起嘴角，屈指握拳，捶了捶额头：今天真是见鬼了，能别想她了吗？

他暗骂了自己一句，打着方向盘驶出科技园。

分手后，有的人老死不相往来，有的人勉强能做朋友。

李至诚和周以却哪种都不是，他们偶尔会在社交软件上聊天，说些无关痛痒的话，又会在很长的时间里彼此沉默，互不打扰。

两个星期前，他们刚刚聊过一次，聊天气，聊饮食，聊中国与英国的文化冲突，甚至是娱乐八卦，唯独不聊感情。

整整六年没见，说起来，他们也应该放下了，至少是可以放下了。

也不知道是谁还把一缕细线紧紧地攥在手里，自欺欺人地认为，再坚持一会儿，也许就会峰回路转。

李至诚在篮球馆打了一下午的篮球，运动让血液沸腾，汗水淋漓而下，所有杂乱的情绪也被悄悄化解了。

这样的过程很爽，不用顾及剧烈的心跳是因为什么，脑子里也没有任何杂念。

冲完澡，换完衣服，吹着微风，李至诚身心舒畅地喟叹了一声。

他在微信群里随意地翻了翻，发现简牧岩正在撺掇人晚上去泡吧。简牧岩是兄弟里最阔绰的，他组局基本是他请客。

人生不如意之事十之八九，能靠喝酒解决，就绝不自己硬撑。李至诚想了想，回了简牧岩一句“地址给我，我也去”。

酒吧安静地伫立在街头，推开大门，里面却是一个截然不同的世界。

这里吵闹、昏暗，青蓝色的灯光缭乱，音乐声震耳欲聋，短暂的肆意与堕落救人于世俗的苦闷。

卡座里坐了四五个男人，李至诚挨个打了招呼，最后在简牧岩的身旁坐下。

穿着白色T恤和黑色抓痕牛仔裤的年轻男人举起酒杯，朝他晃了晃，寒暄道：“好久没见你了啊，李少爷。”

“忙着赚钱。”李至诚笑着回了一句，从桌上抓了两根薯条。他一天没吃东西，这会儿觉得饿了。

简牧岩却不打算放过他，他把盛着薯条的餐盘取走，塞了一杯威士忌到李至诚手里，问：“自己当老板的感觉怎么样？”

玻璃杯碰撞后，李至诚举杯饮尽了酒，道：“就那样呗。还有吃的没？我饿死了。”

“晚上吃那么多干吗？”虽然嘴上这么说，但简牧岩还是让服务生加了餐。

牛肉面冒着热气，厨师还给煮了个蛋，李至诚拿起筷子，第一口还未送到嘴里，口袋里的手机就振动个不停。

张远志一连发了好几条消息，李至诚快速地浏览完，心一下沉入了水底。

四周嘈杂，他觉得烦闷，借口去上厕所，从卡座里逃了出去。

他懒得一句一句地回张远志，在无人的拐角处拨了个语音电话过去，接通后，他劈头盖脸地问道："喂，你什么意思？"

张远志被他吼得有些蒙："就是字面意思啊，哥，你看不懂吗？"

他发给李至诚的是一段聊天内容的截图——

张远志："我们学校的外语学院今年可能有点儿难进，要不，你去问问其他学校？北都那边问过了吗？"

周以："我就是想来海城，谢谢啊，麻烦你了。"

"哥，我敢打赌，她肯定是为了你才回来的。"张远志肯定地道。

李至诚冷哼了一声，并不认同："你从哪里得出的结论？我又不在海城。"

"但是离得近啊！"张远志继续论证自己的观点，"你想想，她一个庆城人，在北都上的大学，回国后偏偏来海城发展，为什么？这个地方就是'美食荒漠'，物价还贵，有什么值得来的？"

李至诚捏了捏太阳穴，不想听他再废话下去："你帮忙想想办法吧，这都办不到，你在海城是怎么混的？"

张远志"啧"了一声，道："我顶多帮她争取到面试机会，听说今年的应聘者里有个耶鲁毕业的，法语水平也挺高，他们外语学院和 F 大抢着要呢。"

外套的拉链被李至诚一上一下地反复拨动着，身后的噪声巨大，像要将人吞噬。

沉默了半晌，他低声道："让她去试试，她可以的。"

张远志应了。

挂断电话后，李至诚去水池边洗了个手，回到卡座时，简牧岩对他笑得意味深长。

"你这是什么表情？"李至诚被他看得心里发毛，拢了拢外套，拿起酒杯。

简牧岩凑过来，说："看你去了这么久，以为你是有艳遇了。"

"没有。"李至诚摇了摇头。

简牧岩没再多说什么，刚刚就是调侃一句，他知道，李至诚独来独往惯了。

旁边有人顺着话题问李至诚："至诚，你家里人不催你结婚吗？"

李至诚回答道："不催，催了我也不听。"

那人羡慕地道："你爹妈真好，我从大年初一开始就被安排相亲，一直到今天。"

其他几个兄弟也加入了话题，李至诚退到一边安静地喝酒，听到有意思的话，他也跟着笑两声。

他倒也不是没见过相亲对象，两三年前，他妈就以各种手段让他和那些姑娘见面了。

在为人处世方面，李至诚一向无可挑剔，得体地与对方吃完一顿饭之后，父母来询问他感觉如何，他统统应付一句"还行，再相处看看"，实际上再无下文。

心里装了人，别人再好都看不进眼里。

后来，他和家里坦白了，父母便不催了，不过会时不时地问他"和那个女孩子怎么样了"，李至诚又用一句"她在国外上学，回来了再说"糊弄过去。

现在，周以归国在即，这一天，他等了许久，真的等到了，他却感到十分慌乱。

有个词用在这里可能不妥，但他就是突然想到了，那就是"近乡情怯"。他现在就像站在村口的游子，想看看家里是否安好，又害怕可能发生的一切改变。

玻璃杯刚空就被倒满了，李至诚喝得心不在焉，没数到底喝了多少杯。

经过一晚上的放纵，喝到最后，他意识全无，醉意混杂着剧烈的疼痛，他依稀记得自己跌跌撞撞地找手机，要打电话，至于有没有拨出去，又说了什么，他毫无印象。

醒来时，他睁眼见到的是一片刺目的白。

稍稍适应了光亮后，李至诚环顾了一圈，发现自己所在的地方不是熟悉的房间，吓得一激灵。

“醒了？”云岘拎着保温杯走到床边，在椅子上坐下。

李至诚撇开视线，思考如何给自己留面子。

云岘没给他机会，替他倒了杯水放在床头柜上，说：“我去给你买饭，有什么事就喊医生。”

李至诚巴不得他赶紧走。

李至诚的胃里还是难受，喉咙也发干，只好小口地啜饮着温水，而后，他摸到手机，打开前置摄像头看了自己一眼——面色苍白，眼下乌青，一副要死不活的样子。

裹入被中后，他只露出发顶——嫌自己丢人。

云岘很快就回来了，他摆好餐桌，拆开餐具递到李至诚的手中。

李至诚一天没进食，越吃越没味道，忍不住发起少爷脾气：“我嘴里发苦，你还给我喝白粥，就不能放多点儿料吗？”

云岘冷淡地扫了他一眼，道：“现在觉得难受，那你昨晚倒是别喝酒啊。”

李至诚又缩回被窝里，单方面地结束了这个话题。

“周以是不是要回来了？”云岘突然问。

李至诚蒙了一下，拉下被子，露出脸，反问他：“怎么连你都知道了？”

云岘说：“她发了朋友圈，我看是准备回来了。”

李至诚又默默地缩了回去，隔着被子问："那你觉得，她会去哪儿？"

云岘随口说："北都？反正以她的学历，不用愁找不到工作。"

聊着聊着，话题又转到了李至诚的身上，云岘一边收拾餐盒，一边数落他。李至诚听得烦了，以家里的猫没人喂为由赶他走。

走到门口，云岘又折返回来，举起手机对李至诚说："来，笑一个。"

"咔嚓"一声，李至诚毫无防备地就被拍下了"黑照"。

奈何虚弱的病号无力反抗，他只能眼睁睁地看着云岘得逞似的笑起来。

护士来给李至诚输液，他单手玩了会儿游戏，觉得无聊，又打开了微信。

在朋友圈动态一栏，李至诚看到了云岘的头像，他起了兴致，点开却一眼看见穿着病号服、眼神幽怨的自己。

这家伙，居然立马发了朋友圈，配的文案还是"纪念李至诚的青春复兴"。

李至诚气得胸膛剧烈起伏。

他不是人吗？他不要脸吗？

没多久，他又看见周以在底下评论了一句"让医生治治他的'中二病'"。

罪魁祸首还好意思笑话他？李至诚恼怒至极，打开云岘的聊天框，泄愤般用表情包刷屏。

因为操作过于繁忙，图片旁全是鲜红的叹号，李至诚终于停了下来，打字问："她是什么意思？"

云岘毫不委婉地回复："说你幼稚。"

李至诚气不打一处来："我幼稚？她怎么不去治治公主病？全

天下就她最懂事，是吗？！”

过了几秒，云岘才回复：“人家有公主病？有也是你宠出来的。”

李至诚：“……”

病房里的窗帘没有拉上，外头夜色深重，万家灯火闪烁。

李至诚重新打开朋友圈，点开了周以的头像，她的主页早就被他看了无数遍，他又点进了她的聊天框。

某一刻，他想冲动地问问她：全国有那么多城市，你为什么非得来海城？

他还想问问她：我现在好像可以理解你了，你呢？

第一章

伦敦有没有下雨

八月盛夏，叶子被阳光照得发亮，满世界蝉鸣不休，葡萄枝缠绕着生长，炎热与潮闷中万物生机勃勃。

刚下了一场大雨，太阳不似往日那般毒辣，空气却更加潮湿，风一吹，犹如海水灌入。

周以蹲在拉杆箱旁，从包里找出一片湿巾，打开后叠在额头上。

她讨厌湿漉漉的夏天。

离通话结束已经过去了二十分钟，果然，“快了”“马上到”这种话没一句能信。

就在周以犹豫要不要去对面的超市买根冰棍解解暑，以防自己到学校后的第一站是医务室的时候，她终于看见一个身材丰满又娇小的女人朝自己热情地挥了挥手。女人打着遮阳伞，穿着牛仔短裤和吊带衫，用鲨鱼夹随意地盘起了长发。

“周老师！”女人的声音甜甜的，尾音上扬，犹如一杯冰凉解渴的白桃沙冰。

所有的抱怨悄然退散，周以扬起一抹真心的笑容，道：“覃老师。”

覃松走得越近，头就仰得越高，走到周以身边后，她开口便道：“哇，你好高！”

周以笑了笑，自然地接过了她手里的伞，道：“我来撑吧。”

覃松帮她拿了较小的那个行李箱，挠挠头，不好意思地说：“你等很久了吗？抱歉抱歉，我刚刚在上厕所。”

周以垂眸看了她一眼，她的皮肤清透无瑕，睫毛浓密纤长，脸颊粉嫩，颧骨处有些高光，嘴唇是晶莹的淡红色。

周以想，她一边上厕所一边化了全妆？

从南门往里走就是教工宿舍，覃松是周以的新室友，外语学院日语系的老师，今年三十一岁，拥有一张娃娃脸，混在大学生里毫无违和感。

“哎，周老师，之前几个月你一直没能回来？”覃松问周以。

周以点点头：“上半年我就线上面试过，但是没通过，这次是有个老师去读博了，正好少了个教文学的。”

因为疫情，她一直被困在英国。

被焦虑和迷茫包围的四个月，如今只用一句话就能揭过。

周以一边拎着行李箱往前走，一边感叹：“是我幸运。”

覃松念叨着“嘿咻”给自己打气，抽空回她：“明明是你优秀！”

好在宿舍楼里有电梯，两人都重重地喘了一口气，背上洇出了一片汗。

“冰箱里有冰激凌。”覃松气喘吁吁地说，“走，咱回去吃。”

覃松打开门，冷气扑面而来，周以闭上眼感叹：“爽。”

覃松拿纸巾擦了擦汗，妆容依然十分完美。

教工宿舍的条件不错，两人一间，还有个小客厅，不知道是不是因为新室友的到来，房间似乎被收拾过，整间屋子干净又整洁。

覃松从冰箱里拿出两盒冰激凌，递给周以一盒：“中午点外卖吗？”

“行。”周以打开盖子，是巧克力味的冰激凌。

覃松打开外卖软件，选中了一家店，问周以：“咖喱饭行吗？”

没听到她的回答，覃松抬起头，就看见周以正举着手机对着冰激凌拍照，旁若无人，十分认真。

“周以？”覃松提高声音。

“啊？怎么了？”

“中午吃咖喱饭行吗？”

“行。”

一整个上午，周以都在收拾行李，而后又把床铺铺好，进浴室冲了个澡。

下周学校就要开学，老师们都已经回校了。覃松过会儿要去系里开会，问周以有什么安排。

周以擦着头发回答："我有个兼职，下午要出门。"

覃松没细问，以为就是翻译之类的活。

"那你晚上还回来吃饭吗？"

周以摇摇头，道："不知道什么时候结束。"

覃松把钥匙递给她，道："那行，钥匙你拿好。"

吃过午饭，覃松打了个哈欠，准备回房间睡觉。周以还在倒时差，便泡了一杯咖啡提神。

等听到覃松关上了门，她才从包里拿出剧本，翻开后仔细阅读起来，为下午的课做准备。

给乐翡做私人英语老师也是她走运。

乐翡是个人气不错的九五后女明星，两年前，她因为和原经纪公司的解约纠纷淡出了娱乐圈，去美国学习表演。在此期间，她给自己争取到了一部电影里的亚裔女黑客的角色，电影的背景设定需要她说英式口音的英语，导演又要求必须使用原声，乐翡的经纪人就给她请了一位私人老师。

与其说是兼职，不如说，这是周以给自己安排的一条后路。如果面试再失败，她总还有理由暂时留在海城。

女黑客的台词不多，但一开口，便是成串的专业术语。

trackball？周以在这个单词下画了条横线，在心里琢磨起来：跟踪球？干什么用的？

她挠挠头发，感觉自己回到了大学时期，那时候，她无聊时会翻看李至诚的教科书，那上面都是密密麻麻的陌生名词，看得她头昏眼花。

表演时的对话和日常时的交谈不同，每一句话的逻辑重音在哪里，哪里该停顿，哪个音可以说得不那么清楚，周以都得分析出来，从而更好地矫正乐翡的发音，让她的口语听上去更地道。

只是，周以对计算机实在不了解，放弃了自己琢磨，她用手机对着剧本拍了一张照片，截出了那段对话，虚心地求助计算机系的某位高才生。

周以："帮我看看，这几个单词是什么意思？"

李至诚回了三个令人摸不着头脑的问号。

周以也回了一样的过去。

李至诚："找不到工作也不用去做间谍吧？"

周以对着手机屏幕翻了个白眼。

这段对话涉及国际情报的窃取，发生在女黑客初次登场时。

周以："谁要去做间谍了，这是剧本！"

周以："问你什么叫 trackball，什么叫 cluster。"

对面没有了动静。

周以以为李至诚正在认真地思考怎么回答这个问题，便放下手机，继续看剧本。

过了半晌，李至诚终于回了消息。

一个字都没有，只有一张表情包，是百度的搜索页面截图，上面明晃晃地写着"第一步：在这里输入你的问题；第二步：点击'百度一下'"。

在心里骂了李至诚一句后，周以打字回复他："谢谢学长，太实用啦。"后面附带着"玫瑰花"表情。

李至诚："不用谢哦，学妹。"后面附带着"亲亲"表情。

周以咬牙，挥了挥拳头，低骂了一句："狗男人。"

哼，她又不是只认识他一个学计算机的。周以翻着通讯录，找到备注为"云岘"的联系人，把同样的问题发送了过去。这一次，她得到的是对方有耐心又直接的解答。

云岘："clus是簇，数据存储在硬盘里是以簇为单位的，它是最小和最基本的单位，你也可以理解为'一群'。cluster就是集群，集群解释起来比较复杂，你只需要明白它是一种通信系统，可以共享资源。trackball，我看了一下，在这里指的是轨迹球鼠标，它比一般的鼠标定位更精准，而且可以减少手腕的疲劳感，从事设计工作的人会用到这种鼠标。"

周以捧着手机，感叹了一句人与人之间的差距真大，万分感激地敲字回复："谢谢学长，我明白了！"

云岘回复的却是："不用谢我，这是李至诚刚刚拿我的手机打的字。"

周以像喝到了一口柠檬气泡水一样，忍不住吸了吸鼻子。她换了个姿势，抱着膝盖，蜷缩成一团，回复云岘："他在你旁边吗？"

云岘："嗯，他正捧着冰激凌，边吃边猜你找了一份什么工作。"

周以："他猜是什么？"

云岘："他说，你是不是在国外被星探发现，要去拍戏了。"

周以"扑哧"一声笑了："他是不是脑子有问题？"

云岘："你才知道？"

云岘："他现在在叹气，担心你以后不回来了。"

周以抿着嘴笑："让他省省吧。"

上次，她大张旗鼓地发朋友圈说自己即将回国，结果工作没着落，再加上疫情严重，她又灰溜溜地在英国待了小半年。

这次，她选择保密，等一切尘埃落定后再告诉大家。

她的书桌正对着窗户，外头是一株翠绿的参天大树，透过枝叶间的罅隙，隐约能看见淡蓝的天空。

周以伸了个懒腰。虽然她不喜欢夏天，但她喜欢灿烂的阳光，伦敦常年都是雾蒙蒙的阴天，太让人憋屈了。

看时间差不多了，她起身收拾东西，准备出门。

周以个子高挑，四肢纤细，她换上了一件黑色吊带长裙，外头套了一件白衬衫，干净利落。周以很少穿高跟鞋，五颜六色的帆布鞋摆满了鞋柜，她选了一双酒红色的帆布鞋换上，把头发扎成了高高的丸子头。

出门前，周以照了一下镜子，觉得脖子上有点儿空，她又回到卧室，在首饰盒里随手拿了一条项链。

坐上出租车后，她打算给自己戴上项链，这才发现那条项链的吊坠是枚硬币。

大部分人信奉的是科学唯物主义，却又坚定不移地相信，与自己的幸运数字和幸运颜色相关的物品能带来好运。

这枚硬币是李至诚送给她的幸运物，背面的图案是皇冠与玫瑰花，他重新打磨抛光过，改成了项链。

他第一次把它戴在周以的脖子上时，信誓旦旦地保证："我是会魔法的，现在，我给了你加持，你只管往前冲。"

那时惴惴不安的周以终于镇定了下来，她笑眯眯地问李至诚："所以，你是我的仙女教母吗？"

李至诚弹了一下她的额头，纠正道："我是你的国王老爹。"

周以笑得更欢了。

她的王子总是不着调，骄傲、张狂，但又真的无所不能。他赠她好运，赠她爱意与庇护，赠她一往无前的勇气。

周以摸了摸硬币，小心翼翼地把它放在胸前。

车厢内的冷气开得很足，窗外的街景一闪而过，她看见一张张熟悉的同胞面孔，看见锦簇的绣球花，看见鳞次栉比的高楼大厦，看见吃甜筒的小女孩和抱着篮球的男生。

这个季节的海城朝气蓬勃，热闹而绚烂。

五星级酒店的顶级套房里用的香薰都比寻常的高档，空气里飘着柑橘绿茶味，门口整齐地摆放着七八双女鞋，都是周以只在时尚杂志上见过的牌子，矮柜上放着女明星出门必备的三件套——墨镜、口罩和棒球帽。

周以放轻脚步，穿过玄关，快速地扫了整间屋子一眼。北欧极简风格，深灰色壁纸和米色沙发，墙上挂着印象派画家的画，客厅放着两排衣架，窗边竟然还有一台跑步机。

“老师，你先坐，我去叫乐翡。”

周以应了一声，拘谨地在沙发上坐下。

没多久，一个年轻女人从卧室里走出来，她的脸上简单地上过底妆，头发没做造型，随意地披散在肩上，穿着一件长及膝盖的白衬衫。

周以盯得眼睛都直了，偷偷地咽了咽口水。

这是周以第一次见到活的明星，乐翡清冷的气质和纤细而骨感的身材让她自带了一股仙气，往那儿一站，像在拍杂志内页。“美人在骨不在皮”这句话真的没错。

“是周老师吧？”乐翡朝周以微笑了一下，伸出右手。

周以上前半步，握了握她的手：“你好。”

乐翡又问：“喝什么？”

周以说：“咖啡就好。”

乐翡让助理去准备后，又补充了一句：“再买两块蛋糕。”

来的路上，周以还有些担心，但真正开始教学后，她发现乐翡是个让人省心的好学生——不明白的地方，她都会虚心请教，对台词时入戏很快，被周以抓着一个元音的读法反复地练习，也没有表现出不耐烦，落落大方地重新念。

“‘r’的发音不需要那么清楚。”周以念了一个单词，“像这样，发音到‘e’就行。”

乐翡跟着念，但语言已成习惯，每一遍的结尾，她都会不自觉地发出“r”的音，如果太注意这件事，发音又会显得不自然。

看乐翡有些急了，周以温和地笑了笑，安慰她：“慢慢来，不着急。”

下午五点时，两个小时的课程结束了，周以收拾着桌上的文件，说：“那今天就先到这儿，你好好休息。”

乐翡摘下眼镜，伸了个懒腰，活动了下筋骨，道：“周老师辛苦了。”

周以摇摇头，道：“不辛苦、不辛苦。”

两人走到外厅时，发现乐翡的经纪人林舞正坐在沙发上。

乐翡喊：“姐。”

周以也喊：“学姐。”

林舞收起手机，舒展开紧皱的眉头，缓声问：“结束了？”

周以看她们有工作上的事要谈，便赶紧告辞：“嗯，乐翡的进步很大。我先走了啊，学校里还有事。”

“那就行，你教她，我肯定放心。”林舞笑了笑，偏过身子让助理送周以。

走出酒店大门，周以松了一口气，给自己捏了捏脖子和肩背，准备打车回学校。

从七月初接到系主任问她还有没有意向来任教的电话，到准备入职、申请开课、交接工作，走完各种审批程序，再到回国，又自行隔离了两周，还得抽空研读乐翡的剧本，这段时间，周以忙得够呛，每天熬夜到凌晨三四点，时差根本没倒过来。

明天，她就要去院里报到了，这个学期开的课有两门，一门是针对学院大一新生的视听说课，另一门是面向全校学生的选修课，讲英国电影和小说鉴赏。

文学是她的研究方向，教务系统也已经开放了选课，周以前两天登录上去看了一下，校选修课有四十个名额，到现在只有十一个人报名。

从大一开始，她就选好了以后要走的路，这么多年来，她一点儿一点儿地往前走，到明天，她就正式成为一名大学讲师了。

不管怎么样，这都是个好的开始。

傍晚时分，太阳西斜，将天边的云霞映成橘粉色，马路上川流不息，绣球花在风中摇曳。

望着黄昏的街景，一股幸福感从心底冒出来。周以的“中二病”发作，非常想像日剧里的女主角那样，仰头望着天空，双手放在嘴边，长长地叫一声“啊——”。

——我回来咯！

——我终于把很多年前的遗憾弥补上了。

周以回到宿舍时，覃松已经回来了。

周以把在路上买的蛋黄酥分给了覃松一些。

覃松似乎是在和男朋友视频通话，一天过去，她脸上的妆容依旧完美。

“老公，我跟你讲哦。”覃松一边啃着蛋黄酥，一边忍不住咯咯地笑，“安桑今天问我们他有什么变化，我那句‘您的头发又少了’都到嘴边了，没想到他说他最近在健身。天哪，我怀疑他说的健身和我理解的不一样。”

周以倒了一杯水，倚在餐桌边听小两口闲聊，嘴角忍不住上扬。

见覃松依依不舍地挂了电话，周以问她：“你和你的男朋友现在是异地恋吗？”

覃松噘了噘嘴：“岂止是异地，还是异国呢，他是学生物科技的，在国外进修。”

“哦，还有，”覃松笑着朝她眨了一下眼睛，“不是男朋友，是老公，我俩在读硕士研究生的时候就结婚了。”

周以放下杯子，惊讶地道：“那你还住教工宿舍？”

覃松答道：“我们在羊城买了房，我是调职过来的，明年就回Z大了。”

周以看着她，眼里的羡慕藏都藏不住。买房或结婚，对现在的周以来说都很遥远。

“你呢？”覃松拿胳膊肘拱了拱周以，“你有男朋友了没？咱院里不说，学校里还是有好几个优质的单身男老师的。”

周以弯唇笑了笑，回绝道：“不用，我有可发展对象了。”

“哦，预备上岗？”

“准确地说，是停职复工。”

覃松了然地点点头，拿起杯子和她碰了碰：“祝你开业大吉。”

夏天白昼长，到了晚上七点才有夜幕降临的迹象，周以把晾在阳台上的被子收进了屋子。

翻看朋友圈时，她看到了张远志的名字，才想起自己还欠他一顿饭，便打开和他的聊天框发出了邀请。

大学时，张远志和她是同一届的，两人是在跆拳道社认识的。他是李至诚的同系学弟，不过专业不同，他学的是网络安全，现在也在J大任教。

面试的事，张远志帮了不少忙，周以想趁着还没开学把人情还了。

对方很快就回复：“好啊，那周六晚上？”

周以回了个“好”的表情：“你选地方吧，我也不知道哪家好吃。”

张远志回复：“没问题。”

退出聊天框后，周以看了眼置顶的联系人，点进了对话框。

她刚准备打字，母亲的语音通话就打了过来：“喂，小以。”

周以应道：“妈。”

“在学校了吧？”

“嗯，我刚打算去洗澡。”

电话那头安静了几秒。

这么多年，母女俩都以电话联系，但除去日常的问候，两人还是找不到其他话题。

周以先找了一个话题：“小姑怎么样了？”

“就那样，前两天我去看她，她的精神已经好一些了。”

“嗯。”

“那个，”电话里，母亲生涩地开口，“你哥周末要回来。”

周以抓着被套的花边，“哦”了一声，故意说：“那家里又得大摆宴席了吧？这次，奶奶是要杀猪还是杀鸡啊？”

母亲无奈地笑了笑：“你这孩子，你要是回来，她也会给你做好吃的。”

周以撇了撇嘴：“我不在乎这些。”

母亲叹了一口气，埋怨道：“现在疫情严重，我也不好催你，过段时间，你找个机会回家一趟，听到没？哪儿有人回国了连家都不回的。”

周以回道：“知道了。”

电话那头，周建军正粗声粗气地喊母亲去烧水，看样子又喝多了。

周以忍不住皱紧了眉头，下一秒，她就听见母亲说：“妈妈挂了啊，你早点儿休息。”

“喂，妈。”周以叫住她，道，“你不是想来海城看看吗？要不，我把你接过来玩两天？”

“不用啦，乖乖。”母亲的声音柔软而亲昵，“你好好照顾自己。”

挂了电话，周以坐在床边抱住膝盖，蜷缩成一团，眼泪蓄在眼眶里，整个人被突如其来的酸涩感淹没。

覃松在外头喊：“周以，我洗完啦，你去洗吧。”

周以吸了吸鼻子，哑着声音回道：“好的。”

手机屏幕突然亮了，周以拿起来看了一眼。

她有时怀疑李至诚在她身上装了雷达，只要她的心情指数低于及格值，他就会像《鬼怪》里吹灭蜡烛就会出现的大叔一样，从天而降。

只是，他的出场方式总是奇奇怪怪。

笨蛋李至诚：“打游戏？《绝地求生》。”

周以高冷地回复：“不玩。”

笨蛋李至诚：“那你想玩什么，《糖豆人》？第一关能过吗？”

周以回了一个“挥拳”的表情包，却不自觉地破涕为笑。

笨蛋李至诚：“来呗，伦敦正是下午，你一个无业游民，不打游戏，简直是虚度光阴啊。”

周以回了一个省略号，接着气势汹汹地打字：“谁说我虚度光阴？老娘忙着和金发碧眼的大帅哥约会！”

对面沉默了，好一会儿才回了一句：“怎么约啊？”

周以开始胡编乱造：“在特拉法尔加广场喂鸽子，到圣保罗大教堂宣个誓，再去伦敦眼上俯瞰全城的夜景，浪漫吧？”

他这次回消息间隔的时间更长了：“然后，他发现你是贩卖情报的女间谍，把你推进泰晤士河。”

周以无语地回了个句号。

李至诚不再插科打诨，丢出一句：“到底来不来？”

周以象征性地犹豫了两秒，还是屈服了："来，等我洗个澡。"

这次，李至诚直接发了条语音消息："不用吧？和哥哥打个游戏而已，还要沐浴更衣啊？太隆重了。"

口吻戏谑，语气自恋，听得周以的怒火熊熊燃烧。

她成功地从悲伤的情绪中脱离出来，一脚踩进了装满"愤怒"的沼泽地："李至诚，网上说'那么普通却又那么自信的男人'，说的就是你吧？"

李至诚丝毫不惧，果断回击："自信我认，但是，我普通吗？"

周以怒火攻心，嗷嗷号叫，对着空气猛挥了两拳："李至诚，你真是上古遗留下来的'奇行种'！"

周以读过形形色色的文学作品，也在论文里洋洋洒洒地写过主人公的形象分析和命运解读。

再难读的书她都能啃下来，再复杂的人物她都能侃侃而谈，可回到现实中，她发现自己仍旧没能看透李至诚。

他这本书没有鲜明的逻辑和清晰的框架，充满未知的惊喜，丰富多彩，有趣生动，又独一无二。

她在心里燃起了一股征服欲，她一定要读懂李至诚，哪怕是耗费一生。

洗完澡，周以从冰箱里拿了一瓶酸奶，盘腿坐到电脑前。

隔离期间，她怕无聊，给自己买了台适合打游戏的笔记本电脑，但由于一直忙着工作，她还没好好玩过。

周以搓搓手，不禁有些跃跃欲试。她点击了桌面上的游戏图标，待加载完毕后，她给李至诚发了条消息。

周以："我好了。"

对方看到后，立刻打了个语音电话过来。

周以戴上耳机，点击了接听。

“我在了，你上了没？”

“没呢。”李至诚的声音懒洋洋的，“还在加载。”

周以问：“这么晚还打游戏，你明天不上班吗？”

“上啊，但我是老板，我怕什么？”李至诚停顿几秒，换了种语气，说，“我家楼下最近新开了一家网吧。”

周以操作着鼠标，“嗯”了一声。

李至诚意味不明地笑了，说：“路过的时候，想起你当年的英姿了。”

鼠标的点击声戛然而止，周以脑海里闪过了某些画面，她打着哈哈道：“哎呀，我那点儿黑历史，你就忘了吧。”

李至诚笑了一声。

周以的喜好在青春期发生过一次颠覆性的转变，从喜欢芭蕾舞变成了喜欢跆拳道，从喜欢看言情小说变成了喜欢打电子游戏。体育课上，别的女同学在阴凉处扎堆聊天或是赶作业时，她却拿着篮球在阳光下肆意奔跑。

大概也是因此，十五六岁的周以又蹿了四厘米，身高达到了一米七三。

这一切都可以归结于某种幼稚的反抗，毕竟，她生长于一个长辈随时都在强调“女孩子应该如何如何”的家庭：哥哥周然可以在院子里疯玩，而她必须规矩地坐着；周然可以大快朵颐，而她必须小口地吃饭；周然做错事挨骂的时候，奶奶会护着他，说“调皮是男孩子的天性”，而她挨打的时候，听到的却是“你一个女孩子家这么调皮，以后怎么嫁得出去”。

小时候，她顶多觉得委屈，毕竟，大人的话总是要听的。到了青春期，周以开始反抗了，他们越不让她干什么，她就越要干什么。

大一时，她逃掉了“思修”课。在网吧里和李至诚狭路相逢时，她捧着一碗泡面吃得正香。

她到现在都记得对方当时的表情——尴尬、惊讶又拼命地想要掩饰自己的失礼，最后，他傻愣愣地从口袋里摸出一包烟，问她："来一支吗？"

那时，社会不像如今这样包容且开放，在人们的刻板印象里，外语学院英语系作为新生代表发了言的女生应该穿着小裙子，长发飘飘，乖巧又文静，周末时会和室友约着出门喝奶茶，而不是坐在男人堆里，将键盘按得噼啪作响，口飙脏话，笑容张扬肆意。

周以见对方如此震惊，本想谎称自己是跑出来查资料的，没想到邻座刚认识的高中生嚷嚷道："姐，你赶紧吃啊，咱们下路的兵线太差了，救救我啊！"

"知道了、知道了。"周以放下泡面桶，眯着眼睛朝李至诚笑了一下，然后便收起放松的状态，将双手重新放在鼠标和键盘上——那是她驰骋游戏世界的武器与战旗。

"你当时是真把我吓到了。"李至诚追忆道，"当时，贴吧里的人还封你为'宅男女神'，哪知道新来的漂亮小学妹只符合其中的两个字。"

他又补充了一句："我是说'宅'和'女'。"

周以不屑地哼了一声："我又没给自己立过人设。跳哪儿？"

他们玩的是雪地模式，李至诚在地图上标了个点，言简意赅地道："城堡。"

《绝地求生》的玩家可以自行为游戏角色设置肤色和发型，周以刚刚没仔细看，这会儿才发现李至诚给自己的人物改了外貌和造型，现在，他是个金发碧眼的白人男性。

"李至诚，你有时候真的很幼稚。"

李至诚听惯了她这么说，懒得反驳。

“来。”他语气散漫，像个不可一世的纨绔公子，“哥哥带你去恐龙乐园坐过山车，去航天城里捡把枪，再去冰湖边上看极光，浪漫吗？”

周以失笑，顺着他的话编了一段同样“狗血”的剧情：“然后毒圈刷新，我们在火山下双双殉情，真是浪漫。”

“那还是别了。”李至诚那边传来打火机的声音，“我还想抱着老婆白头到老呢。”

周以不再搭腔，似乎注意力全在游戏上。

过了好半晌，她才嘀咕了一句：“你老婆知道你天天陪前女友打游戏吗？”

周以玩这个游戏不喜欢躲，搜寻完物资后，她就想出去找人。一般是周以当敢死队的突击手，李至诚收尾。

第一把，他们运气不错，毒圈刷新了两次，两人都不在毒圈周围。

恐龙乐园内最容易爆发战争，李至诚找了一处掩体，打算找机会进行狙击。周以看包里还有一个手雷，想直接突击。

“哎？”李至诚突然开口，疑惑地道，“今天网速怎么这么快？”

周以一愣，手一松，手雷掉落在了脚边。

“砰！”——游戏结束。

经历了长达半分钟的死寂后，李至诚终于开口道：“你不会是故意的吧？”

周以挠挠下巴，用现成的理由解释道：“刚刚网卡了。”

李至诚叹了一口气，道：“现在知道祖国母亲的好了吧？”

“知道了、知道了。”

“知道了就赶紧回来，现在国外的疫情防控还是不够到位，你自己多注意点儿。”

“哦。”

李至诚问："还玩吗？"

周以看了一眼时间，道："不了。"

"那行吧，挂了。"

"拜拜。"

通话结束，周以关了电脑，从椅子上起身，刷完牙后钻进了被窝。对着天花板发了会儿呆，周以翻了个身，按亮手机屏幕，点开了李至诚的微信聊天框。

周以："你们公司缺不缺人啊？要不，我给你打工吧？"

这段文字后还附带着两个"可爱"的表情。

笨蛋李至诚："有一个职位倒是还空着，你把简历发过来，我看看。"

周以在文件夹里找到了简历，给他发了过去。

周以："怎么样，我够不够资格啊？"

笨蛋李至诚："有待考量。"

周以发了两个"鄙视"表情。

下一秒，聊天界面上多出了一笔转账，整整两万人民币。

周以蒙了，连发三个问号。

笨蛋李至诚："过来面试，报销机票钱。"

周以瞪大了眼睛，不太明白男人的脑回路。

她点击了"退还"，打字问："什么职位？待遇这么好？"

李至诚说："轻松活儿，每天只需帮老板花钱就行。"

怎么看都是信口胡诌，周以弯了弯嘴角："你现在很像诈骗犯。"

李至诚回复："我从来不骗人。"

"其实我已经回来了，哈哈，想不到吧？"周以飞快地打下这行字，又一个字一个字地删除了，最后，她只回复了一句"不早了，你早点儿睡"。

对方回了一个“嗯”，聊天到此结束。

周以放下手机，长长地叹了一口气。

虽然在去英国之前她就做好了心理建设，但到那儿的第一个月，她还是崩溃了。

越孤独，越觉得没有融入感，越觉得自己什么都做不好，她就越想李至诚——那个什么都依着她、对她特别特别好的人。

最后悔、最想念他的时候，周以找人探过他的口风，想知道两人复合的可能性有多大。

她得到的回答是，李至诚说“算了吧”。

——算了吧。

算了就是没有必要，算了就是现在这样就好，算了就是不想再去冒险，以免把情谊消磨干净，算了就是往前看吧。

现在，他们能轻松自如地交谈，甚至开彼此的玩笑，这都是周以用将近六年的时间和自己达成和解后，勉强换来的相安无事。

他们站在天平两端，不敢随意挪动一步，生怕一不小心就打破了来之不易的平衡。

周以能跑来海城，坦然地对别人说“我有一个放不下的人”，却没有勇气和李至诚说一句：“我现在和以前不一样了，我们要不要再试试？”

夏夜的虫鸣扰人清梦，周以戴上耳机，点进了收藏夹里的助眠视频。在窸窸窣窣的敲击声和摩擦音里，她合上了眼睛，神经渐渐松弛。

昏暗中，周以枕边的手机屏幕亮起，一条新的微信消息弹了出来。

周以感受到光亮，拿起手机看了一眼。

笨蛋李至诚：“今天伦敦有没有下雨？”

分手之后，他们有三个月没有联系对方。后来，李至诚跟她说的第一句话就是“今天伦敦有没有下雨”。

周以不明白他为何如此关心异国的天气。

她睁开一只眼睛，回复：“下了，很大。”

对方没再回复，似乎真的只是好奇伦敦有没有下雨，莫名其妙。

海城的夏季潮湿又闷热，今天是周六，下着阵雨，天气恶劣时，交通更加拥堵，周以提早半个小时出门，还是迟到了。

张远志把吃饭的地方定在一家私厨，店里的装潢是江南水乡风格，服务生们都穿着中式制服，门口摆着两盆富贵竹，大堂里还用假山堆出了一处小桥流水。

周以拍了拍外套上的雨水，在服务生的带领下去了二楼包间。

走到门口时，她听到里面有人在交谈，她没细想，推门而入。

“不好意思啊，我迟……”周以一只脚迈了进去，另一只脚却僵在了原地，她机械地吐出最后两个字，“到了。”

李至诚好像比她更愕然，抬手拍了拍张远志，一脸认真地问：“你给我喝的是什么茶？有毒吗？我怎么好像看见周以了？”

张远志站起身，迎周以进屋，道：“就等你呢，快进来啊。”他又朝服务生挥了挥手，“人到齐了，上菜吧。”

在李至诚的注视下，周以拉开椅子坐下，如坐针毡，喝了一口水，又苦笑了一下，道：“好久不见啊，学长。”

李至诚收回目光，反应过来后，心里升起了一团无名火，他没理周以，只有点儿凶地问张远志：“这是怎么回事？”

张远志眨眨眼睛，满脸无辜地回答道：“你们都约我吃饭，我想着大家都认识，干脆一起吧。”

虽然这六年周以偶尔会在朋友圈看见李至诚的近照，但现在这么面对面地坐着，他近在眼前，感觉还是不一样。

从前，他穿T恤和运动裤，以及各种颜色的昂贵球鞋，满身蓬勃的少年气；如今，他往那儿一坐，矜贵又沉稳。

他应该是瘦了一些，五官棱角分明，整个人显得比以前冷峻，没那么爱笑了，喝水吞咽时，下颌的线条紧绷而清晰。

周以真切地感受到，他确实是个而立之年的男人了。她其实是有些难过的，为自己没有参与他成长和成熟的过程。

“喝什么？”张远志问。

周以还没开口，就听到李至诚说：“酒，久别重逢，怎么能不来点儿酒？”

张远志没管李至诚，又问周以：“喝什么？”

周以说：“那就喝酒吧。”

等待上菜期间，张远志和李至诚继续刚刚被打断的话题。

周以安静地听着，不插话，但会在他们笑的时候跟着笑。

包间开着空调，她今天穿的是短袖和及膝的半裙，刚刚又淋了点儿雨，冷风一吹，她的胳膊上冒起鸡皮疙瘩，她皱着鼻子，打了一个喷嚏。

男人们停止交谈，张远志喊服务生把空调的温度调高了一些。

李至诚连脑袋都没偏一下，将椅背上的外套丢给周以。他的动作不算礼貌，但又带着难以言说的熟稔和自然。

周以乖乖地穿上外套，小声地说了一句：“谢谢。”

在网络上，她可以放飞自我、张牙舞爪；但在现实里，真碰上了李至诚，她还是㞞得要命。

“什么时候回来的？”李至诚语气平淡地问。

周以反应了两秒，才意识到他是在问自己，回道：“六号到的。”

“哦。”他又转过去和张远志说话了。

周以偷偷地松了一口气。

菜上了桌，酒也斟满了，虽然桌上有个意料之外的李至诚，但该说的话周以还是要说。

她站起身，举杯敬张远志，道："谢谢你帮我这么多，真是麻烦你了。"

张远志也赶紧站了起来，说："不麻烦、不麻烦，我也是为学校招贤纳士。"

两人碰了碰杯，坐下时，张远志垂眸看了李至诚一眼，对方随意地坐着，一副事不关己的样子。

他收回目光，话锋一转："周以，你也敬敬咱学长啊，其实，你能通过面试，他也是帮了忙的。"

周以惊喜地看向李至诚，问："真的吗？"

李至诚并不承认："我哪儿能帮上什么忙？他瞎说的。"

周以点点头，道："哦。"

江南的菜偏甜，正合李至诚的口味，他却没怎么动筷。周以记得他以前很能吃，在食堂打了四两饭，他还要从她的碗里分走一两。

周以特地把糖醋排骨转到李至诚面前，他看都没看，只小口地喝着酒。

她记起他的胃不太好，难道真是"欲当总裁，先坏其胃"？

"学长。"

李至诚"嗯"了一声，偏过头看她。

周以贴心地道："你别光喝酒，多吃菜。"

闻言，张远志却笑了，道："周以，你别管他，他下午饿了，吃过一碗馄饨才过来的。"

李至诚睨了他一眼，道："你没吃？"

"大哥，我吃了六个，你吃了十六个。"

周以："……"

周以把排骨转到自己面前，夹了一大块往嘴里塞。

三人也算是同窗，席间免不了提到大学时光，说到曾经的英语六级考试，李至诚的室友考了两次都没过，到了大四的最后一战，才堪堪通过。

张远志说：“这事真得好好感谢周以。”

周以不解地问道：“谢我什么？”

张远志自顾自地笑了起来，推着李至诚的肩问：“你没和她说过啊？”

大概是回忆起了曾经的事，李至诚的眼里也有了笑意：“丢人的事，提它干吗？”

周以听得一头雾水：“到底怎么回事？”

张远志笑了好一阵，缓了一口气，才告诉她：“至诚学长不是把你的照片贴在衣柜上了吗？蒋胜知道你是英语系的学霸，那会儿，他天天跪拜你，而且给你摆水果、摆零食，还拿了三根百奇饼干条当香插上。”

周以感到有凉风从后背刮过，咧着嘴“呵呵”笑了两声，道：“我竟有此殊荣。”

张远志继续说：“我还记得有一次，蒋胜想摸一下你的照片，说要沾点儿仙气，结果被咱至诚哥一脚踹到隔壁宿舍了。”

李至诚恼怒地道：“你说这些干什么？”

看见男人的耳朵泛了红，周以抿着嘴，低头笑了笑。

一道银鱼羹上桌后，张远志正要拿勺子盛，突然想起什么，放下碗，说：“哎，正好两位都在，我想求证一件事。”

李至诚夹了一筷子虾仁，道：“说。”

周以隐隐有种不好的预感。

“大二国庆假期那会儿，”张远志报出一个时间段，转向周以，问，“有一天早上，我起来上厕所，在公共洗手池边看见的人是不是你啊？当时那人穿着李至诚的灰色运动外套。”

那一瞬间，周以很想先把李至诚一枪崩了，再自杀。

“不是，你梦游。”

“对，是我。”

两道声音交叠在一起，李至诚和周以对视了一眼，同时用眼神质问对方。

——你承认什么？

——你胡说什么？

“哦——”张远志拖长了尾音，夸张地点了点头，“懂了。”

李至诚皱着眉道：“你是蠢吗？在男生宿舍留宿是什么光荣的事吗？”

周以被骂得脸发热，回击道：“那不也是你带我去的吗？你才蠢。”

李至诚瞪着她道：“是你在电话里哭着说没地方去！”

周以“哼”了一声，撇开了脸。

张远志一边听两人拌嘴，一边乐呵呵地夹菜吃，也算是无意中帮他俩破了冰。见他俩不说话了，他又问了一句：“那宿舍里的其他人呢，都不在啊？”

李至诚想，这有必要说明一下，便道：“不在。云岘回家了，另外两个人去蓉城了。”

“哦，那你们没在宿舍干什么吧？”

张远志只是无心问了一句，本意是想调侃调侃他俩，他想，再怎么样他俩也不至于在宿舍做什么。

半天没听到两人的回答，张远志抬起头，看到他俩同样红的脸和不自然的眼神，一副被抓了奸的模样。

张远志张大嘴骂了一句："你们缺不缺德？"

其实，这件事倒也不是张远志想的那样，那时两人还是很纯情的。

当时，周以和室友闹矛盾，大晚上赌气跑了出去，委屈地给李至诚打了个电话。

李至诚找到她的时候，她还穿着睡衣，坐在路灯下，整个人缩成一团。看见他来了，周以嘴一撇，脸一皱，又开始掉眼泪。

李至诚只能先把人带回宿舍——放假期间，宿舍管得松，正好其他室友也不在。

回到宿舍后，李至诚又是给她擦眼泪，又是给她喂零食，好不容易哄得她不哭了，这才问道："我送你回去，好不好？"

听到这话，周以攥紧了李至诚的衣摆，泪眼蒙眬地仰头看他，道："我不想回去。"

她哭得鼻头都红了，李至诚的一颗心仿佛也被她的眼泪淋湿了，只能顺着她。

"不回去、不回去。"他把人揽进怀里柔声哄着。

那会儿，他俩都很纯情，李至诚让周以睡他的床，自己去睡云岘的。

折腾了一晚上后，周以总算平复了情绪，却难以入眠。漆黑的房间里，她听到对面的李至诚又翻了一下身。

"学长，你还没睡吗？"

李至诚睁开眼睛，回道："没。"

周以说："我有点儿认床。"

"我也是。"

周以提议道："那咱俩要换一下吗？你睡你自己的床。"

李至诚当然不同意，他不可能让自己的女朋友睡别人的床："不用，你好好睡着。"

大概是夜太寂静，他们能清楚地听到对方的呼吸声，频率还显得有些高。

周以小声地说：“那……你要过来吗？”说完，她就将脸埋进了被子。

十月的北都已经入秋，周以却热得出了汗。

听到床板“咯吱”响动时，周以往里挪了挪，腾出了一半的位置。

李至诚很快就在她的身边躺下了。宿舍的单人床很狭窄，他俩几乎贴在了一起。

脸上的被子被人扯下来后，周以大口地呼吸着空气，而后听到了李至诚沙哑的低笑：“把我叫过来，自己又害羞成这样。”

周以满脸通红，浑身都在发烫，却还是一个劲地往他的怀里拱。

“我今天真的很委屈。”周以躺在他的怀里，毫无顾忌地展示着自己的脆弱。

李至诚轻轻地吻了吻她的发丝，道：“我知道，不哭了。”

周以吸了吸鼻子，哭过之后，她的声音是哑的，带着平时没有的软糯：“幸好有你哦。你来找我的时候，我就在想，幸好我还有你，不然我真的要可怜死了。”

说着，周以又要哭了，李至诚不厌其烦地继续安慰她。

两个人挤在一张单人床上，肯定睡得不舒服，周以却感受到了某种前所未有的归属感，睡得比来北都之后的任何一晚都安心。

当时，她是因为什么事跟室友闹矛盾来着？

周以歪头想了一会儿，好像是室友擅自拿了她的笔记本电脑，等她翻箱倒柜快找疯了时，室友才“哎呀”一声，后知后觉地说：“对不起，我好像忘了还给你。”

为什么没经过她的同意就碰她的东西？为什么在她找了快半个小时后才想起告诉她？

彼时，十九岁的周以气得浑身发抖，但她只会夺门而出，用震天响的摔门声宣泄自己的怒气。

在打电话给李至诚之前，周以只是单纯地生气，但是一听到他问“怎么了”，她瞬间鼻酸，“哇”的一声就哭了出来。

那一晚，他们只是抱在一起睡了一觉，什么事都没做。

张远志痛斥两人缺德后，周以是想反驳的，但出国这么多年，她的中文水平有所退步，只能求助似的看向李至诚，却发现对方的神情很复杂，要是放到言情小说里，大概就是三分无措，三分窘迫，三分恼怒，还有一分莫名的……含羞带怯。

她不好意思，是因为觉得自己以前真能折腾，他李至诚脸红什么啊！

幸好服务生在这时进来，尴尬的话题被打断。

刚上桌的乌米饼炸得酥脆，表面金黄，周以转着圆台，热情洋溢地对张远志道：“你快吃，多吃点儿。”言外之意就是：你少说几句，就你这情商，是怎么当上老师的？

李至诚拿起酒瓶，往自己的杯子里倒了半杯酒，浅浅地抿了一口，不过须臾，他的神色已恢复如常。

“十万八千年以前的事还提？没话说了？”他的语气冷冰冰的，带着愠怒。

筷子在空中停住，周以看向他，怕他真生气了。

张远志是故意把他们安排到一起吃饭的，肯定没安好心，周以进门后就做好了心理准备，但是看到李至诚这么介意张远志提起以前的事，她又有点儿说不上来的委屈——怎么说也算是发生在美好的青葱岁月的事，干吗说得好像陈芝麻烂谷子一样？

她夹起一块乌米饼，蘸满了白糖，放到李至诚的碗里，扬起笑容附和道：“就是啊，都过去多久了。”

张远志哑口无言，看看周以，又看看李至诚。

——都是口是心非又别别扭扭的人。

他做了个“投降”的姿势，道：“行，是我不对。”

李至诚垂眸看着碗里多出来的一块乌米饼，用筷子夹起咬了一口，白糖融了，甜丝丝的。

很快，话题转变了，张远志兴致勃勃地和周以聊起了J大。

李至诚靠在椅子上，偶尔看一眼手机。这是他们二人的共同话题，他在后半场做起了安静的听众。

一顿饭吃了近两个小时，倒真像同窗重聚了。

最后，张远志接了个电话，说是老婆催他回家了。

下楼结账时，周以抢着走在前面，却被前台的收银员告知有人付过了。

她为难地看向张远志，道：“说好我来请的。”

张远志摆摆手，指着李至诚说：“学长付的，不是我。”

周以又看向李至诚。

他单手插着裤子口袋，衬衫的领口微微敞开，袖子挽到小臂处，财大气粗又招人恨地说：“谁赚得多谁请呗，走了。”

张远志和周以无言以对，乖乖地跟上霸道总裁的脚步。

张远志没开车，打了辆出租车，走之前，他拍了拍李至诚的肩，叮嘱道：“学长，你把周以好好送回学校啊。”

李至诚白了他一眼：“要你说？”他把人塞进出租车，“嘭”的一声关上车门，“以后再找你算账。”

张远志大概是喝高了，这会儿天不怕地不怕，道：“胡说，你得好好感谢我。”

李至诚“哼”了一声，看着车子上了路，才转身往回走。

这会儿雨已经停了，周以站在大门口的屋檐下等他，身上还穿着他的外套。

她的五官生得深邃，鼻梁高挺，睫毛纤长而浓密，但因为颧骨偏高，窄脸长眼，所以长相更显英气。不了解她的人，光看外表会觉得她冷漠又清高。

以前，学校的模特队找过她，被她拒绝了。她确实挺适合当模特的，个子高，身材又骨感，大两码的男士西装外套穿在她身上也不违和，甚至为她添了几分帅气。

李至诚走过去时，想起有人曾调侃他："没想到你会喜欢这样的类型。"毕竟，他的桌上摆着一排伊莉雅和夏娜的"手办"，像他这种沉迷于"二次元"世界的男生，谁看了都会觉得他喜欢甜美的女生。

那时，李至诚回了对方四个字："你懂什么？"

他嘚瑟地想，别人都不知道周以这姑娘可会撒娇了，她的可爱之处只有自己知道。

还剩两级台阶，李至诚没迈上去，平视着她，说："走吧。"

周以的脸红红的，不知道是热的，还是酒意上脸，她问道："我们怎么走？"

李至诚答道："用脚走。"

周以："……我是说交通工具。"

李至诚"哦"了一声，回答道："我叫了代驾，车就停在附近。"

周以点点头，落后两步，跟在李至诚的身后。

第 二 章

我现在好想你

夏天的夜晚闷热无比，潮湿的空气里飘着青草香，地上有大大小小的水洼。

走出去一段距离后，见四下无人，李至诚开口问道："为什么没告诉我你已经回来了？"

周以低着头走路，小心地避开落叶和花瓣，回答道："想找个合适的机会说。"

李至诚的话里带着埋怨的情绪："你回来都快一个月了，还找不到机会？今天以这样的方式见面，被张远志当笑话看，估计他这会儿已经去各个群里分享八卦了。"

有蚊子飞来，周以挠了挠脸，"哦"了一声，然后小心翼翼地补了一句"对不起"。

李至诚停下来，又回到了那个问题："为什么不告诉我？难道你在英国惹了事，这次是逃回来的？"

"当然不是。"周以抬起头，对上他的目光后又迅速地移开视线，"就是上次面试没过，被你嘲笑是无业游民，这次我就想低调点儿，等一切安顿好了再说。"

她听到了李至诚的一声叹气。

周以吸了吸鼻子，其实还有一个原因，她没有说。

她怕他无动于衷。

上次，她满怀期待地发了一条朋友圈，说自己即将重回祖国的怀抱，底下有好几十条评论，都来自以前的同学和朋友，他们和她说恭喜，说要约着吃饭，问她回来做什么工作，打算去哪座城市。只有李至诚好像没看见一样，什么反应都没有。

周以怕他像别人一样，只是客套两句，又怕他根本不关心。

总之，这样拖着拖着，就有了今天猝不及防的重逢。

额头被戳了一下，周以抬起头，李至诚低垂着眼，半边身子被路灯的橘色光芒笼罩着。

他问："你热不热啊？"

周以点点头，动了动脖子，她的背上都出汗了。

李至诚心想：热就把外套脱了啊，还穿着，傻不傻？

看到路边有家便利店，他问周以："吃不吃冰激凌？"

"吃吃吃。"周以笑起来，眼里映着路灯的光，明亮闪烁，好像藏着星星。

李至诚多看了两眼，才转身迈开步子。

"我前两天吃到了很好吃的巧克力味冰激凌。"周以弯腰趴在冰柜上，翻找出两个小圆盒，塞给李至诚一个，献宝似的说，"这个牌子的，试试，你肯定会喜欢。"

李至诚瞥了一眼，他早就吃过这个牌子的冰激凌了，只有周以这个"小海龟"还拿它当宝贝。不过，他还是配合地说："是吗？"

"嗯，我请你。"周以掏出手机付了账。

之前下着雨，李至诚绕了好几圈才找到一个停车位，现在走过去得花上十几分钟。

巧克力味的奶油冰激凌太甜，周以吃了半盒就不想吃了。

李至诚已经两三口解决了，见周以手里的冰激凌都快化成奶昔了，便朝她伸出手，周以想都没想，十分自然地把冰激凌递了过去。

李至诚接过冰激凌，又抬手捏住了被她叼在嘴里的木勺。

周以没反应过来，呆愣地看着他。

李至诚扯了扯木勺，道："给我啊，我难道用手吃？"

周以赶紧松开了牙齿。

"那个，学长。"盒壁上挂着水珠，周以用沾湿的指腹蹭了蹭滚烫的脸颊。

"嗯？"李至诚多吃了盒冰激凌，喉咙正发腻，潦草地吞下最后一口后，他便把手里的盒子抛进了垃圾桶。

“谢谢你。”

“谢什么？”

“刚刚你出去的时候，张远志和我说了，你还帮我联系过一家外企。”

李至诚说：“你也没去，不算帮了忙。”

周以抓着衣袖，解释道：“我还是更想去大学里工作，我不适合当白领。”

李至诚点点头，道：“挺好的，你如愿以偿了。”

周以坚持说：“但还是要谢谢你。”

李至诚放慢了脚步，等她跟上来后，问：“怎么谢？”

周以没料到他会这么问：“啊？”

“你请张远志吃了饭，那我呢？”

周以想了想，说：“那我也请你吃顿饭？”

“免了。”李至诚清清嗓子，启唇说，“明天我要见一个日本客户，你过来给我当翻译。”

“说英语？”

李至诚回了她一个看白痴的眼神，道：“当然是日语。”

周以指着自己，疑惑地道：“你确定？你又不是不知道，我就没认真上过二外的课。”

李至诚反问她：“没认真上，你还考了专业前三？”

周以抿了抿嘴，没底气地说：“那我也早忘了……”

李至诚安慰她道：“没事，就是日常聊天，不谈工作内容，‘您好’‘谢谢’之类的总还会吧？”

周以还想挣扎：“可是……”

李至诚用一句话拍了板：“别‘可是’了，就这么定了，明天别给我丢人啊。”

“行吧……”

两人走到车边时，代驾小哥已经到了，李至诚把车钥匙递给了他。

周以爬上后座，见李至诚打开另一边的门上了车，她没作声，乖乖地系好了安全带。

她作息不规律，加上刚刚喝了点儿酒，没一会儿就打了个哈欠，生出了困意。

“到学校要多久啊？”周以问。

李至诚看了一眼导航，回道：“得半个小时吧。”

“那我眯一会儿，到了你叫我。”她脱了外套盖在身上，脑袋一歪，靠着车窗合上了眼睛。

李至诚偏头看了她一眼，把空调的冷风风力调小了。

路上无聊，他拿出手机玩起单机游戏，突然听到身边的人含糊地念叨了一句：“怎么闻不到了？”

李至诚看她还闭着眼，似乎是在说梦话，问道：“什么闻不到了？”

周以拉高了外套，遮住了下半张脸，轻轻地嗅了嗅，回答道：“你身上的香味，闻不到了。”

李至诚从来不用香水，也不认为男人会有体香，他皱起眉，嫌弃地问：“什么香味？我身上的？”

周以迷糊地睁开眼睛，睡眼惺忪地看向他，小声地回答道：“嗯，以前总能闻到，像橙子味的牛奶。”

李至诚从没喝过橙子味的牛奶，正要质疑她的说法时，猛地意识到了什么，浑身一僵。

闪电照亮了天空，一声闷雷之后，风雨再次袭来。

豆大的雨点噼里啪啦地砸在车窗上，在大雨滂沱的天地间，车内像与世隔绝的庇护所。

周以醉意蒙眬，毫无防备。李至诚觉得自己不该乘人之危，但转念一想，自己又何曾是个君子？

“衣服上闻不到吗？”李至诚压低声音问道。

周以点点头，有些可惜地说：“嗯，没有了。”

车里光线昏暗，车载音乐播到了一首英文歌。代驾小哥十分尽职，专心地开着车，似乎对后座上发生的一切并不关心。

李至诚解开了安全带，将手搭在椅背上，整个人凑了过去。

“那你闻闻我的身上还有没有味道。”

两人之间的距离突然被拉近，周以睫毛颤动着，吞咽了一下口水。这会儿，她迟钝又乖顺，像只小狗往前凑了凑，皱着鼻子在他的颈边轻轻地嗅。

“有吗？”李至诚的声音又低又近。

周以抬起头，严肃地颔首，客观地评价道：“嗯，烟味，酒味，这就是传说中的臭男人味？”

李至诚抽了抽嘴角，用口型说了一句脏话。她这是在装醉耍他呢？

旖旎的心思瞬间消失，李至诚咬着牙瞪了她一眼，直起上半身，刚要张口回呛她，脖子就被圈住了，他突然感觉到一份重量，怀里瞬间多了一团东西，烫得他一颤。

周以把脑袋靠在他的肩上，找到一个舒适的姿势，重新闭上了眼睛。

柔软的发丝蹭得李至诚的下巴痒痒的，他连呼吸都放轻了，双手僵在半空中，不知道该往哪里放。

“周以？”

他得到的是声音慵懒的回答：“嗯？困死了，我再睡会儿。”

李至诚捏紧了拳头，想揍她一顿。

她最好不是装的。

西装外套随着她的动作掉到了脚边，李至诚伸长手臂捡起来，给她盖好。

他干咳了一声，对代驾小哥说："师傅，开慢点儿就行。"

"唉，好。"

快到学校门口的时候，周以醒了，她揉揉眼睛，打了个长长的哈欠。

李至诚忍着肩背的酸麻，问："睡得怎么样？"

周以愣了两秒，转头对他笑着说："不错，你的真皮座椅好舒服。"

李至诚"呵"了一声，应该是他这个"人肉靠垫"舒服吧？

雨还没停，时有雷声。学校现在管得严，外来的车辆进不去，黑色奔驰只好在路边停下。

后备厢里有一把伞，李至诚让周以先别动，自己冒雨开门去取伞。他撑开伞后，敲了两下车窗，示意周以下车。

"快回去吧，不早了。"李至诚把伞递给周以，说。

他的衬衫被雨洇湿了一片，周以踮着脚给他披上外套，道："那我走了，明天见。"

李至诚"嗯"了一声，道："晚上早点儿睡。"看她一路小跑，脚步匆匆，李至诚又补充了一句，"慢点儿走，别跑。"

他回到车上，代驾小哥问他："先生，我送你去哪儿？"

李至诚说："在附近找家酒店把我放下就行。"

昨天他到海城出差，见了两个制作人，原本打算今天晚上吃完饭就回去，他连行李都收拾好放到车上了，但现在计划有变，他得多待两天。

他不打算就这么放过周以。

大雨冲刷着世界，模糊了窗外的夜景。

李至诚用一只手撑着下巴，随意地翻看着朋友圈。

一到周六，大家就在朋友圈晒九宫格照片，李至诚懒得点赞，也没闲心点开一张张照片看，大致翻看过就算完。

回到聊天界面，周以刚发了条消息来，说已经到宿舍了。

李至诚回了个“好”。他往上翻了翻，今天早上，他们也有过简短的对话。

李至诚说：“今天好像有阵雨。”

周以回复：“那你记得带伞。”

那时，谁也不知道，几个小时后，他们会迎来一场仓促的重逢。

李至诚锁了手机屏幕，抬手抹了抹车窗上的水雾。

这个季节，太阳毒辣，暴雨又不时侵袭，蝉鸣吵闹，街道喧嚣，一出汗便全身黏腻。他却最喜欢夏天，明晃晃的、炽热而盛大的夏天。

周以回到宿舍的时候，覃松不在，大概是出门逛街了。

她洗完澡后，把脏衣服丢进洗衣机里。

冰箱里有一盒哈密瓜，她拿出来，躺在沙发上，边吃边悠闲地在闺密群里发消息。

周以：“我今天见到李至诚了。”

这个五人小群里的其他四个人都是她高中时的朋友，现在，大家在不同的城市忙着各自的事业，有事才会聊两句，平时十天半个月都不见人说话。

但周以这一句话，无异于一石激起千层浪，群里的人开始接连不断地发消息。

陈文欢：“谁？你说谁？”

卢杉山：“你们俩怎么遇上的？他约你的？”

郑筵："天！"

陈文欢："王若含，快出来听八卦！"

她们一人一句，聊得起劲，周以还没讲今天的事情呢，她们就帮她写好了剧本。

卢杉山："他是不是深情地凝视着你，欲言又止？"

卢杉山："他是不是嘴上对你冷嘲热讽，眼神却充满柔情？"

卢杉山："他的旁边是不是跟了个漂亮温柔的女孩子，乍一看很像你，却又不是你？"

陈文欢："第一章《回国》，第二章《重逢》，后面是不是该发现他就是你孩子的亲爹了？"

王若含："说什么呢？周以，你什么时候有孩子了？！"

周以："没有孩子。"

她简单地叙述了一遍事情的经过，包括李至诚明天约她吃饭的事。

显然，另外四位有些失望。

卢杉山："你们俩就没发生点儿什么？"

王若含："我们从你宣布回国时起就盼着这一幕，居然就这样？"

周以挑了挑眉，将键盘敲得噼啪作响。怎么可能就这样？未免也太小看她了。

"回来的时候，在车上，我装醉趴在他身上睡了一路。"

郑筵："什么？！"

王若含："展开说说！"

陈文欢："你不错啊，周以。"

周以扬了扬嘴角，自信而肯定地道："我敢说，全世界除了李至诚他妈，没人比我更懂他了，我太明白他吃哪一套了。"

王若含："这算不算 bug（系统漏洞），我感觉你撩他就跟玩儿似的，他就一点儿都没变？”

卢杉山：“哎，这哪儿能叫 bug，这叫前任 buff（增益效果），谁让她早就打过了游戏副本，手里握着攻略。”

周以想了想，道：“还是有变化的，他现在特别大方，财大气粗。你们见过那种在吃饭的时候借着上厕所的理由把账结了的‘霸总’吗？可惜了，我以前最喜欢他的一点就是他抠门。”

王若含：“……”

卢杉山：“……”

陈文欢：“……”

郑筵：“幸好我见过真人，不然真以为你被骗了。”

群里好久没这么热闹了，几个女人凑到一起，话总是说不完，她们一人一句，表情包乱用，周以都看不过来了。

聊到最近热播的电视剧时，周以看见郑筵单独给她发了条消息。

郑筵：“六年毕竟是六年，你得好好想清楚，你等着他，他未必等着你。”

她还是像个操心的老大姐。

周以笑了笑，换了个姿势，侧躺在沙发上，按下语音键，开口说：“筵筵，李至诚以前和我说过一句话，他说，‘如果你怀疑我有多爱你，你就想想自己有多爱我，我给你的不会多，也不会少。’”

说她是装醉，其实也不准确，她只是借着酒意壮了胆，而且，她是真的很累，这两天她就没好好休息过。

像这样舒服地躺着，困意很快就侵袭而来。

周以打了个哈欠，眨眼的频率越来越低，上下眼皮即将合在一起，她又按下语音键，说：“不知道为什么，我就是确定，只要我还没放下，他也一定还没有。”

她轻笑着说：“而且，他确实没什么变化，也就比以前更有钱了，更帅了。我吃不完的冰激凌，他都和以前一样顺手吃完了，一点儿都没变。”

郑筵最后回她：“你好像比二十岁时更‘恋爱脑’了。”

周以对这话不予评价，在群里和大家道了声“晚安”，起身回房准备睡觉。她刚定好闹钟，就看见李至诚发来了消息。

他说：“明天也下雨，别再忘记带伞。”

周以打下一个“哦”，想想又删除了，维持今晚的醉酒萌妹人设：“好哟。”然后，她从一堆表情包里找到了棉花糖兔的表情包，给对方发送过去，“おやすみ（晚安）。”

李至诚装傻道：“看不懂，什么意思？”

空调温度舒适，周以裹紧了柔软的被子，长按语音键，一字一顿地念：“哦、呀、斯、密，晚安。”

李至诚也回了一条语音消息：“晚安，黏人精。”

第二天，周以一觉睡到了中午，覃松给她留了一块三明治，她起床吃了点儿东西果腹，就准备去给乐翡上课了。

考虑到晚上还要被李至诚拉去当半吊子翻译，换衣服时，周以开始纠结，毕竟，对方是李至诚的合作对象，她还是不能给他丢人的。

她挑了件不会出错的白衬衫搭配深色西装裤，衣服的颜色和款式都很简单，她便加了一些金属首饰，增加了整体造型的吸睛点，最后，她穿上万年不变的帆布鞋，还特地喷了点儿香水。

今天的课上还有一个表演老师，乐翡的主要任务是抓情绪和表演节奏，周以只起辅助作用，帮她顺一顺台词。

下午四点半，李至诚发消息问周以在哪儿。周以没告诉他自己给女明星上课的事情，看附近有家商场，她便把商场的地址给李至诚发了过去。

李至诚说，他等会儿来接她。

下午五点，周以走出酒店时，天空乌云密布，飘着细雨。

周以步行去商场，问李至诚要不要喝奶茶，他非常不客气地直接点单：“×× 家的多肉葡萄，双份葡萄肉，少冰，半糖。我看那边有一家店的可颂也很好吃，你去买两个，要咸味的。”

周以低骂了一句“饭桶”，打字回：“知道了。”

奶茶店的生意一向火爆，周以等了半个多小时才取到奶茶。

这会儿是晚高峰，李至诚在路上堵了好一会儿。他到的时候，周以刚买完面包。

周以把手里的袋子全塞给李至诚，张口就抱怨道：“现在国内的年轻人怎么这么喜欢喝奶茶？”

李至诚喝了一口冰凉清爽的冷饮，美滋滋地舒了一口气：“走吧，想去哪儿吃饭？”

周以停下脚步，狐疑地看着他，问：“你不是要和日本客户吃饭吗？”

“哦。”李至诚眨眨眼睛，道，“他有事，来不了了，我们自己吃。”

周以抱着手臂，上下打量他。

跟昨天的西装革履比起来，今天的李至诚随性多了，他穿着白色 T 恤和深色长裤，脚上是一双限量联名款球鞋——哪儿有见客户的样子？

“是有事不能来吃饭，还是根本就没来中国？”

被一眼识破后，李至诚也不心虚，他撇开视线，战术性地转移话题：“饿死了，今天人好多，估计吃饭也得排队，你有什么想吃的吗？”

周以咬着后槽牙，一字一顿地道：“李、至、诚。”

他没皮没脸地回道：“唉——叫哥哥干吗？”

周以一脚踹在他的小腿上，道：“你知不知道，我今天起床后还特地复习了一遍《常用日语 100 句》？！”

李至诚用一只胳膊圈住周以的脖子，带着她往前走，道：“辛苦了、辛苦了，哥哥这就带你去吃好吃的。”

“我再信你我就是小狗，不对，你是狗！”

李至诚深知这会儿要顺着她的脾气，连连点头，道：“对、对，我是狗，汪汪汪。”

夜晚五六点是商场客流量最大的时候，一排店铺的门口都排着长队。

“挑吧。”李至诚张开手臂，仿佛指点江山的君王，豪气地道，“川菜日料，还是火锅烤肉？随你喜欢。”

周以看了一圈，道：“我要贵的，有没有西餐？我要吃惠灵顿牛排。”

李至诚摁着她的后脑勺晃了晃，笑骂道：“你就这点儿出息。”

周以垂下视线，神情突然有些不自然，道：“还是你挑吧，我也不知道哪家的菜好吃。”

搭着她的手松开了，几秒后，李至诚才回：“行，那我挑。”

周以捏紧了包的带子，跟上他的脚步。郑筵说得没错，六年毕竟是六年，空缺的时间里，有无数的东西都是无法找补回来的。

与一对年轻情侣擦肩而过时，李至诚盯着他们发了会儿呆。周以知道他在想什么，她也同样觉得很遗憾。

大四那年，大家都十分忙碌，站在人生的又一个分岔路口，或被论文和考研折磨，或被实习和求职摧残着神经，有人悔恨自己前三年的碌碌无为，有人迷茫、犹豫不决，但也有人在一众奔波劳碌的身影中格格不入，悠闲轻松得过分。

周以看即将毕业的李至诚没准备考研，整天吃喝玩乐，还很天真地问过：“学长，你为什么每天都很闲？你不用找实习单位吗？”

她记得，李至诚那时张扬骄傲，身上披着名为“天之骄子”的光，轻松地说：“我保研了，我爸倒是天天催我去公司实习，我懒得去。”他说起这些话时，语气稀松平常，没有炫耀，也不是显摆，因为这是他生来就拥有的。

造物者是偏心的，那是周以第一次深切地认同这句话。富裕的家庭，聪明的头脑，他生来便有。有些人不需要努力，也可以手握一切。

初春的太阳温暖灿烂，晒得周以的脸颊泛起红，她用手遮住眼睛，抬头去看即将二十二岁的李至诚——他穿着T恤和运动外套，脚上是价值四位数的球鞋，依旧是少年的样子，眉宇之间却多了几分成熟。

周以问他：“那你保研到哪里啊，本校吗？”

李至诚回答道：“不，F大，我想离家近一点儿。”

周以点点头。F大在江南一带的海城，那是个寸土寸金、物价直逼北都的城市。

见周以低头走神，李至诚轻拍了一下她的脑袋，问：“怎么样？要是你之后也想读研，跟我一起去海城呗？”

周以撇撇嘴，抱怨道：“F大很难考的。”

李至诚回道：“那你就去J大呗。听说F大和J大是一对，咱俩如果一人在F大，一人在J大，就正好也是一对。”

周以弯了嘴角，暖阳下，她的笑容明艳似春花：“行，那我们一起去海城。”

李至诚比周以高两个年级，异地恋的时候，都是李至诚飞回北都看她。有时候，周以提议这次换她飞去海城，李至诚不答应，怕她一个人不安全，来回又麻烦，结果后来就再也没有机会了。

她没能躺在东楼外的草坪上晒太阳，没能亲眼看看四月的紫藤和山樱，还有被他夸得天花乱坠的食堂的大盘鸡，她也没有机会试一试。

后来，周以才从云岘那里得知，李至诚甚至已经看好了房子，离J大更近一些，一栋七十平方米的复式公寓。他原本打算留在海城工作，等周以读完研后，再带她去溪城。

他把他们的未来都规划好了。

“学长。”周以小跑了两步追上他，问道，“F大现在还让进吗？”

“不行吧，疫情这个样子，学生能不能进都不好说。”

周以有些失望，道：“哦，J大现在也不让外人进，前两天我去吃了食堂的饭菜，糖醋小排很好吃，你肯定喜欢。”

李至诚偏过头，放慢了脚步，道：“以后去呗，日子还长，总有机会。”

周以望向他的眼睛，乌黑的眼瞳里有她小小的倒影。

她点点头，应道：“好。”

周以今天没戴幸运项链，但大概李至诚本人就是个幸运物，本来他们前面还排着十多号，旁边有一家三口不愿意等了，把号码牌让给了他们。

李至诚最后决定吃的是一家韩国料理，进门后，烤肉的香味便扑面而来，铁盘上的油刺啦作响，服务员游走在桌与桌之间，屋里热闹又温馨。

周以喜欢这样的餐厅，火锅、烤肉、大排档，热闹又接地气的，她都喜欢。

点菜时，李至诚说：“以前，学校旁边也有一家韩国料理，店面不大，生意倒是挺好的。”

周以猫着身子凑过去看菜单，指着五花肉那一栏说：“就点一份，你够吃吗？你在我面前矜持什么？”

李至诚瞥了她一眼，将“1”字重重地改成了“2”。

“这家的泡菜炒饭是你喜欢的口味，又辣又咸，我每次吃完都得喝一升水。”说着，李至诚在泡菜炒饭后打了个钩。

周以默默地坐回去，端起面前的杯子喝了一口茶。

“想不想喝米酒？”

周以说：“都行。”

“那个，学长，”周以小心翼翼地开口问道，“你是不是以前就想过要带我去吃韩国料理啊？”

李至诚转笔的动作停住，笔掉落在桌面上。

他很轻地“嗯”了一声，道：“可惜学校旁边的那家料理店关门了，以前每次去，老板娘都会多送我一碟小菜呢。”

周以笑了笑，问：“为什么啊？因为你肉吃得多？”

李至诚白了她一眼，加重语气道：“因为我帅。”

周以“呵呵”笑了两声。

李至诚说得没错，这家的泡菜炒饭非常合周以的胃口。她不怎么喜欢吃白米饭，钟爱各种调过味的炒饭、拌饭，最好能咸一点儿。李至诚以前就调侃过：别的女孩是水做的，周以是盐水做的。

可惜，出国之后，因为饮食差异，她口味淡了不少，胃口也小了。吃了小半碗，周以就放下了勺子，把炒饭推到李至诚面前。

李至诚把烤好的五花肉夹到餐碟里，说：“你好像吃得少了。”

周以喝了一口水，咽下后发出一声喟叹，道：“现在每天也不怎么运动，吃得不多。”

李至诚用生菜叶包好一块烤肉递过去，道：“没事多动动，学校就有操场，多去跑跑步。”

周以张嘴咬住包了生菜叶的烤肉，口齿不清地应道：“知道了。”

外头还有很多人在排队，吃饱后，李至诚和周以赶紧起身让位。

“要去哪儿逛逛吗？”周以问。

李至诚按亮手机屏幕，看了一眼时间，说：“我今晚要回溪城，明早有个会。”

周以耷下嘴角，道：“哦，那你快回去吧，都晚上八点多了。”

李至诚提步往前走，道：“我先送你回学校。”

雨终于停了，天气预报显示，明天就会放晴，气温会升好几度。

出了商场大门，台阶下有一大片水洼，周以踌躇不前，不知道该怎么迈步。

李至诚在一旁说风凉话：“谁让你穿白鞋，赶紧走。”

他长腿一迈，便可以轻松地越过水洼，但周以没给他这个机会。她将李至诚手里的面包袋子拿走，趁他还没反应过来，推了他一把。她搭着他的肩，原地一蹦，灵活地跳到了李至诚的背上。

李至诚从喉间挤出一句脏话，他被压得弯下腰，重心不稳地往前踉跄了一小步，精准地踏在了水洼上。

“我的鞋！”

周以环住李至诚的脖子，讨好地笑着道：“我给你买新的，买新的。”

李至诚深吸一口气，托住她的大腿往上颠了颠，直起腰往停车场走。

“你知道我为什么从来不和你计较吗，周以？”

周以笑嘻嘻地问：“为什么？”

李至诚轻笑一声，说：“每次快要生气时，我就想，算了，这是我未来的老婆，和自己的老婆计较什么呢？”

路灯昏黄，行人寥寥，周以将通红的脸埋进了手臂。

在她心绪起伏、无措又羞赧时，李至诚已经悄无声息地变了脸色，冷声道："但现在你没有这个特权了。"

话音未落，他突然松了手，眼看自己要跌下去，周以尖叫了一声，死死地抱住他的脖子，双腿紧紧地夹在他的腰侧。

"别啊，别啊！"她惊慌地求饶道，"再怎么样，我们还是学长和学妹的关系，白鞋真的很难洗！你最好了！"

李至诚又稳稳地托住了她，无奈地叹息。

身体找回了平衡，周以总算松了一口气。

"我一定是上辈子欠你的。"李至诚咬牙切齿地道。

周以吹着凉爽的夜风，漾出笑容，道："那这辈子，你就慢慢还吧。"

李至诚一路将她背到车子边才把她放下，捏着嗓子演起戏，道："娘娘，下轿咯。"

周以稳稳落地，满意地点点头，道："平时练得不错。"

李至诚配合地回道："谢谢娘娘赞赏。"

刚点的那瓶米酒都是周以一个人喝完的，李至诚一口没动，看她喜欢，走之前，他还给她打包了一瓶。

李至诚突然想到了什么，边开车，边偏头对她说："一个人出去的时候，别和男的喝酒，听到没？"

"哦。"

"要是有什么事，给我打电话，我开车过来挺快的。"

"嗯。"

一路通行，连红灯都没遇上一个，李至诚开了不到二十分钟就到目的地了。

李至诚打开车门锁，道："回去吧。"

周以解开安全带，走之前说："路上慢点儿开啊。"

李至诚点了点头。

下了车，周以走出去两步，又转过身。

李至诚降下车窗，问她："怎么了？"

风雨吹落了一地玉兰花花瓣，夜晚的南门口十分安静。

周以扬起一抹微笑，朝他喊："下次想约我吃饭就直接说。"

"知道了。"李至诚的声音被夜风带到她耳边，他温柔又啰唆地叮咛道，"晚上早点儿睡，多运动，好好吃饭，下雨天要记得带伞。"

周以与他挥手作别。

看着她进了校门，李至诚才打了方向盘，重新驶上马路。

开出一段路后，李至诚的手机收到了一条新的微信消息。

周以问他："我一直很好奇，你为什么总是关心伦敦有没有下雨呢？"

李至诚收回视线，关了空调，将车窗降到一半。由于不方便打字，他只回了一条语音："笨蛋。"

周以回了一个问号。

李至诚并不解释，只催她早点儿睡觉。

说不出口的秘密藏在所有无关紧要的话里。

比如：今天伦敦有没有下雨？

——我现在好想你。

九月开学季，晴空湛蓝，骄阳似火。

周以和覃松在食堂吃完饭，在回宿舍的路上看到一个个拖着拉杆箱、满头大汗却青春昂扬的青年男女。

"今年的新生惨了。"覃松说，"学校不让家长进，这么多行李，自己搬得累死吧？"

周以用眼神示意她往左前方看，道："别担心，热心学长随时待命呢。"

三四个男孩子正带着一群小学妹往里面走，个个笑得满面春风，双手拎满了背包。

“那个好像是我们班上的。”覃松认出其中一个，摇了摇头，道，“他学日语要是能有这一半的积极性就好了。”

周以笑了一声，道：“学习哪儿有泡妞快乐？”

覃松认清了现实，无奈地道：“说得倒也没错。”

宿舍里的水喝完了，路过超市时，两人进去买水。

覃松将一瓶一点五升装的纯净水抱在怀里，转身便看见周以一只手拎了两瓶，还要继续从架子上拿。

她瞪圆了眼睛，惊讶地道：“这么多？你拿得动吗？”

“我行。”周以轻松地拎着四大瓶水，道，“以前我的宿舍在六楼，那种桶装水都是我搬的。”

覃松由衷地“哇”了一声，周以在她心中的形象顿时又高大了不少。

四瓶水怎么说也有好几斤重，周以一路搬回去，肩不酸，手不抖。覃松暗叹捡到了一个大宝贝，以后的快递不愁搬不动了。

明天开始正常上课，大一头两周军训，周以只有星期四的一节校选修课。覃松看着周以的排课表表示十分羡慕，她这一周有三天都是早八点的课。

下午补了会儿觉，周以从卧室出来，看见覃松在补妆，问道：“你要出门吗？”

“嗯。”覃松叹了一口气，道，“日语系的老师说要在开学前聚一次餐，我们安桑今天又得开讲座了。”

“安桑”是日语系的系主任，一个和蔼的小胖老头。

周以笑了笑，道：“挺好的，我都不认识什么新同事。”

“明天去院里就能见到啦，不过，有一个人你应该不想见。”

周以问："谁？"

覃松闭着一只眼上眼影，刷子敲在盒沿上，"嗒嗒"地响。她神秘地笑了笑，一副"懂的都懂"的表情。

周以隐隐约约地明白了，从冰箱里拿了一瓶酸奶，坐到她旁边，耸耸肩，说："无所谓。"

手机铃声响起，覃松的眼线正画到一半，她不耐烦地"啧"了一声，一看备注，慌忙接起。

"喂，盛老师。"她不自觉地挤出一抹假笑。

"我在上厕所呢，马上就好、马上就好。"

"好的，你们在南门等我就行。"

周以看到她精彩纷呈的面部表情，忍不住笑出声，道："你为什么不直接说你在化妆？"

覃松加快了手上的动作，道："如果我说我在化妆，男人就会觉得，看，女人就是这么麻烦；如果我说我在上厕所，他们只会觉得，哦，人之常情，可以体谅。"

周以认同地点点头，觉得还挺有道理，她倏地想到了什么，问道："所以，接我的那天早上，你迟到了，也是因为化妆吧？"

覃松愣了一下，装作没听见。

"你知道我那天快被晒死了吗？"

覃松飞速地涂完口红，用力地抿了两下嘴，朝周以抛了个飞吻，道："走咯宝贝，你要吃什么，告诉我，我帮你带回来！"

周以对漂亮的女孩子总是有无限的包容心，压根就没真生气，道："给我带盒鸭脖吧！"

"好嘞！"

周以懒得一个人出门吃晚饭，随便吃了点儿面包和牛奶。她打算今晚早点儿睡，以活力满满的状态迎接正式上班的第一天。

洗完澡，周以用毛巾擦了擦身上的水，却在无意中瞥见小臂上的皮肤红了一块。她抬高胳膊，眯着眼凑近看，小臂内侧有一片红点，看着有些瘆人，周以抚了抚，不痛也不痒，没有凸起，不像疹子。

小时候，周然沉迷武侠剧，周以跟着看过几部，里头有各种毒，其中有一种毒发作时的症状好像就是这样，等红点遍布全身，中毒之人便会全身溃烂而死。

周以一口气堵在胸口，匆匆地套上T恤，在洗手台上摸到手机，对着小臂拍了张照，点开和李至诚的微信聊天框，将照片发送了过去。

周以："救命啊！你看！一片小红点！我是不是中毒了？！"

对方立马回复："怎么回事，过敏了？"

周以说："好像不是，不痒也不疼。"

她打开浏览器查询，刚打下"手臂上"几个字，搜索栏里就出现了"手臂上的小红点不痛不痒是怎么回事"的自动关联项，周以点开，匆匆浏览。

"手臂长红点，不痛不痒，有可能是樱桃状血管瘤……"

周以两眼一黑，耳边嗡嗡作响。

她截了图，给李至诚发过去，道："完蛋，我好像长瘤了。"

李至诚非常冷血地回她："上网查病，你不如先看看脑子。"

周以发了张小企鹅挠脑袋的表情包。

下一秒，屏幕上弹出语音通话的界面。周以吓得一激灵，接听后放到耳边。

"喂。"她的声音听上去委屈极了。

李至诚问："最近有没有搬什么重物？或者蹭到哪里了？我看像皮下出血的瘀点。"

周以想了一下，道："哦！我刚刚拎了水来着，是不是塑料袋蹭到了？”

李至诚说：“应该是，过两天就好了，小问题。”

虚惊一场，周以松了一口气，这会儿想起自己刚刚的反应，她还觉得有些好笑：“呵呵，吓死我了。”

李至诚轻哼了一声，暗讽道：“就你这生活自理能力，是怎么在国外待了六年的？”

周以脸上发热，不说话了。

电话那头，呼吸声时轻时重。周以还光脚踩在浴室的瓷砖上，头发上滑落的水珠打湿了T恤。她吸了吸鼻子，犹豫着是应该再问些别的什么，还是结束这一通电话。

“周以。”李至诚喊她。

“嗯？”

男人声音低沉，语气里带着命令的意思：“把裤子穿好。”

周以怔住了，耳朵发热，双腿不自觉地夹紧。这里明明只有她一个人，她却似乎被监视着一举一动，突然无所适从起来。

李至诚继续说：“头发记得吹干，你一到换季时就容易感冒，空调的温度调高一点儿。”

浴室里闷而潮，周以快喘不上气了，她小声地回道：“知道了，挂了。”

结束了通话，周以仔细地看了看她刚刚手忙脚乱之下拍了发给李至诚的照片，因为想拍得清楚一些，她是举高了手臂，拿到灯光下拍的，因此，镜子里的自己暴露无遗。

虽然镜子蒙了一层薄薄的水雾，镜子里只有一个虚影，但也能清楚地看见宽大的T恤堪堪遮住大腿根，露出的双腿白皙修长，头发被她随意地捋到脑后。

李至诚可能不知道，T恤之下，她其实什么都没穿。两分钟的撤回时限早已过去，而且他也已经看过了。周以咬着下唇，后知后觉地觉得尴尬和羞耻。

周以把剩下的衣服慢吞吞地穿好，顶着一条毛巾走出了浴室，她蜷成一团，窝在沙发上，开始担心李至诚会觉得她是故意的。

她烦躁地用毛巾搓着湿发，又听话地调高了空调的温度。

故意就故意吧！

反正她在李至诚面前发生的尴尬事也不差这一件。

第 三 章

随时待命

早上八点，周以在教工食堂打包了一杯豆浆和两个肉包，一边吃一边往学院教学楼走。

上课铃响起。这是疫情的寒冬过去后，莘莘学子重返校园的第一天。

教学楼的屋檐上栖着两只鸟，蓝天白云，万物明朗，周以拿出手机，取景拍摄，留作纪念。

她的办公室在二楼，办公室里一共有三个老师，周以的桌子在窗边，前面的位置是霍骁的。

他就是覃松口中那位周以不太想见到的同事。

四月，碍于疫情，下个学期的外教的审批程序没有完成，其他老师无法分担所有的课程，学院才想着要招新。周以面试失败那次，通过面试的就是霍骁，一位金光闪闪、年纪轻轻已经在学术界有所成就、法语水平也一流的优秀人士。

周以拜读过他的几篇论文，霍骁的主攻方向是语用学。

上学时，周以就不太喜欢此类课程，觉得无聊枯燥，但是霍骁的许多解读很有趣，他能从欧洲的下午茶文化谈到语言的审美意识，而且文字简练，语言生动，不冗长也不敷衍。他写的纯文科的学术性文章，她 整篇看完也不会觉得吃力。

周以佩服他，欣赏他，对他感到好奇的同时，也隐隐担心他是个不好相处的人。普通人尚且自信，何况这类本身就睥睨众生的人。

学校虽不如公司那般竞争激烈，但毕竟也是职场，她和霍骁一同入职，免不了要被比较，何况，她还输过一回。

周以长长地叹了一口气，祈祷一切顺利。

霍骁似乎是有课，此时并不在办公室，他的工位整洁有序，除去办公用品，唯一透着生活气息的就是一盆多肉植物。

周以胡思乱想了一会儿，拉开椅子坐下，拿出笔记本电脑，专心备课。

快中午时，王老师回来了，她的办公桌是靠门的第一张，现在，她不仅负责大二的精读课，还要带研究生。

“小周，你吃饭了吗？”

周以摇摇头，道：“我现在不饿。”

王老师说：“小霍应该就快回来了，你们可以约着一起吃。”

周以从她的笑容里读出了八卦的意思，听覃松说，学院里的老师早就讨论过他俩，并称他俩是“金童玉女，相爱相杀”。

前四个字，周以尚且能接受，后四个字则让她掉了一地的鸡皮疙瘩——相爱相杀？她只求对方手下留情。

手机屏幕亮了，李至诚问她开学第一天感觉怎么样。

周以抱着抱枕，缩在电脑屏幕后，打字回道：“不怎么样，有个来者不善的新同事。”

李至诚问：“耶鲁的那个？”

周以惊了：“你怎么知道？！”

李至诚说：“听张远志提过。”

周以趴在桌子上，心想，原来他们的故事都传到计算机学院了。

李至诚总是能读出她那些弯弯绕绕的小心思，道：“怕他干吗啊？他现在和你平起平坐，还能为难你？”

周以抿嘴偷偷笑了笑，但并没有打消心中的顾虑，她对李至诚说出实话：“我怕他看不起我，怕他张口就问我发表过几篇论文，参加过什么项目，有没有去过大使馆，有没有进过外交部。”

李至诚回了一条语音：“那你就问他卡里的存款几位数，开什么车，买了哪里的房，家里有几亩地。”

周以说：“你说得好像我有房有车、存款好几位数一样，我才没底气。”

李至诚理所当然地道：“我有，我给你底气，咱不怕他。”

周以不自觉地扬起嘴角，心绪起伏间，四秒的语音被她听完了，她放下手机，搓了搓脸颊。

窗外鸟鸣啁啾，参天的大树碧绿葱茏，金黄色的阳光碎了一地。

周以摸着胸前的硬币项链，挺直了腰背，仿佛被加持过的勇士，再无顾虑，只管一路向前，奔赴远方。

某一瞬间，她产生了错觉，好像她和李至诚从未分开过。

这个人一直看着她，相信她，张开双臂托住她。

Always on call.（随时待命。）

上午的最后一节课在十一点半结束，听到外头悠长的下铃声响起，周以关了文档，合上电脑，抬起胳膊伸了个懒腰。

她懒得出门找吃的，从包里拿了袋代餐饼干，嚼完两块后，她拍了拍手上的碎屑，抖开毛毯裹在身上，准备午睡。

迷迷糊糊中，她听到办公室的门被打开，有人走了进来。脚步声沉稳，是名男性。

他的动作很轻，周以虽困得睁不开眼，但大脑条件反射般地根据声音分辨出了他的一举一动。

他拉开椅子坐下了；他在喝水，用的是玻璃杯；他在翻阅资料；他在打字。

直到耳边发出“咚”的一声响，周以一下完全清醒了。

她睁开眼睛，快速地眨了两下，抬起头，先映入眼帘的是盆多肉植物，叶子小巧饱满，棕色的花盆上面贴着一张便笺：Hope to get along with you.（希望和你相处得愉快。）

周以挠挠头发，视线逐渐向上移，随后对上了一张清俊的脸庞。

“我吵醒你了吗？”男人的语气里带着歉意。

“没有、没有。”周以指着面前的多肉植物，问，“这是给我的吗？”

他笑了一下，脸上露出两个酒窝，道：“虽然我不能保证它防辐射，但是作为桌面装饰，它的效果还是不错的。”

周以被他的笑容感染，翘起嘴角道：“谢谢。”

“我们应该不需要再做自我介绍了吧，周以？”

突然被他喊出全名，周以有些反应不过来：“啊，嗯。”她抿了一下唇，不太自然地喊，“霍骁。”

霍骁又对她笑了一下，转正身子开始忙自己的事。

周以拿下搭在肩上的毛毯，叠好后收进柜子里，她伸长手臂，把那盆多肉植物挪到眼前，用指腹轻轻地摸了摸叶子。

霍骁和她想象中的不太一样。

他穿着纯色的T恤，衣摆扎进牛仔裤里，肤色很白，给人的第一感觉是干净，细观眉眼，他的五官虽然不算出众，却也不差，就像夏日未散的暑气渗进了初秋的风里，清新、鲜活、明朗。如果不是听到了他的声音，周以甚至会以为他是某个男大学生。

周以拿起杯子喝了一口水，不自觉地看向前面的人。

他正伏案看书，头微微地低着，后颈的隆椎凸起。

周以注意到他的脖子后有一颗小痣，就在脖子的正中间。她想起曾经看过的某部动画短片，“扑哧”一声笑了。

霍骁停下手中的动作，回过头，问：“笑什么？”

周以立刻收起笑意，抿着嘴唇，讪讪地道：“没什么，看到一个笑话，不好意思，打扰到你了。”

霍骁用轻描淡写的语气说：“没有，就是好奇你因为什么开心。”

周以像被点了穴位，整个人僵了好一会儿，才慢慢回过神。她放下杯子，不太自在地摸着脖子咳嗽了两声，心想：这个人是说话本来就这样，还是在故意撩人？

周以深吸一口气，不愿自作多情，但暗自决定接下来要降低自己的存在感，能不与对方交流就不交流。

下午一点四十分的时候，周以收拾好东西准备出门，路过霍骁的办公桌时，她特地加快了脚步，却听见他说："加油哦，周以。"

周以不得不慢下来，回他一抹笑容，道："好的，加油。"

霍骁的眼睛很漂亮，笑起来像两弯明月，非常具有亲和力。

他又是这样对她笑，比外头的阳光还灿烂。

周以匆匆逃离。

校选修课的教室在另一栋教学楼，周以步行过去用了十分钟，在门口遇见了她的助教。女孩叫苏瑶，口译研一，染了亮眼的粉色头发，看见她走过来，笑着挥了挥手："老师好。"

"你好呀。"周以和她一同走进去，教室里到了四五个学生。

苏瑶负责课程的线上签到工作，周以打开教室里的多媒体设备，准备授课。这是她第一次和学生面对面，站在讲台上，比起紧张，她的心里更多的是期待。

苏瑶走过来，说："老师，签到码我写黑板上了，等会儿让同学们在小程序上签到就行，今天没有人和我请假。"

周以点点头，道："好的，谢谢你。"

"叮！"一条新的微信消息弹出。

她无所不能的"鬼怪"先生永远不会迟到。

李至诚问："开始上课了吗？"

周以回："还没，已经到教室了。"

李至诚又问："怎么样？"

周以信心满满地回道："我摩拳擦掌！我迫不及待！"

周以："快打铃了！"

李至诚："好的。"

李至诚：“周老师最棒。”

嘴里仿佛有一颗正在舌尖上慢慢融化的水果糖，周以把手机反扣在桌面上，搓了一下脸颊，放松不自觉绷紧的笑肌。

午后的校园静谧安宁，悠悠的上课铃响起，阳光铺满了桌角。

上课铃声停止后，周以用一段流利的英文作为开场白，道：“Good afternoon everyone.This is my first class at J University,and the first time to see you.Glad to meet you and hope we can all enjoy this course.（大家下午好。这是我在J大上的第一节课，也是我第一次见到你们。很高兴见到大家，希望我们都能好好享受这门课。）”

底下坐着两排人，基本都是女孩子，全场的目光汇集在周以的身上，她扬起微笑，语气平和地说：“其实我也是个‘新生’，还不太习惯被称作老师，你们叫我‘Zoey’就可以，我的邮箱和电话号码都在屏幕上，大家记一下，方便以后提交作业。”

在正式介绍课程安排前，周以问同学们：“大家有什么问题吗？或是对这门课有什么好奇和期待的内容？”

有一个女生举了手，周以对她点了点头，示意她提问。

“老师，期末怎么考核啊？平时会有作业吗？平时分占总分的多少？”

这三个问题一下全砸过来，周以有些蒙，她缓了缓，耐心地回答道：“期末的时候，我会让你们上交一篇论文，平时可能会让你们写一些影评或者读后感，期末考分数占总分的50%，考勤状况占总分的20%，平时分占总分的30%。”

“好的，谢谢老师。”

“好，还有同学有问题吗？”

这次，台下一片死寂。周以扫视了一圈，发现大家都低着头，似乎最关键的问题得到了解决，其他都无所谓了。

周以觉得明明还有很多问题可以问，比如电影或小说，比如这门课会涉及的主题，比如他们将一起聆听和探讨的故事。

确定没有人再举手后，周以只好笑了笑，道："那我们就开始上课了。"

第一节课，周以从勃朗特三姐妹中的艾米莉说起，为了让同学们有更好的感受，她准备了一小段电影片段。

影片开始播放，周以退到了一旁。

这是《呼啸山庄》的第一幕，阴云密布的旷野之上，身披斗篷的女人独自行走着，关于爱与复仇的故事徐徐展开。

周以看过原著小说，也看过很多遍电影，她喜欢偏沉重压抑的文字，认为爱情"无疯狂，不浪漫"。

她把目光从屏幕转向底下的学生们，希望能从他们的表情中获得反馈。

然而，台下并没有人抬头，有人专注地盯着笔记本电脑，有人埋头在活页纸上写字，几乎人手一台平板电脑，触控笔戳在屏幕上，发出连续的"嗒嗒"声。

周以垂眸，提起一口气，再缓缓吐出，无论如何，她还是要保持住微笑。

片段播放结束后，她起身，略去提问环节，对着课件开始讲解。

其间也有学生抬起头，他们趁着喝水的工夫不咸不淡地瞥一眼讲台，把短暂地听她讲课当作中场休息。

下课前两分钟，周以开始说准备好的结束语："《呼啸山庄》是艾米莉唯一的一部小说，人们总爱用'奇特'形容它。它粗犷、荒凉、疯狂、凶暴，但它又神秘、浓烈、情感饱满，甚至是浪漫的。美可以细腻柔情，也可以凄厉残酷，没有规定，不设限制。感兴趣的同学可以在课后看看电影或小说。如果你有什么感想，也可以和我聊聊。”

她拿出十二分的热情，笑着道：“下课啦，大家再见。”

等同学们纷纷走出教室，周以的表情便垮了下来，背着包离开。她慢吞吞地走在路上，从口袋里摸出手机，像只被雨淋湿的猫，急需拥抱和安慰。

周以给李至诚发了条微信：“能给你打个电话吗？”

李至诚回得很快：“在开会，给我三分钟。”

周以叹了一口气，说：“没事，你忙吧。”她刚要放下手机，语音通话就弹了出来。

周以的鼻子瞬间酸了，她接通电话，将手机放到耳边：“喂。”

“怎么了？”

强撑的镇定一击即溃，周以丧气地说：“我觉得我好失败啊。”

“怎么了？没表现好？”

“没有，我觉得我的课讲得很好，但是没几个人愿意听。”

李至诚安慰她道：“大学生，不听课很正常，你得慢慢习惯，只有你才会连‘毛概’课都在认认真真地记笔记。”

周以无语了几秒后，接着说：“倒也不是，我知道这是一节‘水课’，也没有期待大家会坐得笔直、认认真真地听我上课。”

——所谓“水课”，指的就是只要人到场，平时分能得到，课可听可不听，期末时交篇论文即可过关的选修课。

“但是，我就是觉得很难过。”周以抓紧了包带，不知道该如何准确地向李至诚传达她的想法，“他们选择这门课程肯定是有些兴趣的，我希望他们可以放松地听我讲课，偶尔发发呆，回一下微信消息，或者去看看窗外的花草和树上的鸟，甚至是偷吃一颗糖，这些都没关系，而不是在一门可能不太重要的课上去完成更重要的事情。他们看起来比我还沧桑，这才开学第一周啊。”

周以自嘲地笑了笑，道："我都不知道是该觉得他们可怜，还是觉得我自己可怜。"

"那你就告诉他们。"电话那头传来水流声，李至诚似乎是在走路，语气平静而认真地道，"告诉他们你希望的。现在的孩子虽然难带，但还是善良可爱的。你不说，就等于是默许他们这样做。我知道，你想和学生像朋友一样相处，但是朋友也是要互相尊重的。何况，你是老师，你有这个权利。"

他好像总是能轻易地化解她的难题。

周以抬起头，天空澄澈湛蓝，飘着白云，她"嗯"了一声，说："我知道了。"她不想这么快结束通话，又问，"你在喝咖啡吗？"

李至诚回答道："泡了一杯茶，打算兑点儿旺仔牛奶，下午太困了。"

周以说："我也想喝。"

好几秒后，李至诚的声音才又响起："收钱。"

周以没明白，等她将手机从耳边拿到眼前，才看见微信上多了一笔转账。

李至诚说："周老师今天辛苦了，这是奖励你的。"

周以嘴边漾出笑容，咳嗽一声，道："我到院教学楼了，挂了。"

"嗯。"

回到办公室，只有霍骁一个人在，周以和他打了声招呼，而后回到了自己的座位上。晚上系里要开会，她打算坐一会儿就去吃饭。

"周以。"

听到霍骁喊她，周以抬起头，应道："唉。"

霍骁提议道："王老师说今天晚上要给我们办欢迎会，我在想，我们要不要请大家喝个下午茶？"

"哦。"周以点点头，道，"好啊。"

“你下午没课了吧？那我们现在去买？”

“行。”

霍骁有车，周以一路跟着他走到停车位，在心里感叹：这个人也太周到了，先是以一盆多肉植物向她示好，然后用下午茶给其他老师留一个好印象，还特地问她要不要一起，不让同为新人的她陷入尴尬的处境。

这种无公害的亲和力和细腻的心思，恐怕连李至诚这样的老油条都敌不过。周以更觉得自己是个没开化的呆子了。

“周以。”

霍骁突然停下脚步，回过身，两人的眼睛猝不及防地对上，周以吓了一跳，慌张地挪开了视线。

霍骁笑了起来，问道：“你一直盯着我做什么？”

被抓包了，周以做贼心虚，脸颊上泛起红，她大脑飞速地运转，脱口道：“你的脖子后面有颗痣。”

霍骁耸了一下肩，道：“对。”

周以继续胡扯道：“我以前看过一部短片，女主的男朋友是个机器人，他的程序开关就在脖子后面。”

霍骁顺着她的思路猜测道：“难道你怀疑我是个机器人？”

周以扯出一抹笑，嘀咕道：“说不定呢？你要是人类，那才可怕。”

霍骁脸颊上的酒窝凹陷得更深，他侧过身子，将手撑在大腿上，弯腰降低自己的身高，道：“那你按一下，试试看我会不会关机。”

“哈哈，你真有趣。”周以不走心地说，生硬地转移话题道，“我们快走吧，不早了。”

霍骁挺直身子，依旧泰然自若地道：“嗯，不早了。”

周以欲盖弥彰般地将双手插进外套口袋，埋头赶路。

霍骁这种人，大概面对山崩地裂也能做到面不改色，永远不会让自己陷入尴尬的境地。

周以轻吐了一口气。在今天之前，她万万没想到两人的关系会是这个走向。

他们在附近的咖啡店打包好了饮品，一共有五个纸袋，霍骁只留了一个给周以提。

周以觉得不好意思，道："我再帮你拿一个吧。"

两人的咖啡没有放进打包袋里，霍骁把手里的冰美式咖啡递给周以，道："那你帮我拿这个。"

周以接过，应了声"好"。

回到车上，霍骁把纸袋都放进了后备厢，然后绕到副驾驶座的门旁，帮周以开车门。

"谢谢。"周以一只手端一杯咖啡，利索地坐上了车。他的杂物栏里摆满了东西，没有地方放咖啡杯，周以只能用手捧着。

开到十字路口时，黄灯闪烁，霍骁放慢车速，将车停了下来。

他开口说："周以，把咖啡给我。"

"哦。"周以用右手端着自己的榛果拿铁，把左手端着的冰美式咖啡递了过去。

霍骁低下头，用嘴够到吸管，就着她的手喝了一口咖啡，笑着说："好了，谢谢。"

周以瞪圆了眼睛，呆愣地收回手，有水珠顺着杯壁滴落到她的裤子上，冰凉湿润，洇出一片水渍。她抬高右手，往嘴里灌了一大口咖啡，试图压住自己的胡思乱想。

周以想了想，还是觉得不对劲，偏头认真地问道："你以前就认识我吗？"言下之意是：我和你很熟吗？

霍骁笑得温和。他似乎总是笑着的，无论是说话时，还是安静地看着人时。

他说："你之前面试的时候，我也在。"

周以回想了一下，她用的是线上的会议软件，除了几位面试官，她并未注意到还有其他人在。

"你表现得非常优秀，说实在的，我本来胸有成竹，或者说，我觉得我只是来走一个过场，但你让我产生了危机感。"霍骁的语气非常真诚。

恭维的话谁不爱听？周以脸颊发烫，再无刚刚的气势，小声回道："谢谢，让你见笑了。"

红灯还有七秒，霍骁转过身子，直视她道："我本来还觉得可惜，知道能和你做同事后，我真的很开心。"

周以装傻充愣，连连点头，道："嗯嗯，我也开心能认识你这样的大神，以后麻烦你多多指教。"

霍骁依旧笑着，道："好，我们互帮互助。"

绿灯亮了，霍骁集中注意力开车。

周以咬着吸管，真切地感受到了什么叫如坐针毡。

回到学校，周以借和覃松约了饭的由头，回绝了霍骁的邀请。

"那我们晚上见。"

"好的。"周以挥挥手，道，"晚上见。"

一路没看手机，周以这时才看见李至诚在二十分钟前给她发了消息。

李至诚："吃晚饭了没？"

周以莫名觉得心虚，语气比平时娇憨："还没呢，现在去。"

李至诚似乎是在等她，立马便回复："嗯。晚上打不打游戏？"

周以："不打，要开会。"

李至诚："好，早点儿休息。"

结束了对话，周以收起手机，沿着学校的人工湖散步，卡着点在会议开始的前五分钟回到了院教学楼。

她推开门，看到长桌边上围坐了一圈人，霍骁朝她招了招手。周以对其他老师笑了笑，走到霍骁旁边的空位坐下。

坐在主位上的是系主任方勤思，他是同声传译方面的专家，参加过许多国际上的重大会议。看大家都到了，方主任戴上眼镜，清嗓开口道："好久没看见你们了，我今天在课上问了学生习不习惯，也得问问你们。How's everything?（一切都好吗？）"

大家纷纷回："Well.（挺好的。）"

有个活泼的老师大声喊了一句："Bravo!（好极了！）"她的语气俏皮，惹得大家都笑了起来。

"首先欢迎一下我们的新同事，你们估计也都认识了，霍骁，周以。"

被点到名后，霍骁和周以赶紧起立。

在霍骁做自我介绍的时候，周以听到底下有老师说了一声："还真是挺配的。"周以觉得有些不适，皱了一下眉，但她很快整理好了表情。

现在的人爱八卦，爱把别人凑成一对，周以，你要忍住。

"大家好，我是周以，很高兴加入我们外语学院英语系，以后请各位多多关照。"她朝左右都微微鞠了个躬，刻意避开了霍骁温柔的目光。

还盯着她看，没看到旁边那位老师的嘴角都要咧到耳根了吗？

办公室的老师们给他俩准备了入职礼物，给周以的是一个香薰机，给霍骁的是一台小音响。

幸好他们白天给大家准备了下午茶，周以在心里想着，不自觉地看了霍骁一眼。对方迅速捕捉到了她的眼神，与她对视。周以对着他扯了一下嘴角，低头假装看手机。

方主任和他们说了这个学期的教学安排，叮嘱他们：现在是特殊时期，学生们的表现肯定不太理想，让大家做好准备，也适当地调整一下规划，后面再慢慢追上进度。

工作上的事说完后，方主任合上笔记本，放松语气道：“今年还是一样，教师节的团建活动就定在下个周末进行，都没问题吧？”

有老师问：“那今年去哪儿啊？”

方主任回答道：“考虑到疫情，我们也不去远的地方了，我和小陈老师商量了一下，今年去溪城寻花湾。”

听到“溪城”，周以噌地抬起头。

由于她的动作幅度太大，霍骁转头看了过来，用嘴型问她：“怎么了？”

周以摇摇头，压低声音回答他：“没什么，就是……我一直很想去溪城玩……”

一提到要出去玩，气氛立马活跃了起来，大家一人一句，讨论得热火朝天。

负责组织活动的陈老师问：“哦，对了，大家想住民宿还是酒店？我看了一下，那边的民宿都挺有特色的。”

“那个……”周以举起手。

众人安静了下来，把目光投向她。

周以建议道：“我知道那边有一家度假山庄很不错，叫沐心，要不，我们去那里？”

陈老师点点头，说：“那里我知道，环境挺不错的，行啊。”

老师们又讨论起了行程、天气、景区特色。

周以搓搓脸颊，抿着唇，眼里的笑意藏都藏不住，她刚要摸出手机告诉李至诚这个消息，又瞬间打消了念头。

算了，先不说，给他个惊喜。

在一天即将结束时还能收获好消息，白天的负面情绪和疲惫统统被驱散了个干净。

散会后，周以脚步轻快，心情愉悦，要不是怕被学生认出来，她恨不得一蹦一跳地回宿舍。

看到闺密群里大家问她正式上班的第一天感觉如何，周以边走路边发语音：“还行吧，人民教师，任重道远。”她话锋一转，接着道，“就是有点儿奇怪，那个耶鲁的，太奇怪了。”

八卦队长王若含立刻出击：“怎么了、怎么了，他怎么了？”

周以叹了一口气，把脖子上的开关和咖啡的事复述了一遍，最后苦恼地道：“你们说，他是自来熟呢，还是在撩我呢？”

卢杉山断言：“他肯定对你有意思。”

郑筵比较客观：“也许他就是这样的人，再相处看看吧。”

王若含关注的点却跑偏了：“他帅吗？”

周以斟酌了一下，说：“你们还记得李至诚的室友云岘学长吗？他俩类型差不多。”

语音里，王若含脱口道：“那你不动心？”

周以嗤笑道：“怎么可能？他俩只是类型相似，都是温柔的人，相处起来让人觉得舒服，但本质不一样啊，起码云岘不轻浮。”

王若含表示无语：“服了，帅哥示个好，居然被你说成轻浮。”

周以不打算和她争辩，道：“反正我又不喜欢这个类型，我要是喜欢，我早在十年前就追云岘去了。”

卢杉山插话道：“那我就有些好奇了，为什么你当时没看上云岘？听你的描述，这人简直完美。”

路过小卖部时，周以买了一个可爱多甜筒，草莓味的。

本来，她打算正经回答。比如，云岘当时可是出了名地醉心学业，不近女色；比如，她就不喜欢温柔的男人。

但在剥开甜筒的包装纸，咬了一口奶油冰激凌后，周以倏地想起什么，满脸骄傲地夸道：“因为我们李至诚好啊，李至诚是全世界最好的。”

王若含：“我服了。”

卢杉山：“你到底是十八岁还是二十八岁？！”

陈文欢：“苍天啊，你对李至诚心动得很离谱，怎么就这么死心塌地？他当年是往可爱多甜筒里下了迷魂药吗？”

郑筵：“……”

在群里聊完，周以将手机锁了屏，塞进口袋里，可爱多甜筒依旧甜腻到齁人，她闭上眼，一口吞下，又跑回小卖部买了一瓶冰雪碧。

有一点，陈文欢说得没错，心动当然是离谱又突然，否则为何有“fall in love（坠入爱河）”这个词组？毫无准备的坠落才能让心跳加速。

汽水沁爽解腻，周以满足地打了个嗝，放松下来，思绪随着夜风悠悠地飘回了某个燥热的夏天。

这个世界上，不是每个小孩的愿望都能被满足的。周以从小就明白这个道理，所以很少说“我想要”。

大一的新生研讨课上，她听学长学姐分享出国交流的经历。她在课本或资料上见过曼彻斯特的剧院、利物浦的航海博物馆、爱丁堡的王子街、斯卡伯勒的皇家城堡，还有最具英式风情的雾都伦敦。作为一名英语专业的学生，她怎么可能不对那个陌生而具有吸引力的国度充满向往？

按照她的成绩，交流项目可以免去学费，她只需承担一年的生活开销。

周以犹豫了许久，才给家里打了那通电话。接通前，她满怀期待，在听到妈妈充满疲惫的一声“喂，小以”后，她又突然没了勇气。

听着妈妈习惯性的关心和唠叨，周以时不时地“嗯”一声。

“下个月，你的生活费可能得少一点儿了，你自己节约点儿，应该还是够用的。然然工作转正了，要买车，你爸一喝多，说要给侄子包个红包，拿了两万块硬塞到人家手上。唉，家里本来就过得紧巴巴的，你说，他逞什么能呢？”

花丛边，蚊子嗡嗡地叫着，周以抱着膝盖蹲坐在台阶上，脸涨得通红。

最后，她仓促地挂了电话，眼睛一眨，湿热的眼泪便从眼眶掉落。委屈和难过像打翻的浓缩柠檬汁，涩到发苦，她胸腔酸胀，无助地躲在无人的角落，将脸埋进胳膊，抽泣着。

周以不记得自己哭了多久，初夏的天气闷热，她出了一身的汗，嗓子冒火，觉得自己快要脱水了，脑袋也痛。周以发泄似的用拳头捶头，觉得自己没用极了。

“哎哎哎，小心把人打傻了。”捶到第二下时，她的胳膊被人抓住了。

周以抬起头，借着路灯的光，她看见了一个瘦高的年轻男人。意识到对方可能一直都在，她有些窘迫，用胳膊肘挡住了狼狈的脸。

李至诚从兜里掏出一包皱巴巴的纸巾，他自己都有些嫌弃，但条件有限，只能让她将就一下了：“擦擦吧，别哭了。”

周以抽噎着瞪了他一眼，道：“你看……看什么看？”

李至诚张了张嘴，说不出话，看她并不接，他抽出一张纸巾，上前胡乱地给她抹了把脸，道：“你以为我想在这儿陪你喂蚊子吗？妹妹，你踩着我的钥匙好半天了，我刚想让你抬一下脚，你就开始哭了，我还被你吓了一跳呢。”

周以低头看了一眼，挪开脚，地上真有一把钥匙。

李至诚弯腰捡起来，吹了吹灰后塞进裤子口袋里。

“哎，你是那个外语学院英语系的学妹吧？”

周以没心情和他套近乎，冷漠地回：“我确实是英语系的。”

李至诚在她的旁边坐下，自顾自地开始说：“我认识张远志，他给我看过你的照片，听他说，你是英语系这一届的系花？”

周以说：“我不知道。”

认出了对方是谁，她回头上下打量他，问：“你是那个，李学长？”

李至诚有些惊喜地道：“哟，张远志和你提过我啊？他是怎么夸我的？”

周以收回视线，把下巴放在膝盖上，玩着自己的鞋带。

——他说你是有钱但吝啬的二十一世纪的葛朗台。

“走吧。”李至诚站起身，拍拍裤子，道，“庆祝我找回宿舍的钥匙，请你吃个冰激凌。”

周以故意说：“那我要吃可爱多甜筒。”那时，可爱多甜筒四块五一个，对她而言是奢侈品。她看见对方的脸明显黑了，在心底偷偷地笑。

李至诚抬臂抹去额头上的汗，最终还是同意了：“行，就可爱多甜筒。”

周以其实并不喜欢吃这类甜食，舔完上头的冰激凌，剩下的脆皮对她来说实在是太腻了。

她刚准备丢掉脆皮，就被李至诚出手制止，他下令一般地道：“浪费可耻，吃掉。”

周以眨巴着眼睛。

“吃、掉。”

周以眼里的水汽还未散，撇着嘴角，含泪吃完了脆皮。

李至诚大概是有些心软了，从兜里摸出一张五元纸币，道：“喏，去买瓶雪碧，解解腻。”

已经吃了人家一个甜筒，周以不太好意思再拿钱，但她身无分文，喉咙里又实在腻得慌。算了，反正脸已经丢光了，她抽走钱，正要往超市走，后领口就被人抓住了。

李至诚提溜着她的衣领，让她转了个方向，指着对面的小卖部说：“去那家，那家卖两块五，这边的要三块钱。”他说得认真而诚恳，仿佛在讨论一个专业问题，比如，今天的股市涨跌情况。

“扑哧”一声，周以笑出了个鼻涕泡。

——他果然是有钱又吝啬的葛朗台。

大概是哭过一通，周以的笑点变得非常奇怪。她仿佛被点了笑穴，捂着肚子放声大笑起来。

起初，李至诚觉得她笑得莫名其妙，渐渐地，他似乎也被她的笑声感染，跟着低声笑起来。

“你笑什么。”李至诚一边骂她，一边叉着腰笑个不停。

周以喘了一口气，开启了新一轮的爆笑。

吊桥效应告诉人们，不是每一种心跳加速都来源于相爱时的悸动。那这一刻呢？

月朗星稀，夏夜的风潮湿闷热，蝉鸣终于停歇，路灯下有蚊虫飞舞。年轻人的笑声融进风里，他们的情绪趋于一致，心跳到达同一频率，抬头对望时，眼里只有彼此。

他们知道，这一刻，肆意的笑声是因为对方。

那混乱的心跳呢？

周六清晨，天高气爽，周以拖着行李箱走到校门口时，霍骁的车已经在了。

大家商量过后，最终选择自驾过去，周以被分到了霍骁那组，好在那组还有另外一个男老师。

霍骁下车帮她把行李箱放进后备厢。

“谢谢。”

上车后，霍骁问她：“吃早饭了吗？”

周以摇摇头，说：“没。”

霍骁说：“车上有三明治，我记得你喜欢喝拿铁咖啡。”

周以暗叹一口气，这人真是不放过任何一个机会。

她委婉地拒绝道：“谢谢，但我起得太早，没什么胃口。”

霍骁体贴到无可挑剔，道：“那等会儿饿了再吃，咖啡先拿着喝吧。”

车子启动，周以戴上蓝牙耳机，开启降噪模式，假装靠着车窗补觉，把空间留给前面的两位男性。

倏地，膝盖上多了一件东西，她睁开眼，发现是一件男士外套。她抬起头，通过后视镜对上了霍骁那双温柔的眼睛。

“车里开了空调，怕你着凉……你继续睡吧。”

周以还没开口，就听到副驾驶座上的刘老师奇怪地笑了起来，道：“霍老师，你可太暖了。”

周以挤出一抹笑。那两人又回到了刚才的话题。表面上看，她没受影响；实际上，她往闺密群里发了一连串表情包，借此发泄情绪。

王若含道：“我猜，耶鲁男又发起攻势了。”

周以：“……先是给我带了早饭，还特地说了一句‘我记得你喜欢喝拿铁咖啡’，然后又在我睡觉的时候往我的身上盖衣服。”

周以：“救命，他到底想干吗啊？！”

卢杉山直言道：“追你呗。”

周以：“不可能，我看他别有用心。”

王若含："周以，你干脆气死我吧，你是对帅哥有偏见，还是对男的有偏见？我求之不得的帅哥，你居然看不上？！"

周以看她如此渴求，恨不得赶紧拱手相让："要不，我把他介绍给你？正好，宁城离海城也不远。"

王若含回复："别，他的长相符合我的审美，但性格略有欠缺，我不稀罕。"

这话正中周以下怀："己所不欲，勿施于人。"

王若含屈服了："好好好。"

陈文欢说："可惜了，他遇上你这么个'大直女'。"

周以不太认可这话："我是对本人的异性缘有自知之明。"

不是妄自菲薄，周以知道自己长得还不错，但在恋爱市场上，她这样的外貌并不吃香，在遇到李至诚之前，周以甚至从未被男生告白过。

王若含以前的分析是："大部分男人都喜欢'御姐'，并奉之为女神，但要选女朋友的话，肯定还是软妹最好呀。"

就拿她现在回忆起来都觉得丢人的高中校花争夺战说，当时，她的竞争对手是隔壁班的江蓁，人家个头娇小，圆脸大眼，据说情书和礼物收到手软，早晨上学时，桌肚里会有爱慕者塞的面包，午休回来时，桌上会有奶茶，晚自习还有人给送夜宵。

当时，几乎全年级的男生都把票投给了江蓁，周以是靠那群战斗力爆棚的女生的支持，才与她打成平手。

周以把腿上的衣服叠好，放到一旁，她不认为自己魅力出众，能吸引到霍骁。她非常清醒，且自我认知准确，因此，霍骁的那些招数对她完全无效。

周以拿起手机，继续打字："人家刚从美国回来，也许只是寂寞了，想玩暧昧，但他找错人了，我就是不吃他这一套，我只希望他趁早收手，我跟他的八卦都快传遍整个学校了。”

三秒后，手机上弹出来电界面，周以吓得一愣。看见来电人的姓名，她抬眼看了一眼前面的霍骁，点了接听。

“喂，怎么了？”

李至诚劈头盖脸地问道：“什么叫寂寞？什么叫想玩暧昧？你给我把话说清楚，那个耶鲁的孙子干吗了？！”

周以警觉地抬手捂住了耳机，生怕漏音。她清清嗓子，随口搪塞道：“我应该是发错人了，没什么事。”

李至诚根本听不进去，继续用噪声攻击：“你给我离那孙子远点儿，听到没？”

周以极其敷衍地“嗯嗯嗯”，想赶紧结束这通电话，却没料到有人唯恐天下不乱。

霍骁回过头，温声问她：“周以，前面有个服务区，你要去吗？”

电话那头突然一片寂静，周以感觉仿佛有密密麻麻的小虫在她的头皮上爬。她摇摇头，小声回道：“不用。”

“好的。”霍骁又说，“还有一个小时，你可以再睡一会儿。”

周以看了一眼屏幕，确定李至诚还没挂断电话，试探着“喂”了一声。

无人回应。

“摩西摩西？学长？沓沓它爹？”

李至诚深吸了一口气，周以的心脏也跟着猛地起伏了一下。

“你大清早的在人家车上？要跑去哪儿？”

周以用手指搓着裤子的布料，明明说的是实话，她却毫无底气：“教师节的团建活动，系里的老师一起出去玩。”

李至诚冷哼了一声。

电话那头又沉默了许久。周以口拙，不知道该怎么解释。如果他还是她的男朋友，她可以撒娇耍泼，卖个萌；但现在，两个人的关系不尴不尬，周以不好把握，不知如何进退才算得当。

“那个，没什么事的话，我挂了。”

“周以。”李至诚出声喊住她，语气冷硬，低沉的声线带着日常说话时没有的压迫感，“你之前在国外，我管不了你，但现在，你在我的眼皮子底下，就规矩一点儿，咱们慢慢来。”

周以的呼吸都仿佛停滞了一秒。她抿紧嘴唇，揉了揉发烫的耳朵，应道：“嗯。”

“挂了。”

“好。”

周以摘下耳机，侧过身子，藏住不自在的神情。

几分钟前，李至诚给她发了消息，问她周末打算怎么过，周以没注意到，所以把消息发错了对象。

李至诚最后那句话，她听懂了。

他们的想法应该是一样的：两人重逢不久，复合也不能一蹴而就，但如果决定了要再试试，那就是认定了这个人，时间不是问题，但不能再动摇。

周以指尖都在轻微发抖，想骂自己没出息，但又真听他的话“规矩”起来。

周以点开微信，给李至诚发消息：“这个周末进行教师节团建活动，大家一起出去玩，要待一天一夜，明天下午回学校，我被分到坐他的车，还有一个老师在的。”

李至诚回：“知道了，玩得开心。”

周以噘了噘嘴：李至诚真生气了吗？都不问问她去哪儿玩。

路上太无聊，闹了这么一出后，周以也没了困意，过了一会儿，她又打开了和李至诚的微信聊天框。

周以：“你在干吗？今天怎么起得这么早？”

李至诚说：“被我妈喊醒了，要我去陪她那群小姐妹吃饭。”

周以：“那你去吗？”

李至诚：“不去。”

周以：“为什么？”

李至诚：“我傻吗？她们要真是姐妹聚会，喊我干吗？她们喊我就是要介绍对象。”

周以：“哦。”

周以：“那你别去。”

李至诚：“不去。”

周以：“嗯嗯。”

周以没话说了，发了一张“猫猫托腮”的表情包过去。聊天框上方又出现了“对方正在输入……”，周以不自觉地勾起嘴角。

李至诚说：“我本来正打算出门。”

周以问：“去哪儿？”

李至诚：“找你。”

周以嘴角的笑容更控制不住了，她从口袋里摸出口罩，挂在耳朵上。

周以：“我出去玩了，你别来了。”

李至诚：“嗯，不去了。”

周以又问：“今天溪城的天气好不好？”

李至诚：“我拉开窗帘看看。”

李至诚：“挺好的，是晴天。”

李至诚：“我睡个回笼觉，你在外面注意安全。”

周以：“知道了，睡吧。”回复完最后一句，周以收起手机。

高速上的车辆平稳前行，路过一排大树，绿荫掩映，阳光倾洒其间，快要到溪城了。她点开手机自带的相机软件，对准车窗外掠过的景色拍了一张照。

车子行驶两个小时后到达了目的地，下车后，周以捶着后腰，伸了伸酸痛的四肢。

沐心山庄离寻花湾景区很近，是附近规模最大的民宿，整体复刻了唐风小镇的风格，古色古香。山庄里本身也有许多项目可以玩，几个老师说要约着去泡温泉。

进入大门后，看到小庭院里有架木质秋千，周以眼睛亮了亮，将手机递给旁边的王老师，问道："能帮我拍一张照片吗？"

"好啊。"王老师热情地接过手机，应道。

周以走过去，坐在秋千上，摆好姿势，朝镜头笑了一下。

"好咧。"王老师抓拍了几张，把手机还给周以，道，"果然，漂亮的人随便拍都好看。"

周以不好意思地笑了笑，挑出最满意的一张，放大图片，去掉背景，只露出她的上半身和秋千，连同刚刚在路上拍的风景照，发了条朋友圈。

配的文案是："今天天气很好，适合见面。"

陈老师喊大家去前台办理入住，周以拿了房卡，找到了对应的房间。

据说，山庄里每间房的布置风格都不一样，周以的这间房是田园主题，有淡紫色的壁纸和鹅黄色的窗帘，床单是奶白色的，点缀着绿色的碎花，化妆台上摆着花瓶，里头插着几朵洋桔梗，屋里飘着浅淡的花香。

收拾完行李，周以倒在柔软的床铺上，舒服地扑腾了两下。

群里，陈老师喊大家吃午饭。周以换上一件连衣裙，补好口红，拿包下了楼。

李至诚大概还没醒，没看见她发的动态，也没给她发消息。

周以边走路边打字："吃午饭啦，快起床！"

正午的阳光灿烂金黄，有人在屋里睡得昏天黑地。

李至诚是被云岘喊醒的，睁开眼，他看到的就是对方充满嫌弃的一张帅脸。

"你来吓人啊？"李至诚捞过被子，盖住脑袋，翻个身继续睡觉。

"赶紧起来。"云岘走到窗边，拉开窗帘，"你知道谁来溪城了吗？"

李至诚懒懒地回道："谁来了我今天都要睡到下午。"

云岘抱着手臂，已经做好了尽情嘲笑他的准备，道："周以来了。"

李至诚整个人如同被按下了开关键，一下从床上弹了起来，顶着乱糟糟的头发，眯着眼睛，提高声音问道："谁？！"

"你自己看她的朋友圈。"云岘把手机丢给他，道。

李至诚揉揉眼睛，看见云岘给他打了九个电话，姜迎打了四个。

李至诚双手合十，道："你们夫妻俩真是我的救命恩人。"

云岘从衣柜里给他拿衣服，道："说恩人太重，再生父母就行。"

李至诚白了他一眼，骂了声"滚蛋"，而后打开微信，找到了那条发布于十点三十二分的朋友圈。李至诚匆匆地扫了一眼文字，点开了图片。

云岘问："我应该没认错吧？那是你家的山庄。"

李至诚有些反应不过来，呆愣地点点头，道："是。"

他不可能认不出来这架秋千，那是某年的暑假，他爸以新键盘作为报酬，让李至诚自己动手搭的，现在，它摆在了山庄的小庭院里。

李至诚一拍脑门，恍然大悟地道："她说和老师们出来团建，原来是来我这儿啊。"

云岘提醒他："那你还坐着干吗？"

"哦哦哦。"李至诚套好衣服，火急火燎地刷牙洗脸。

云岘和姜迎的住所就在李至诚隔壁那栋公寓楼，下楼取车时，云岘说："哎，等等姜迎。"

李至诚心急如焚，但又不想表现出来，强忍着不耐烦问："等她干吗？"

云岘挑了下眉，回答道："周末无聊，我俩也去玩玩。"

李至诚狐疑地打量了他一眼，道："……行吧。"

三分钟后，楼道里传来了一阵急促的脚步声，姜迎跑了出来，她按捺不住兴奋，仿佛要去春游的小学生。

这还是李至诚头一次见她的眼睛放着光，他哼了一声，讽刺道："我的姜大策划，什么时候上班能这么积极就好了。"

姜迎眨眨眼睛，收敛了表情，躲到云岘身后。

云岘自然是护着她的，咳嗽一声后，他启唇道："现在又不是上班时间，这是我的老婆，不是你的员工，注意言辞。"

李至诚被气到，做了个干呕的动作，道："有老婆了不起？"

云岘催他："快开你的车。"

一旁的姜迎补完了后半句："找你的老婆去。"

第四章

薄雾玫瑰

开车去度假山庄得近一个小时，赶上周末，交通拥堵，二十分钟过去了，李至诚的车才往前挪动了几十米。

李至诚心急如焚，焦躁地捶打着方向盘，旁边的二位气定神闲，一边闲聊，一边分食姜迎从包里拿出来的盐津桃肉。

李至诚终于忍不下去了，他夸张地咳嗽了两声，架势好比公园里晨练的老大爷开嗓。

云岘停下动作，看他一眼，了然地点点头，从袋子里拿出一块盐津桃肉，塞到李至诚的嘴里，埋怨道："你也要吃？不早说。"

李至诚："……"

盐津桃肉的味道咸酸，李至诚嚼了两下，表情痛苦，一脸嫌弃地道："这什么东西？"

姜迎向前探出脑袋，道："好吃吧？简直让人口齿生津。"

李至诚勉强嚼完咽下，他不喜欢吃酸的，冷酷地回道："好难吃啊。"

姜迎垮下脸，嘟囔道："你要觉得不好吃，以后也别再去我的零食筐里拿吃的。"

李至诚清楚地听见了这句话，回击道："我还没说你呢，哪儿有用办公桌上的收纳篮装零食的道理？你看看咱们工作室现在是什么风气？都是你带起来的！"

姜迎怒了，道："你在办公室摆一墙的'手办'就作风优良了？"

云岘听他俩吵架听得头大，安抚道："好了好了，别吵了，和气生财、和气生财。"

姜迎娇嗔地哼了一声，偏过头去。

李至诚贱兮兮地学着她哼了一声。

云岘叹了口气，摇摇头，心道："儿子"和"女儿"，没一个让他省心。

过了一会儿，云岘问李至诚："你要过去的事情，你和周以说了吗？"

李至诚摇摇头，道："没说。"

"你不和她说一声？"

李至诚摸了一下耳朵，道："我不想表现得很猴急。"

姜迎嗤笑一声，道："你还不够猴急吗？"

李至诚凶神恶煞似的瞪了她一眼，她缩着脖子，躲到云岘的座椅后，识时务地拍马屁道："我觉得老板说得对，不能表现得太着急。"

离山庄越来越近，最初的急躁过后，是突如其来的紧张感。李至诚深吸一口气，握着方向盘的掌心已经冒了汗。

"以我和她现在的关系，好像我做什么都可以，又好像我做什么都不可以。"

李至诚很少求助于人，他不屑，也不需要，所有问题，他都得靠自己想明白，自己做出选择和决定才行，但现在，他是真的束手无策了，他被困在一个迷宫里：有的时候，阳光刺破云层，眼前明朗，前路清晰可见；更多的时候，浓雾缭绕，阻挡了视线，他不知道该往哪儿走，走几步，不知道前方是墙还是出口。

这道题太难了。

姜迎却不懂他的困惑，理所当然地道："那你为什么不直接和她说清楚呢？你们不是都想和对方复合吗？也许她在等你呢？"

李至诚摸了摸嘴唇，在路上堵了太久，他的烟瘾犯了。

他说："是她甩了我。"

姜迎以为他是顾及男人的脸面，道："哎哟，追老婆嘛，面子可以先放放的。"

"姜迎。"李至诚没把话说透，"解铃还须系铃人。"

姜迎不明白，问道："什么意思？"

李至诚很清醒："如果以前的问题还没解决，再来一次，结果也不会变。"

——只有把从前的心结解开，他们才能畅快地谈以后。这个结不在他这儿，在周以那里。

姜迎理解地点点头，又问："那你们当初是因为什么分手的？"

李至诚很轻地笑了一下，现在想起来，他还是觉得荒唐："因为掉了一把钥匙。"

李至诚不想再聊这个话题，没管想继续刨根问底的姜迎，他就此停住："不说这个了，说起来就郁闷。"

他们到达山庄时，已经是下午一点，停车场里满是车，周末来玩的游客很多。

李至诚给周以发了条微信消息，问她现在在干吗，而后拔了车钥匙，刚要收起手机，就看到手机屏幕上的来电提醒，他接起电话，打开车门下车。

"喂，妈。"

"出门啦？"

李至诚顿了一下，问："你怎么知道？"

"我看你的微信步数变了。"

"……我和云岘有事，怎么了？"

"你俩去哪儿啊？"

李至诚随便编了个理由："他想给店里换两盆花，我俩在市场。"

不料，这一谎言被沈沐心一下戳穿，她冷了语气，警告道："李至诚，你三岁的时候我就告诉过你，撒谎是很恶劣的行为。"

李至诚打了一个激灵，挺直腰背，猛地反应过来，问："你是不是看见我了？"

沈沐心说完"回头"，便挂了电话。

李至诚如同机器人一般，僵硬地扭过脖子，看到了身后几十米外站着以他母亲为首的一群女人，几人穿着优雅的裙装，或笑或私语。

大家都是熟人，有一位太太想撮合自家的小女儿和他很久了，李至诚看见她就头疼。

走过去的几步里，李至诚已经换上了与人应酬时的得体笑容，挨个打了招呼。

周末聚会，太太们都带了女儿一起，她们刚刚吃完饭，这会儿出来散步消食，正想去半山腰上新建的花房看看。

和那几个贵妇太太寒暄完，李至诚立马被他妈推到了另一个女人堆里，并收到命令："带着妹妹们好好玩，刚刚吃饭的时候，我们还说起你了呢。"

李至诚硬着头皮应了下来，回头准备求助云岘和姜迎，却发现那两人早没影了。

李至诚的心思再次被看透，沈沐心的声音从他的身后悠悠地飘来："你被我逮到了就别想跑，好好陪她们玩。"

李至诚企图脱身，说："我是真有事才来的。"

"什么事？"

李至诚当然不能说实话，要是被他妈知道周以在这儿，那会更要命。

他拿出手机看了一眼，周以还没回消息。

"行吧。"李至诚妥协了，"就陪一个小时，我是要收费的。"

沈沐心呵呵地笑着说："行，我现在就给你转账。"

看见转账通知上的数字，李至诚满意地咳嗽了一声，抻抻胳膊，开始今日份的营业。

不就是一群小姑娘吗？他应付得还少？

李至诚单手插兜，未打领带的白衬衫衬得他多了几分斯文。

他既是剑眉星目的贵公子，又是风流倜傥的少东家。他坐拥身后的整间山庄，对这里的一切如数家珍。仿佛年轻的国王，他右手一抬，潇洒又自如地道："最近花房里的玫瑰开得特别好，走，我带你们看花去。"

团建活动对个人的行程没有特别规定，小陈老师基本是让大家自由行动。

吃过午饭后，几个老师动身前往寻花湾景区，周以临时接到了乐翡的电话，说是考虑到天气因素，有场戏突然改了时间。

周以临时在民宿的房间里上了一堂网课，紧急帮乐翡顺完了台词，而后伸了个懒腰，有些心疼自己这个苦命的打工仔。

她起身倒水，拿起手机，这才看见李至诚发来的消息，回复道："我现在在房间里，正准备出去逛一逛。"

看对方没立刻回，周以起身收拾东西，准备出门。她刚刚听王老师说，山上有个花房很漂亮，还有一家很不错的咖啡馆。周以对那些景点没什么兴趣，她把电子阅读器放进了包里，打算去咖啡馆消磨时间。

走到一楼大堂后，周以发现霍骁坐在沙发上，她刚想假装没看见，悄悄溜走，对方就抬头看了过来："周以？"

周以闭了闭眼睛，扬起微笑应道："唉。"

"你没跟着去？"霍骁有些意外。

"嗯。"周以点点头，道，"我有点儿事。"

霍骁放下手中的杂志，站了起来，周以的视线也跟着抬高。

他问："那你现在打算去哪儿？"

周以回答道："出去随便逛逛。"

霍骁借机邀约道："想去花房看看吗？听说挺漂亮的。"

周以心里“咯噔”了一下，只能说：“行啊。”

意外地收获了一个同行者，周以不太自在，只顾低着头走路。

山上建了一段玻璃栈道，路面是全透明的，可以看见底下的繁茂树林，仿佛行走在云端。

“周老师。”

不知道从什么时候开始，霍骁慢了她半步，周以回过头：“嗯？”

今天阳光灿烂，气温有三十摄氏度，绿叶泛着光，蝉鸣不休，有几只麻雀停在栏杆上。霍骁的额头上冒了一层汗，却一点儿都不狼狈，他微红着脸颊说：“能不能走慢一点儿？”

“啊？”

霍骁腼腆地笑着说：“我有点儿恐高。”他说的是自己的弱点，却丝毫不窘迫。

周以反倒不好意思起来，道：“我走得太快了？对不起、对不起。”她往回走了几步，下意识地伸出胳膊。

霍骁搭上她的手腕，道：“没事，慢点儿走就行。”

周以扶着他，放慢脚步，道：“你别往下看，往前走。”

霍骁点点头，脸颊两边露出酒窝，道：“好，往前走。”

走过玻璃栈道后，霍骁便松开了手，他叉着腰，长长地舒了一口气，恐惧的滋味不好受，好在有周以陪着，这样想着，他望向周以的眼神又有了细微的变化。

周以也出了汗，她拿出纸巾，分给霍骁一张。

霍骁接过，直直地盯着她的眼睛，说：“谢谢。”

“不用。”周以用手扇着风，指着一块指示牌问，“前面是不是就是咖啡馆？”

霍骁顺着她手指的方向看去，道：“嗯，好像是。走吧，我请你喝咖啡。”

咖啡馆外放置了圆桌和格纹编织座椅，整体看上去是典型的法式风格，玻璃门上绿植丛生，可见许多浅色玫瑰，隐藏其间的木牌上写着花体英文字——Misty Rose（薄雾玫瑰）。

“‘Misty rose’是一种花吗？”霍骁好奇地问道。

“不是，这是一种颜色，叫薄雾玫瑰。”周以敛目，迈步进屋，道，“走吧。”

这间咖啡馆以棕白为主色调，点缀着灰粉，装饰复古而精致，门口的五斗柜上铺了碎花桌布，上面的小物件多种多样，给人一种进了古董博物馆的错觉。里面的每一张桌子上都摆放有装着浅色玫瑰的玻璃花瓶，光线偏暗，比起诗意，整个咖啡馆更具有一种让人如临梦境的油画感。

前台的服务生看见他们，微笑着道了句“欢迎光临”。

黑板上用白色粉笔写着菜单，霍骁浏览完，给自己点了一杯烤栗子拿铁。

“周以，你想喝什么？”霍骁没听到她的回答，随后看过去，发现她正目不转睛地盯着里头的某一桌。

方桌旁围坐了四五个年轻的女孩，她们言笑晏晏，拿着手机聚在一起拍照。有些特别的是，这桌还有一个男人。

男人穿着白色衬衫和黑色西裤，气质出众，连随意地靠在椅子上喝口花茶都透着贵气，似乎他并不是这里的客人，而是屋子的拥有者。

有个女孩把手机递给那个男人，似乎是想让他帮忙拍照。男人伸长胳膊接过，横过手机对准她们，样子不算认真，但还算有耐心。

周以终于动了，她拿出手机，解开锁屏后滑动了两下，然后拨了一通电话。霍骁听见男人的手机铃声随之响起。

男人从口袋里取出手机，看见来电人后，立马抛下了手中的事，飞快地点了接听。

周以问："你在哪儿？"

电话那头的人说："我和云岘……"

一句话没有听完，周以就挂断了电话，动作利落干脆。

周以本来就长得英气，这下板着脸，更显得高冷不好惹，连前台的服务生都噤了声，不敢催她赶快点单。

电光石火之间，霍骁顿悟：原来是一场不太愉快的捉奸啊。但他明明听说周以单身……

霍骁的嘴角露出了意味深长的笑意，与他平时的温和截然不同。他隐隐有些兴奋地想，事情变得有趣起来了。他是看热闹不嫌事大，也不介意此刻的场面再混乱一点儿。

接下来，就是他上场表演的时刻。

阳光从打开的门泻进屋里，霍骁逆光站着，幻想自己是偶像剧里从天而降、英雄救美的男主角。抒情的背景音乐开始在脑中播放，霍骁向前迈了半步，抬起左手，遮住了周以的眼睛，从背后把她整个人拥在怀里。

霍骁猜测，她现在应该是死死地咬着下唇，泫然欲泣。所以，他轻声安慰道："没事，有我在。"

眼前突然一黑，周以吓了一跳，随之而来的是耳边的细语，她起了满身的鸡皮疙瘩，耳朵又湿又痒，难以忍受。

搞什么？

她想挣开，霍骁却紧紧地箍住了她，仿佛她迫切地需要这个拥抱。

周以深吸一口气，微蹲下身，气沉丹田，汇聚了全身的力量用胳膊肘向后推了一下，然后抡起了胳膊。

霍骁：这架势是要干什么？哪部电视剧这么演？我是深情男主，又不是街边的地痞流氓。

出于保命的本能反应，霍骁赶紧卸了力气，松开了手。

周以使出去的力气突然没了地方承受，由于用力过猛，她重心不稳，眼看要往后倒。

霍骁见势又赶紧来拉她，周以感觉自己的胳膊被抻得要脱臼了，她清楚地听见了自己骨头错位的声音。

情况逐渐失控，被扯回来后，周以和霍骁迎面撞上。

眼看着两人的距离越来越近，周以惊恐地闭上了眼，在这种时候，她竟然还有工夫想：如果她这样撞上人家坚硬的胸肌，撞出脑震荡，也不失为一桩美谈。

——如果霍骁有的话。

“啊！”

“呃！”

一声惊呼，一声低吼，仿佛火星撞上地球，碰撞出的却不是火花，而是血泪。显然，周以算漏了她的身高，这么撞过去，哪儿能撞到人家的胸膛？

额头磕到了硬物，一瞬的钝麻感过后，是钻心的、火辣辣的疼。她咬牙骂了句英文。

霍骁也没好到哪儿去，他痛苦地捂着嘴，一再确认门牙没被撞飞才放下心。

周以摸到额头上有湿热的血，整张脸都扭曲了。

很快，屋子里的人都注意到了门口的动静。李至诚端着茶杯，漫不经心地把视线投向那处。背着光，他只能看见两人模糊的身影，想着也许是小情侣在吵架推搡。

李至诚觉得无趣，正要收回视线，却突然一顿。

那女孩怎么这么像周以？

他情不自禁地站起身，想走近求证。

确认那就是周以后，李至诚刚要出声喊人，就看见那个碍眼的男人吻在了她的额头上。

李至诚眼球充血，血压飙升，把拳头攥得“咯咯”响。即使他在心里骂了一万句脏话，表面上看也只是脸色略微阴沉了些。

李至诚不再走过去，站在几米外的地方，克制着怒火，压低了声音喊：“周以。”

周以听见后，捂着额头回头看他。

对上她一副要哭的表情，李至诚的心空了一瞬，顷刻将其他的情绪全部抛到脑后，拔腿跑了过去。

“怎么了啊？”

“学长。”周以拿下手，眼眶里盛满了泪，一开口，眼泪便如珠子般滚落，她抽泣着说，“好像磕到了。”

李至诚捧着她的脸，仔细查看着伤口——磕掉了一小块皮，露出了肉，此刻正冒着血珠。

他轻轻吹气，问：“疼不疼？”

周以的声音带着哭腔，委屈至极：“疼死我了。”

李至诚的心揪了起来，道：“也心疼死我了，祖宗。”他替周以抹了一把泪，抽了几张前台的纸巾，替她擦去伤口边缘的血迹。

周以想抬手，却被李至诚按住了：“别碰，我带你回去擦点儿药。”

周以乖顺地点头，任由他牵着自己离开。

一只脚踏出去后，周以才想起霍骁，她停下脚步，回头看向他，问：“你没事吧？”

霍骁摇摇头，朝她温柔地笑了一下。

“那我先走了，这是我的学长。”

霍骁不动声色地看了李至诚一眼，道：“好。”

李至诚毫不退让地迎上霍骁的目光。

李至诚的眼神带着敌意，仿佛他是森林里巡逻的雄狮，在告诫想要侵犯自己领地的外来者趁早死心。

两人相携离开，留下一屋子八卦群众，霍骁自然待不下去，清了清嗓子，整理了一下衣领，推开门不慌不忙地走了出去。

反正他不尴尬。

回想起刚刚娇气可怜、哭得仿佛被全世界抛弃的周以，霍骁的神情又有些不自在。他感受到了不在他预料之内的心软和酸涩。

霍骁用手背蹭了蹭自己的下巴，那里应该青了一块，其实，他受的伤也不轻。

如果没有突然介入的男人，给她擦眼泪的人，会不会是自己呢？霍骁望着无云的天空胡思乱想。

大概不会吧。那个男人出声之前，周以把嘴唇咬得快要破皮了，也没有表现出一丝一毫的脆弱。

她原本是不打算哭的。

疼痛感过去后，哭声停止了。周以抽回自己的手，插进口袋里，低着头独自快步走在前面。

李至诚加快步伐跟上她，问："走那么快干什么？"

周以想装作善解人意，话却控制不住地说得咬牙切齿："你再不回去，妹妹们得生气了吧？我没事，你快回去吧。"

李至诚抓住她的胳膊，问："哪儿来的妹妹？"

周以偏过头，嘟囔道："明明说过不去的。"

李至诚的手滑过她的手腕，和她掌心相贴，道："我真没想去，是被我妈强迫的。"

周以不信，"嘁"了一声，道："这么多个妹妹，介绍对象还是皇上选妃？"

李至诚的手指穿过周以的指缝，紧紧地扣住她的手，道：“再多我都不喜欢。”

周以刚刚没注意他的小动作，反应过来时，她已经挣脱不开，也没力气折腾了，她抽了两下手，见抽不出来，就随他牵着了。

李至诚开口问她：“那个就是耶鲁的？”

周以“嗯”了一声。

李至诚追问道：“你们怎么一起行动了？其他老师呢？”

周以解释道：“正好碰上了。”

李至诚将信将疑地问：“是吗？”

周以察觉出不对劲，抬头瞪了他一眼。该生气的人明明是她吧？怎么反而变成她被审问了？她抬腿就往李至诚的腿上踹了一脚，而后气鼓鼓地往前走。

不知道李至诚是不是被踹疼了，他不再追上来，落后两步，慢慢地走在她身后。

两人一前一后，一个盯着脚下的路，一个盯着前面人的后脑勺。

走到玻璃栈道上时，周以突然停下，回头小跑到李至诚的身边。

李至诚心里一紧，问：“怎么了？”

周以还是不看他，唇线绷着，没消气，但伸手牵住了李至诚的手，道：“别往下看，被吓到腿软了，我可背不动你。”

李至诚得寸进尺，与她十指相扣，应道：“好的。”

“到底是哪个蠢蛋提议修的这个？难道他不知道这个世界上有人恐高吗？”周以一边走，一边忍不住抱怨道。

李至诚皱了一下眉，抿着嘴不说话。

能俯瞰山林的玻璃栈道、四季花房、咖啡馆，这些都是他想的设计。怎么就成蠢蛋了？

但他知道，周以是在为他抱不平——她一直以为他还恐高。

李至诚心里感到酸软，用指腹抚了抚周以的手背，问道：“来山庄怎么不告诉我？”

周以没好气地回：“你又没问。”

“你知不知道，我是一路提速赶过来的，结果刚下车就被我妈逮住了，让我去陪客。那群小姑娘叽叽喳喳的，吵死了，还缠着我给她们的游戏账号送金币和宝石，我可不干。”李至诚吐槽起来滔滔不绝，臭不要脸地把自己描绘成了一个饱受压榨的苦力工人，丝毫没提高额报酬的事。

天气炎热，两人在室外没走多久就都出了一身的汗。

山庄里有家超市，周以拐进去，买了两个可爱多甜筒。

“辛苦你了，这是奖励你的。”周以把巧克力味的甜筒递给李至诚，自己吃草莓味的。

李至诚剥开包装，继续吐槽道：“花茶难喝死了，真不知道现在的小姑娘都是怎么想的，怕胖就不喝奶茶，怕晚上睡不着就不喝咖啡，没意思。”

周以咬着冰激凌，撇了撇嘴，心想：刚刚看你喝得挺开心的啊。

回到民宿后，李至诚找前台要了医药箱，跟着周以回了房间。

听到她的楼层和房间号，李至诚问：“要不要给你换个套房？”

周以赶紧摇头，道：“可别，现在这间挺好的。”

刷房卡进屋后，周以立马溜进了厕所，想看看额头上的伤口，考虑着要不要在网上写篇帖子，标题就叫《我破相了，因为我的额头被人啃了一口》。

虽然伤口不大，但看上去还是有些血腥，牙齿果然是人体最坚硬的部位。

出来的时候，周以看见李至诚皱着眉蹲在茶几边，翻找着盒子里的药——他认真专注的时候，都是这副表情。

他把衬衫袖子卷了上去，露出线条清晰的小臂。李至诚没有沦落为“肥宅”，大概就是因为他还喜欢打打篮球，真是不幸中的万幸。

站在门口看了一会儿，周以才慢吞吞地挪过去，坐到了沙发上。李至诚先用棉签棒帮她擦干净血迹，再涂抹了一点儿消炎药。

“嘶——”周以疼得倒吸一口气。

李至诚放轻了动作，道：“疼就掐我。”

周以听话地照做，在他的手臂上狠狠地掐了一把。

李至诚疼得低骂了一声，搓了搓被她掐红的地方，道：“我怀疑你趁机报复。”

周以耸耸肩，无所谓地说：“你也可以报复回来。”

李至诚朝着伤口吹了吹，道：“我可舍不得。”

周以不说话了，抠着衣服的纽扣，心里的气消了大半。

涂完药后，李至诚拿出了一片创可贴。

周以一看，拒绝道：“别吧，把这个贴在脑门上，多丑啊。”

李至诚垂眸看了她一眼，挑挑拣拣半天，找出一片儿童用的创可贴，上头有蜡笔小新的图案。他撕开贴纸，不管三七二十一，直接摁在了周以的脑门上，道：“外头灰尘多，还是贴一片吧。”

两人坐得很近，周以发现李至诚的脖子上沾了一根猫毛，于是伸出手替他拿掉。

李至诚感觉到指甲蹭到了皮肤，很明显地瑟缩了一下。

周以看他反应过激，解释道：“有根猫毛。”

李至诚用手背蹭了蹭脖子，语气里带着警告的意味：“别随便摸喉结。”

周以问：“为什么？”

“男人的第二性征，懂不懂？”

周以笑了，不理解他的敏感点，脱口而出道：“那你别的地方，我也没少摸啊。”

李至诚静默了几秒，眸光暗了下去，双手撑在身后，身子向后仰，拉开了两人的距离，打量起周以此时的面部表情。

他勾起嘴角，眉梢耸动，浅浅地笑着道：“我以前就告诉过你，乱说话是什么后果。”

周以紧盯着他，装傻地挑衅道：“什么后果？我忘了。”

她的话无异于火上浇油。

李至诚看了周以两秒，突然站起身，右腿膝盖抵着沙发边沿，极具侵略性地向她压了过去。

眼前的光线暗下来，周以呼吸一滞，心脏“怦怦”地乱跳。

李至诚将另一只膝盖抵在她的双腿之间，往左右拨了拨，将腿的间距分得更开。裙摆布料绷紧，周以不安地动了动。

李至诚居高临下地瞥了她一眼，嘴角带着若有似无的笑意。周以屈起胳膊，挡住脸，做着自欺欺人的举动。

李至诚用带着体温的手指刮了一下周以的皮肤，在他熟悉的她的敏感点。

周以毫无防备地颤了一下，草莓奶油的味道还残留在口腔里，格外黏腻，喉咙紧涩，此刻，她急需温水解渴。

李至诚咬在一个足够隐秘的地方，不轻不重，也不会留痕，只是起提醒作用。

周以不敢看他此刻的姿势和神情，光是想象，她就要崩溃了。

李至诚并未停下动作，指尖是他破城的武器，他步步为营，张弛有度。

倏地，周以浑身一僵，酥麻感传遍四肢百骸，这一刻，她大脑空白，什么都不记得了。

窗帘遮住了室外的阳光，屋里好像是处无人秘境，不知昼夜，一切都失了真。

李至诚轻而易举便能掌控拿捏住她。

“别。”周以哑着声音出声制止。

她认输了。

李至诚掀起眼皮看过来，判断道：“看来是想起来了。”他很轻地笑了一声，从她的身上撤离了。

压迫感解除后，周以终于能喘气了，她并拢了双腿，坐直身子，看见他身上的衬衫都没出现一点儿褶皱——她输得彻彻底底。

李至诚又走过来，想伸手替周以整理衣服，却被她一掌拍开。她胡乱地扣上扣子，快步跑进卫生间。

周以特地背对着镜子，将后腰抵在洗手台上，不想看见自己脸颊和眼尾的潮红。

太不争气了，到最后她成了被玩弄的那一个。

周以有过很多毛病，大多是先被李至诚惯出来，然后又被他想办法治好了。

刚恋爱那会儿，两人都还年轻，对于性事，周以不敢，李至诚舍不得。接吻、拥抱、肌肤相贴容易擦枪走火，但再动情，李至诚都会及时止住。

有时候，周以想试探他，恃宠而骄地想使坏，她会故意用言语撩拨、挑衅、暗示。一次两次，李至诚不理她。后来，大概是她实在太过分，她被他按趴在桌上，不知是认真的还是开玩笑，他威胁了一句：“再乱来就等着。”

回忆完毕，周以打开水龙头洗了个手，然后把冰凉的手掌贴在脸颊上降温。等心绪终于平静下来后，她才打开门走出去。

李至诚站在窗边，举着手机在打电话。

周以放轻脚步，回到沙发上规矩地坐好。她将手交叠放在大腿上，又觉得自己太刻意，于是干脆跪坐在地毯上，拿出包里的电子阅读器。

“我没丢下她们不管啊，一个小时的时间到了，我下班了。”

“啊？没谁，你不认识，人家在我们这儿受伤了，我怕闹大，出面解决一下。”

“带去医务室处理了一下，轻伤，没事。”

周以反应了好半晌，才意识到他口中说的那个对方不认识的人是自己。她一时间有些五味杂陈，吸了吸鼻子，把注意力集中在手中的阅读器上，不再听他说了什么。

“知道了，我等会儿就过去。”李至诚以这句话作为结束语，挂断了电话。

脚步声靠近了，见他的皮鞋出现在视线范围内，周以继续低着头，视若无睹。

李至诚问她：“晚上有安排吗？”

周以答：“和其他老师约了泡温泉。”

“行。”李至诚不忘叮嘱她，“晚上山里冷，多加一件外套，别泡太久，半个小时就行。”

周以“哦”了一声。

等实在没话说了，李至诚才开口道：“我晚上有个应酬，不能陪你吃饭了。”

周以冷淡地回：“本来也没想让你陪。”

李至诚坐到沙发上，不管她听不听，他该解释的还得解释：“今天下午的那群小姑娘，她们的父母跟我父母的关系都不错，主要是生意上有来往。今晚几家人一起吃饭，我既然在这儿，就推托不了，必须得陪着。”

周以点点头，道：“知道了。”

李至诚摸了摸她的后脑勺，像对她此刻乖顺懂事的表现的奖励。

见还有时间，李至诚提议道：“去花房看过没？要不要带你去看看？”

周以下午就想去，但这会儿她没了兴致，便摇摇头，说：“不去。”

李至诚也不强求，换了个舒服的姿势躺在沙发上，打了个哈欠，道：“我睡一会儿啊，到五点喊我。”他人高马大，缩在狭窄的沙发上，显得怪可怜的。

周以推了推他的胳膊，道：“去床上睡。”

李至诚求之不得，立马起身爬上床。

过了一会儿，周以听到李至诚在卧室里喊：“周以，你困吗？”

“干吗？”

“过来陪我，一个人好无聊。”

周以无语地叹了一口气，心道：李至诚到底几岁？

她从行李箱里拿出一只软乎乎的毛绒绵羊，然后走进卧室，将它往被子里一塞，对李至诚说：“让它陪你。”

李至诚揉了揉毛绒绵羊，觉得手感不错，心满意足地将其抱进了怀里，道：“那我就将就一下吧。”

周以替他掖好了被子，往空气里喷了一点儿果味的香氛助眠，然后轻轻地带上了卧室的门。原本的计划被打乱了，周以只能在房间里看会儿书。

快下午五点的时候，没等周以叫，李至诚自己就出来了。

他又在接电话。

看他头上的几撮头发乱了，周以抬手示意他整理一下。李至诚看着她，换了一只手拿手机，走到她面前，俯低了身子。周以抿了一下嘴唇，踮脚替他整理好头发。

李至诚勾起嘴角笑了笑，对电话那头的人道：“我马上就来。”

挂了电话，李至诚对周以说：“那我走了。”

周以看都不看他，道："快滚吧。"

李至诚依旧笑着道："晚饭别吃辣的，泡温泉的时候，注意别让伤口碰到水。"

周以连连点头，像是不耐烦了，催他快走。

微信上，小陈老师说大家要在景区吃完晚饭再回酒店，问周以要不要给她带一份饭。

周以回："不用啦，我去餐厅吃就行。"

小陈老师几乎是明示她，道："霍老师也没来，不知道他怎么吃晚饭。"

周以只能佯装不懂，道："他应该自己会去找东西吃吧。"

晚上温泉池的人多，周以想着干脆趁饭点先去泡一下。她收拾好东西出了门，在更衣室换上泳装，走到池子边时，池子里已经有四五个女孩了，看来她们和她有着一样的想法。

温泉池四周堆砌着石块，池子与池子之间用绿竹格挡着，雾气缭绕，音乐声舒缓。

周以泡的这池水有美容养颜的功效，水面上还漂着玫瑰花瓣。身体逐渐浸入温热的水里，全身的细胞仿佛都被激活了。她趴在水池边，将下巴靠到胳膊上，放松了神经，长长地呼出一口气，在心底感叹了一声：舒服！

旁边的女孩是结伴而来的，她们围成一圈，喝着冰饮，聊着八卦。周以缩在一边，独自发呆。

她闭着眼，也没管时间，任由肉体和心灵被全方位地治愈，意识逐渐昏沉，感觉自己下一秒就要睡过去，直到被旁边的一阵动静闹得清醒过来。

周以睁开眼看向几个女孩，她们好像丢了什么东西。

"我戴在手上的，什么时候没的？"

“我刚刚还看到在你手上的呀。”

听她们的对话，周以猜想她们应该是丢了贵重的饰品，也帮着看了看周围。她一抬眼，便看见入口处的台阶上躺了一枚戒指，戒指是蒂芙尼双 T 系列的，半圈玫瑰金镶钻，半圈缀着珍珠母贝，实在太耀眼，让人想忽视都难。

这时，其中一个开口说：“算了，不找了，正好，我去和李至诚说我在他这儿丢了东西，让他好好补偿我。”

其他女孩纷纷笑了起来。

“你好会哦，快让他约你吃饭、看电影。”

“这么一想，不亏！”

“你这也太有心机了，戒指不会是你故意丢掉的吧？”

她们嬉笑打闹着，溅起了一些水花，原本安静的温泉转瞬变成了喧嚷的水上乐园。

周以将原本要说的话咽了回去，重新趴伏着，假装自己什么都没看见。

她们就是白天在咖啡馆和李至诚聊天的女孩吧？其实，只要她们再仔细地找一找，就能发现那枚戒指在很显眼的地方。

但是，对于这群年轻漂亮、家境富裕的女孩来说，这枚抵得上普通人一个月工资的戒指只是一件筹码，它最大的价值也许就在此刻。

她们连找都懒得找。

——丢了就丢了，再买新的就好。

——能换来和男人约会一场的机会，不算亏。

那是周以这辈子都不能理解的价值观。丢东西这件事，对于她来说，比夜晚缠在耳边嗡嗡作响的蚊子还讨厌。

周以再次清晰地意识到，哪怕是去国外镀了一层金，哪怕她现在的生活比绝大多数人都优越，她和她们、她和李至诚，还是有本质上的、无法改变的差别。这种差别不在于他们各自拥有着什么，而在于他们能够洒脱地放弃些什么。

大概是泡了太久，周以觉得胸闷，喘不上气，她揉揉酸涩的眼睛，起身走出温泉池。石阶湿滑，她浑浑噩噩的，一下没踩稳，整个人向前栽去。

一瞬间，天旋地转，周以闭上眼，掌心似乎硌到了什么硬物，尖锐的刺痛感先一步传来，然后她才重重着地，感受到右边肩膀的钝痛。

耳边嘈杂混乱，周以咬紧下唇，擦了擦手掌，狼狈地用胳膊撑着地爬了起来。

女孩们过来扶她，替她披上了浴巾，询问她有没有事，周以只是摇头，她没让她们搀扶，独自一瘸一拐地逃离。

她听到身后有人看到了戒指，说："原来在这儿啊。"语气并没有失而复得后的惊喜，而是透着满满的失望。

周以在没开灯的房间里呆坐了两个小时。她还没有换下泳衣，裹着潮湿的浴巾蜷缩成一团，窝在沙发的角落里，像被遗弃在路边的孤苦伶仃的小猫。

一天内受了两次伤，她的心情实在好不起来。当然，还有更浓郁和酸苦的情绪搅在一块儿，压得她没办法呼吸。

手机屏幕不断亮起又熄灭，最后彻底暗了下去，应该是手机没电，自动关机了。

门铃声急促地响起时，周以已经快要昏睡过去了，她实在没力气也没心情应付门后的人，不管是谁。她选择了无视，维持着之前的姿势，做一只只会逃避的鸵鸟。

"嘀"的一声，房门被打开了。

“周以！”是李至诚惊慌失措的声音。

吊灯的白光照亮了整间屋子，周以不适地眯起眼睛，把脸埋进膝盖里。

李至诚确认她在沙发上，关了灯，摸黑走过去。

“为什么不接电话？怎么了？”李至诚摸到她的身上是湿的，他扯下她的浴巾，把人揽在怀里，抱进了卧室，用被子裹紧。

李至诚替她拨开头发，搓了搓她冰凉的脸颊，道：“我问了温泉池的人，说是有人摔了，是不是你？摔到哪儿了？疼不疼？”

周以终于启唇，声音粗哑地道：“我没事。”

李至诚显然不信，他将手探进被子，摸了摸她的身子。

周以在发抖。

“先去洗个热水澡，这样下去要感冒的。”先前的着急和担心全被李至诚压了下去，他耐心温柔地说，“周以，听话。”

周以很轻微地抽泣了一声，抓住李至诚的衣摆，喊：“学长。”

“嗯？”

“忘了是几年前，好像是山庄刚刚建好的时候。”周以不太利索地说，“你说，你想带我来玩。”

李至诚攥紧了她的手，用体温帮她焐热，应道：“嗯。”

周以问：“后来为什么没来啊？我忘记了。”

李至诚帮她回忆：“你要考雅思还是托福，那个寒假，咱们连面都没见到。”

“哦。”周以点点头，道，“幸好。”

“什么幸好？”

周以深吸了一口气，道：“幸好那个时候我们没来，不然分得更早。”

李至诚愣了好几秒。他在昏暗中抬眸，想去捕捉她的表情，可惜，他看到的只是一张没什么情绪的脸。

周以自顾自地把话说完："我和你好像真的不是一个世界的人，有些事无论如何我都理解不了。"

听着她之前就用过一次的分手理由，李至诚眉心紧蹙，沉声问道："什么意思？"

周以反问他："错了一次的题，你还会再算第二次吗？"

李至诚松了手。

周以背过身，留下四个字："我不会了。"

不知道过了多久，周以的意识已经很模糊了。她真的好累。

李至诚开口道："之前就是因为这种理由和我分手，现在你还不长记性？"

屋里发出了窸窣的动静，不知道李至诚在忙活些什么。

过了一会儿，他又回到了卧室，床单被他一把掀开，他扯下周以的胳膊，将腿压在她的身侧，把她完全控制住，而后用温热的毛巾给她擦脸，又单手绕到她的身后，替她拉开了泳衣的拉链。周以每挣扎一下，他手上的力道就加重一分。

李至诚并不耐心细致地替她擦了遍身子，然后，他替她套上了一件干净的上衣，应该是他从她的行李箱里随便拿的。

做完这一切，李至诚还压着周以没起身。

忽然，他俯下身，周以偏过头，闭上了眼睛。

李至诚在她的颈侧重重地咬了一口，像捕猎的雄狮，露出獠牙和利爪，眸中猩红，精明地把控好力道，让猎物失去了行动能力，但又不足以致命。

周以有很多毛病，李至诚知道，都是他惯出来的。比如，她一旦难受，就会拉身边人一起下水，谁都别想痛快。这个毛病，李至诚没法治。只要周以不开心，他就无法置身事外。一把刀把两个人都捅得血肉模糊，他也只能忍着疼，先帮她舔舐伤口。

为什么她从来都不明白？

“周以，麻烦你搞清楚一件事。”李至诚用手背擦了擦嘴角，下床时，他随手把被子盖在她的身上，声音比初秋的夜风更凉，平静而冷漠地宣告道，“这么多年，不是我死缠烂打，是你离不开我。”

第五章

被拉黑了

李至诚是个非常聪明的人。

为人处事，大家总是扬长避短，在人前得体妥帖，对不足和犯的错误感到尴尬羞恼。但李至诚不是这样的，他会在适当的时候露拙，不吝于展示有缺陷的自己，所以他优秀出众，但从不招人妒忌，不必讨巧经营，也能一直维持好人缘。

他身上有凡气，但又不平庸，他懂人情世故，在感情方面敏锐而通透，他远比看上去的更成熟、稳重、心思细密。

周以想，这也许就是因为原生家庭对男人感到失望的自己能轻易地对李至诚动心的原因。

他和所有人都不一样，是特例，是意外，是避无可避。就像那把他丢失的钥匙，偏偏是被她踩在脚下。

二十岁，所有人都说李至诚对周以好过了头，说他像一个陷入爱河的毛头小子。李至诚对这话不予置评。周以从前也只当自己幸运，遇到了一个很喜欢她的男友，但现在，她明白过来了，李至诚不是昏了头，他比谁都清醒。

他知道周以缺失什么，渴望什么，所以悄悄地为她填补上。他给的远比他应该给的和周以想要的多得多。

李至诚说得没错，两人纠缠了这么多年，四年恋爱，六年无关痛痒的联系，再到回国以来两人关系的回温、试探，都是周以离不开他而已。

李至诚在她的生活里扮演了太多角色，父亲、兄长、前辈、朋友，其次才是恋人。周以没法不依赖他。

这实在不算一个好消息。依赖会成习惯，习惯的负面用语叫作“瘾”，成瘾便再无自由。

周以手脚冰凉，感到了一阵后怕，她原本的笃定被李至诚的一句话击得支离破碎。她想，她得给李至诚打个电话，道个歉，但是道完歉之后，她又要说什么呢？

她又变成那个自卑、拧巴、只会退缩的周以了。

她神志混沌，裹着被子，紧紧地搂住玩偶，空气里还残留着浅淡的果香，这些是她在这间陌生的屋子里能获取的有限的安全感。大概是因为实在太疲惫，没一会儿，她就昏睡了过去。

清晨六点，晨光熹微，窗外的麻雀开始啁啾，给人类叫早。

昨晚，李至诚走之前还贴心地给她的手机充上了电，并且关掉了静音模式。周以被恼人的手机铃声吵醒，翻了个身，选择无视。

等铃声终于消停，她刚拿下捂住耳朵的手，夺命的铃声又响了起来。

社交软件普及后，短信和电话基本只在取快递和拿外卖时能用上。周以想，就算是诈骗犯，也不至于这么早就营业。她怕有急事，坐起身后发出埋怨的一声叹息，而后拖着沉重的身子走到了客厅。

周以拔了充电线，拿起手机，眯着眼睛，瞥到来电人的名字是“周然”。她愣了两秒，揉揉眼睛，确定自己没看错，才点了接听。

“喂。”

“终于醒了？”周然的语气里带着不满。

周以本来就有起床气，此时更是被他这句话激起了无名火，她张口就骂：“你有病啊？”

周然不想和她多言，切入正题道：“家里问你方不方便请假回来一趟，小姑没了。”

有的时候，语言越简短，杀伤力越大。“小姑没了”，简单易懂的四个字，承载的含义却如同有千斤之重。

这不算是多令人意外的消息，他们都知道，总会有这么一天的。

周以用左手抓住发颤的右手，吸了一口气，稳住声音说：“我知道了，我马上订票。”

周然留下一句“买完票把航班信息发给我”就挂了电话。

小姑周展是爷爷奶奶最小的女儿，只比周以大九岁。她是周以认识的最酷、最独立、最离经叛道的女性。

周展在三十岁的时候就离婚了，前夫是个朴实憨厚的连锁超市经理，她当时和家里说的离婚理由是“他这人太没意思，和他过不下去”。为此，她遭到了成年后的第一顿毒打，她的脸颊被爷爷用烟灰缸砸了一个大包。她就顶着这么一张有故事的脸，骑着摩托车带周以去夜市吃烧烤。

周以到现在都还记得，她用的洗发水是花香味的，和机车外套的皮革味、烟草味混合成独一无二的气味。

周展这个名字也是她后来自己改的，周以只知道，她原本的名字里带一个“虹”字。

四年前，周展查出乳腺癌，周以还回来看过她一次。

他们周家人的五官都是一个样，周展和周以尤其像，大概因为都是女性，从前，她们一走出去，总有人以为两人是姐妹。

周以在飞机上发了三个小时呆，她从昨晚开始就魂不守舍，状态实在不佳，但也找不到空隙喘气。她从包里抽出一片湿巾纸擦了擦脸，又给毫无血色的嘴唇抹了点儿口红。

飞机落地后，周以推着行李箱走出来，在接机口看见了周然。

他有着一米九二的个子，在人群中十分出挑，还有一张和她极为相似却更硬朗冷峻的脸。

兄妹俩的感情一般，且都不是多热情的人。

周然双手插兜，站在原地，没有和她打招呼，也没有上前，等周以走近后，他便转身迈步。周以跟在他的身后。

到了车边，他打开后备厢，帮她把行李箱放进去后，终于说了第一句话：“吃饭了没？”

周以回："候机的时候吃了碗面。"

周然点点头，发动车子上路。

周以撑着脑袋玩手机，一路无言。

早上，她和系里请了假，直接从山庄去机场。七点的时候，霍骁问她醒了没，要不要一起去吃早饭。周以本来要回复，但又懒得再一来一去地应付，便干脆装作没看见这条消息。

中途，周然接了个电话，电话是家里打来的，让他带两盘蚊香回去。

他找了家便利店，靠边停了车，从钱包里抽了一张红色钞票递给周以，道："买两盘蚊香，再帮我带包烟，万宝路薄荷爆珠。"末了，他补充了一句，"知道是什么样的吧？"

周以偷偷翻了个白眼，道："知道。"

手机响了一声，是霍骁又发来了消息，他应该是听说她请了假，想问她出了什么事、现在怎么样。这样突如其来的关心只会让她更加烦躁。

周以抬眸看向周然。他把她当成跑腿的，她请他随手帮个忙也不过分吧？

"帮我个忙。"周以把手机扔给周然，道，"打发掉这个人。"

周然拿起手机，扫了一眼屏幕上的对话，道："哟，追求者？"

"一个烦人的同事，你就和他说，你是我的学长，你现在和我在一起，让他不用担心，语气的话，你自己把控吧。"周以说完就拿着钱下了车。

周然漠然的脸上终于显露出了一丝情绪，他清清嗓子，长按语音键，道："哦，谢谢你的关心，我是周以的学长，我正陪着她呢，她让你不用担心。"

发送完毕，周然刚要放下手机，就看到又有一条新的消息："人呢？”周以给这人的备注是“麻烦精”。

周然忍不住轻呵一声，看不出来啊，周以的追求者还挺多的，这个看起来更不行，态度这么凶，怎么追姑娘？

周然想着，反正无聊，他大发善心，买一送一，这次，他改变了战略，化身霸总，端起架子沉声道：“人在我这儿，我家周以我看着，不劳您费心。”

“咻”的一声，消息发送成功，果然，两人再无回信。

周然感慨地摇了摇头：喜欢谁不好，喜欢他这个瞧不上男人的妹妹。

周以拎着塑料袋回到车上，把烟递给了周然。见他眼底一片乌青，周以咳嗽了一声，有些别扭地问：“没睡好？”

周然降下车窗，将胳膊搭在窗边，点燃了一支烟，应道：“嗯。”他吐出一个烟圈，嗓音沙哑地道，“人是昨晚没的。奶奶半夜醒过来，说觉得心里发慌，走进小姑的房间一摸，她的身体已经没温度了。”

从小姑查出癌症开始，所有人都料到了会有这么一天，但这一天真正来临时，没有人做好了准备。

“本来昨天晚上就要给你打电话，婶婶说还是等你醒了再打。”

周以偏头看向窗外，眼眶酸涩，她抬手揉了揉。小姑膝下没有子女，能给她送终的小辈也只有周然和自己。

“应该早点儿让我回来看看的。”周以哽咽着说，“连最后一面都没见到。”

周然抖了抖烟灰，薄荷和烟草带来了短暂的提神效果，他一晚上没合眼，早上本想补一会儿觉，因为要赶去机场接周以，没睡成。

“小姑没让说，也不怎么让别人来看她，她说她嫌自己丑，不好意思见人，还问过医生她现在能不能化妆。”

周以轻轻地笑了笑，这是周展能说出来的话。

“是在睡梦里走的，也算很幸福了。”周然说。

周以点点头，深吸一口气，调节好情绪。现在，家里还有一堆事等着他们处理，悲伤和缅怀都得延后。

爷爷奶奶和小姑都住在胡同里的老房子里，他们到的时候，里面已经围聚了很多亲戚，有些周以还眼熟，但也不记得该怎么称呼了。

周然带着她出现在门口，人群立马沸腾了。

有人喊：“哟，我们留学生回来啦？”

“这是小以吗？这么漂亮啦。”

“你还认得出我吗？小时候，你爸爸总是带着你来我们家玩。”

他们的打趣和套近乎让周以感到无所适从，她紧紧地跟在周然身后，僵硬地微笑着点头。

大概是嫌吵，周然攥着她的手腕，将她往旁边拉了一把，挥挥手赶走了那些姑婶姨婆，道：“我先带她进去磕个头，别围着了。”

“小以来了？”

听到母亲的声音，周以快步走进了里屋。

大伯母和她母亲正在叠纸元宝，一人坐在一张小板凳上，大塑料袋就快装满了。

大伯母看见周以，起身要把椅子让给她坐，周以赶紧摆手拒绝道：“我不用。”

大伯母问她：“我让周然带你在外头吃完饭再回来，你们俩吃了没？”

周以摇摇头，道：“我不饿，早上吃了面。”

大伯母又问：“那然然买吃的了没？早上煮了粥，他也没喝。”

周以眨眨眼睛，道：“吃了吧？”

外头有唢呐声响起，呕哑嘲哳的丧乐将要持续奏三天。

小姑的遗体用白布遮着，周然带着周以磕了头，然后就去忙别的了。他身上的衬衫蹭到了灰，皱皱巴巴的。在这样的情况下，他再憔悴也只能硬撑着，他是男孩，责任必须由他担着。

午饭时间到了，男人们喝酒吃席，女人们大多在厨房忙碌，或在屋里叠元宝。

周以不会叠，只能捧着摞成一沓的用来叠元宝的纸，分开后分别递给母亲和大伯母。

周然拎着一瓶水走了进来，靠在柜子上大口地吞咽。

大伯母心疼儿子，问他："吃饭了没？"

周然摆摆手，道："没胃口，我在这儿待一会儿。"

周以昨晚没睡好，又奔波了一早上，这会儿困得很，她打了个哈欠，从口袋里拿出手机，点开了外卖软件，问："妈，我们这里的地址是什么啊？"

"怎么了？"

"我想喝咖啡。"

李明英拍了拍她的手，压低声音说："别点了，要是思思她们看见，也要吵着喝。"

周以收了手机，委屈地道："可我真的很困。"

"你靠着妈妈睡一会儿。"

周以摇摇头，继续乖乖地分叠元宝的纸。

"然然，金的好像买少了，你等会儿去接爷爷奶奶的时候，顺路再买一些。"

周然应道："知道了。"

"小以是不是又瘦了？"有姑婆问周以。

周以扯了扯嘴角。

李明英看她尴尬，解围道："她一直就这样，吃不胖。"

身后，周然笑了一声，插话道："小时候就营养不良，瘦巴巴的。"

周以回头瞪了他一眼，恶狠狠地道：“桌上的红烧肉永远都是放在你面前的，我当然营养不良，哪像你，能吃到一百八十斤。”

十五六岁时，周然是个小肥仔，他一直以此为耻。听她这么说，他道：“那还是我的错了？”

周以哼了一声，道：“就是你的错。”

姑婆们笑了起来，感叹道：“这兄妹俩的感情真好。”

周以脸红了红，低下头不说话了。

她一直没看见爷爷奶奶，悄悄问母亲：“爷爷奶奶呢？”

周然听见后回答道：“爷爷心脏不舒服，送去医院了，奶奶陪着他呢。”

周以“哦”了一声。

没一会儿，周然就出去了。他几乎没歇过。

李明英在周以的耳边嘱咐了一句：“这两天多帮帮你哥，你大伯和你爸都不靠谱，里里外外都得你哥照看。”

周以点点头，拿出手机看了一眼，发现没有新消息。她撑着下巴走神，也不知道李至诚现在在干什么，还生不生气。

屋里闷热，周以取下手腕上的皮筋，想绑个马尾，扎到一半，她猛地想起了什么，又赶紧松开头发，捂住脖子。

李明英奇怪地看了她一眼，问：“怎么啦？”

周以捋了捋头发，涨红了脸，道：“没什么。”

她点开百度，在搜索栏里打下“怎么快速消除牙印”。浏览完一圈答案，周以收起手机，问：“妈，有没有芦荟胶啊？”

李明英回：“没，让你哥帮你带回来吧。”

周以当然不好意思和周然开这个口，她俯低身子，抱住膝盖，道：“算了。”

大约半个小时后，周以听到屋外传来动静，李明英推推周以的胳膊，道："应该是你爷爷奶奶回来了，出去看看。"

周以"哦"了一声，不情不愿地走了出去。

爷爷依旧是那副古板严肃的样子，大概因为身体不适，他整张面孔有些发黑，耷着眉目，愈加显得不怒自威。

周以走过去，轻声喊道："爷爷。"

老爷子迟缓地抬眼，点点头，拄着拐杖，在周然的搀扶下进了卧室。

"小以。"奶奶招手叫周以过去，把她拉到一旁。奶奶做了一辈子的家庭主妇，双手粗糙肥肿，掌心却是柔软温暖的。

周以微微弯腰，低着头道："奶奶。"

老太太从口袋里摸出一个叠成方块状的黄符，道："我上个月去寺里，想给你的小姑祈福，听那里的大师说，这个寓意好，能消灾降福，我给你和然然都求了一个，以后就放在钱包里，随身带着。"

周以看着平安符，没反应过来。

看她呆愣着不动，奶奶直接把符塞到了周以的手里，道："收好啊。"

刚失去女儿的老人头发花白一片，眼眶还红着，却对她扯了扯嘴角，抱歉地说："你难得回来一次，也不能好好欢迎你。"

周以摇摇头，吸了一下鼻子。

"周以，过来帮我拿东西。"这时，周然走出来喊周以帮忙。

奶奶拍拍她的手，道："去吧。"

走到车子边，周然打开后备厢，里头有两个袋子。他提起大的，把小的留给周以。袋子里都是些杂七杂八的东西，抱在怀里有些分量。

把东西送进去后，周然又转身出了门，周以以为还有东西要拿，快步跟上了。

"上来。"周然坐到驾驶座上，对她说。

周以没多想，拉开了副驾驶座旁的车门。

座椅上放着一个牛皮纸袋，映着经典的绿色标志。周以愣了愣，把它拿起来，坐进了车里。

周然没发动车子，靠在椅子上玩起了手机。

周以瞥了他一眼，犹豫地开口道："这是给我的吗？"

周然掀起眼皮，道："不然呢？"

周以做出一个受宠若惊的表情，从袋子里取出了饮品。

袋子里装着大杯的燕麦拿铁，她端起来喝了一小口，温热略苦的咖啡唤醒了味蕾，她感觉自己终于活了过来。

见袋子里还有一盒三明治，周以打开盒盖，不客气地享用起来。她早就饿了，一口气消灭了两块三明治后，才想起大伯母说周然也没吃东西。

周以拍拍手，把餐盒递过去，说："给你留了两块。"

周然收起手机，看了一眼盒子，剩下的两块都是有鸡蛋夹心的，他皱起眉，眼神里透着不满，道："多大了还挑食？"

周以直接把盒子塞过去，睁眼说瞎话道："你喜欢吃鸡蛋，我特地给你留的。"

周然哼了一声，道："我喜欢吗？那都是因为你不吃，我替你解决，免得你挨骂。幸好我的胆固醇指标还行，不然，你的罪过就大了。"

周以语塞，憋了半天才憋出一句："放屁。"

他们之间有过兄妹之情吗？

离谱。

周以喝了一大口咖啡，扭过脑袋看向窗外树上的小鸟，脑子里乱糟糟的。

"那个，谢谢。"她神情凝重地说道。

周然咽下口里的三明治，轻飘飘地回她：“客气了。”

兄妹俩忙里偷闲，在车里打发着这个午后。

吃完东西，周然就放下座椅开始补觉了，周以打开了手机里缓存好的剧。

这大概是他们第一次相处这么和谐，周以感觉还不赖。不过，也不该说是第一次，周以记得，自己很小的时候就是周然的小尾巴，周然走到哪儿她跟到哪儿，摔倒时喊的第一声也不是爸爸妈妈，而是哥哥。

他俩都是独生子女，因为从小一起长大，像亲兄妹一样。

周以的视线从手机屏幕上移到旁边的男人身上，他安然地闭着眼睛，呼吸匀长，睫毛好像比她的还浓密。她突然觉得周然没那么讨厌了。

直到晚饭前，两人才回到屋里。睡了一觉后，周然的精神好多了。

周建业和周建军下午去墓园办事了，这会儿，周以才见到她的父亲。他们父女俩关系并不亲昵，只简单地打了个招呼。

周建军问她：“在那边都还好吧？”

周以点点头，道：“挺好的。”

周建军“嗯”了一声，就被几个叔父拉走了。

晚上来的亲戚没那么多，周以被喊上桌吃饭。妇女、小孩和男人们一向是分开吃饭的，但周以和那群堂姐妹实在不熟。她犹疑了一下，坐到了周然旁边的空位上。

男人们喝酒谈天，周以默默地夹菜吃。突然，他们的话题转到了她的身上。

有个伯伯看向周以，说：“小以有没有情况啊？我们都等着喝你爸的酒呢。”

“就是啊，你爸可说了，一人一坛女儿红，我就盼着这一天享口福呢。”

“也快三十了吧？该结了。”

他们一人一句，周以无从招架，只会傻愣愣地笑。

周建军举起杯子，用杯底撞了撞桌面，说：“我们不着急。”

叔伯们揶揄他道：“万一砸在手里，你养啊？”

“我养就我养。”周建军一喝酒，嗓门就大，“怎么，难道我养不起吗？”

周以都快把脸埋进碗里了，她感觉心里堵得慌，轻轻地呼气，平复呼吸。她都有点儿怀疑自己跌进了平行世界。

她抬着下巴，高傲孤僻地度过了整个青春期，因为觉得自己不被爱，所以欺骗自己，她不需要那些温暖。

离家那么多年，她很少想家。但是当她坐在这间和记忆中别无二致的老屋里，见到熟悉又陌生的家人时，他们表露出的一点儿关怀都让她觉得幸福又难受。

四周嘈杂喧闹，丧乐已经折磨了她的神经一整天，她揉揉眼睛，竟然有些想哭。

一道芋儿鸡被端上桌，周然往她的碗里夹了一块肉，开口说：“我还没结呢，她急什么？”

大伯瞪他一眼，道：“你小子还好意思说！”

周然一脸无所谓，他早被骂得没感觉了。

火力转移后，大家立刻开始对周然催婚。

周以继续安静地吃菜，眼看杯子空了，她偷偷地在桌下扯了一下周然的衣角。

周然看过来，问：“干吗？”

周以把空杯子推过去，道：“你给我倒点儿白酒，我也想喝。”

周然理都不想理她，他把脚边的大瓶可乐砸到她面前，道：“你想让我被你爸或者我爸追杀吗？”

周以：“……”她乖乖地给自己倒满了可乐。

在庆城待了三天，最后一天举行出殡仪式。天还没亮，周以就得起床。

遗体火化、下葬，亲朋好友们跪拜哀悼完，葬礼就算是结束了。

周以在小姑的墓碑前放了一束天堂鸟，愿她来世自由潇洒，得以展翅高飞。

她买的是下午的飞机票，仍然是周然开车送她去机场。他和公司请了假，送完她就要赶回蓉城。

周以没料到的是，下车前，周然给了她一张银行卡。她没接，疑惑地看着他。

周然将银行卡直接放进她的包里，解释道：“这是小姑留给你的，不多，六万出头，我往里头添了点儿，凑了个整，你放好。一个人在外边，总有要花钱的地方。”

周以抿着嘴唇不说话，只盯着他看。

周然被她盯得不自在，问：“看什么？”

周以挠挠头发，诚实地回答道：“你这样怪肉麻的，我不太习惯。”

周然无语地白了她一眼，道：“口罩戴好，落地了发个消息。”

周以回：“知道了。”

平安符和银行卡都被她揣在兜里，隔几分钟，她就要把手伸进口袋摸一摸。

回到海城后，周以收拾完行李就去了院教学楼。刚入职就请了假，她有些惴惴不安。一楼的阶梯教室里有学生在上课，周以放轻脚步走进了办公室。

霍骁似乎正准备出门，看见她，意外地道：“回来啦？”

周以点点头，问他：“这两天没什么事吧？”

霍骁给自己的保温杯倒满水，回道：“没，就是正常上课，主任以为你明天回来，还把晚上的会延到周四了。”

闻言，周以终于松了一口气，又觉得心里暖暖的。主任人真好。

“家里没事吧？”

周以摇了摇头。

霍骁“嗯”了一声，开门出去了。

她惊奇地瞪大眼睛：这就完了？周然到底是怎么说的？这效果简直立竿见影。

周以伸了个懒腰，坐到办公桌前，准备顺一遍明天的教案。成年人为生活奔波忙碌，有些烦恼，忙着忙着就忘了，这样也好。

周四下午，周以依旧提前十分钟到达教室，和助教苏瑶打了招呼，她一只脚踏进教室门，另一只脚却顿在了原地——教室里有五六排人，黑压压一片。

她怀疑地道：“我没走错教室吧？”

苏瑶回答道：“没，老师。”

“那怎么来了这么多人？”

J大开学后的前两周，选课系统依旧开放，可以选课和退课，方便学生根据实际情况调整课表。周以知道这件事，但她没想到会一下子多这么多学生。

苏瑶悄悄问她：“老师，你这两天没看课程群吗？”

周以忙得饭都来不及吃，哪儿有工夫注意这些？她摇摇头，说：“没有。”

苏瑶笑意盈盈地道：“很多人听说老师是个美女，就来了，昨天还有人问我能不能加一些名额。”

周以一时有些哭笑不得。她干咳了一声，捋了捋头发，昂首挺胸地走进教室。

底下响起了窃窃私语声，周以用余光瞥到有人拿出手机在拍照。

别从那个角度啊！她的双下巴都得被拍出来！

今天，她本来是下定了决心要收拾这群小孩的，但敌军突然壮大，她感到压力倍增。

她佯装冷静地打开多媒体设备，插入U盘，提前打开了今天要用的演示文稿。

上课铃响起，周以从左到右扫视了一遍，把控好语速，启唇道："上课前，我先说明一点，这是我的课，不需要你们做什么笔记，只要用眼睛看，用耳朵听，需要的时候张开嘴巴和我交流就行。所以，你们手里的课本、作业，以及电脑，请都收起来吧，限时半分钟。"

周以话音刚落，教室里立刻响起一片清理桌面的声音。所有人都把视线投向了她，眼里放光，嘴角含笑，一副极度渴求学习知识的模样。

这下反而轮到周以不知所措：他们竟然这么听话？

周以清清嗓子，继续道："那我们就正式开始上课。考虑到有些同学是第一次听我的课，我们今天的课还是从一段影片开始。"

投影仪开始播放影片，周以下讲台后飞速地掏出手机，点开与备注为"麻烦精"的联系人的聊天框。

周以："嘿嘿！"

周以："现在的小孩真乖！"

她一连发了好多条消息，双手颤抖着打字，迫不及待地想要与李至诚分享此刻激动的心情。

把想说的话都发过去后，周以才注意到每条消息的后面都有一个鲜红的叹号，提醒她发送失败。

周以蒙了：是没连上网吗？

她退出去，重新进入微信，软件功能正常，网络非常通畅。周以点开了李至诚的个人主页，却发现没有朋友圈那一栏。她猛地惊醒，在心底重复了一万遍“不可能”。

现实令人难以接受——她好像被李至诚拉黑了。

周以不信邪，回到两人的聊天框内，她想再发一遍消息，却看见了一段她毫无印象的对话。

九月十二日，上午十点三十七分，李至诚问她：“人呢？”她回了一条六秒钟的语音。

周以缩在教室的角落里，鬼鬼祟祟地从口袋里掏出耳机戴上，点开语音。

“人在我这儿，我家周以我看着，不劳您费心。”是周然的声音，他的语气又狂又傲，让人听了恨不得顺着网线过去揍他一顿。

周以攥紧了拳头：她这蠢货哥哥在干什么啊？！

两堂课，一个半小时，学生们认真专注，身为传道授业者的周以却魂不守舍，出现了好几次口误。她狠狠地掐了一把大腿，深吸一口气，逼迫自己清醒。

最后，周以匆匆地宣布了下课，铃声还没停下，她就飞奔着离去。

坐上赶往高铁站的出租车，周以给罪魁祸首拨了个电话。

周然接起，懒洋洋地道：“喂，干吗？”

“周然，我告诉你。”周以眼神凶狠，咬牙切齿地道，“我老公要是因为你没了，我就把你穿裙子的照片打印成传单，去大街上派发！”

电话那头传来周然的咆哮：“你敢！不是，我干吗了啊？”

周以又气又急地道：“你自己看看你干的好事！我让你打发霍骁，你和李至诚说了什么话啊？！”

周然脑袋一转，终于明白过来，顿时无语：“鬼知道你管你男人叫‘麻烦精’啊！”

周以彻底崩溃，眼睛一闭，不管不顾地开始乱叫：“都怪你，都怪你！啊啊啊——”

周然的语气有点儿凶：“打住，别哭。”

周以立刻噤声，委屈巴巴地道：“那我现在怎么办啊？”

周然试着代入了一下自己，沉吟道：“磕头谢罪吧。”

周以忍无可忍地骂了一句脏话。

周然笑了一声，道：“放心，磕出了问题，我出医药费。”

周以：“谢谢您嘞！”

听到周然幸灾乐祸的“不客气”，周以愤愤地挂断了电话。

李至诚冷血无情，一次性拉黑了她所有的联系方式。周以转而试着联系云岘，却发现自己同样被云岘拉黑了。想都不用想就知道是李至诚干的。他幼稚不幼稚啊？

周以咬着牙，鼓着腮帮子，给自己顺了顺气，这会儿她不占理，不能跟他计较。

周以打开购票平台，买了最近一班去溪城的高铁票，还好今天出门带了钱包，身份证也在身上。

坐着高铁，不到一个小时，周以就到了溪城，下高铁后，路过高铁站里的便利店，她走进去，看见巧克力味的零食就往篮子里塞。

她不知道李至诚在溪城的住址，但她知道云岘的咖啡馆就开在他的公司楼下。

周以搜索到了“云边咖啡馆”的具体地址，出站后，她提着购物袋，打了个出租车过去。

周以没有多考虑，一鼓作气地跑来了溪城，看似勇敢果断，但离目的地越近，她越忐忑不安，仿佛锅里即将煮开的牛奶，冒着躁动不安的泡泡。

阿弥陀佛，她在心中祈祷，千万别让她沦落到必须给他磕头的地步。

李至诚时常拉着员工们熬夜加班，偶尔也有要通宵的情况，所以对于他们迟到早退的行为，他基本是睁一只眼闭一只眼。

这天下午五点半，李至诚走出办公室时，外头的格子间已经空了一半。

这就有点儿过分了吧？

李至诚扯了一下嘴角，敲了敲策划组组长姜迎的办公桌，质问道：“人呢？都去哪儿了？”

姜迎抬起头，朝他眨眨眼睛，不太确定地说：“厕所吧？”

李至诚哼了一声，垂眸瞥到姜迎正抱着背包，面前的电脑也已经关机了，看样子是刚打算开溜，恰好被自己撞到。

她的视线飘忽，心虚溢于言表。

李至诚恨铁不成钢般狠狠地剜了她一眼，道：“你看看你带出了什么风气？”

姜迎乖乖认错：“我明天就好好教育大家。”

李至诚叹了一口气，说：“走吧，下班吧。”

姜迎赶紧应了一声。

等电梯时，姜迎又觍着笑脸问李至诚：“老板，你今天怎么出来得这么早啊？”他已经加了一个星期的班了，每天都是不到晚上七点不走，也不知道在忙什么神秘的业务。

电梯门缓缓打开，李至诚率先进去，道：“你老公打电话给我，说店里有个我的快递。”

“奇怪了。”李至诚嘟囔道，“我买东西写错地址了吗？”

“哦哦。”姜迎跟着进去，在电梯面板上按下了楼层键。

“嗯？”

听到李至诚发出一声疑问，姜迎刚要转头，肩上的背包带子就被抓住，她被迫往后退了一小步，不禁嗔怪道：“干吗呀？”

姜迎背着浅蓝色的甜甜圈双肩包，上面装饰着各种刺绣贴和毛绒挂坠，花里胡哨的。李至诚挑出一个小羊挂件，捏在手里，道：“你也有这个？”

“哦，海湾兔的。”姜迎晃了晃背包，问他，“可爱吧？”

李至诚略过这个问题，只说：“把链接发给我。”

姜迎吃惊地瞪圆了双眼，问：“你要送给谁啊？”

电梯下到一楼，李至诚迈开长腿走出去，敷衍道：“我买给沓沓。”沓沓是他的猫。

出了写字楼，拐个弯就是云岘开的咖啡馆。

隔着玻璃窗，姜迎远远地看见云岘正和一个年轻女人相谈甚欢。她撸起袖子，刚准备杀过去，就见李至诚如一道疾风刮过，飞奔了过去。

“来了。”听到铃铛声响起，云岘看向门口，对面前的人说。

李至诚匆匆地推门而入，站定后凝眉看了周以两秒钟，此时，她正捧着一杯气泡水，咬着吸管，可怜巴巴地望着他。

“怎么回事？”李至诚问云岘。

“你的包裹，快取走吧。”

姜迎一走到门口就感觉到了不同寻常的气氛，她收敛了表情，小心翼翼地推门进去。

“饿不饿？”云岘一见她就问。

姜迎摇摇头，半边身子躲在他身后，悄悄地打量那个陌生的漂亮女人，问：“那是谁啊？”

云岘取下她的背包，压低声音说：“你老板的初恋，很有可能是你未来的老板娘。”

这句话包含的信息量太大，姜迎用口型说了句脏话表示震惊。

李至诚隐约听见了云岘说的话，心头烦躁，像气泡水里被搅乱的果粒。

周以突然出现在这里，他之前的平静和镇定就成了装腔作势。

李至诚问："你来干什么？"

周以小声回答道："你不理我，我只能来这儿找你。"

李至诚胸膛起伏了一下，往前走了两步。

周以眼前的光线被挡住，压迫感侵袭而来，她屏住了呼吸。

李至诚弯腰取走了她挂在椅背上的托特包，冷冷地吐出两个字："过来。"

周以赶紧放下塑料杯，拿起脚边的零食跟上他。

"哎。"云岘叫住他俩，道，"别打架啊。"

李至诚板着脸，没好气地回了一句"呵呵"。他紧紧地攥着周以的手腕，大步流星地离开。

周以是被李至诚塞上车的，她的手腕被掐出了指痕，她搓了搓，轻轻呼气，可再疼也不敢抱怨。

李至诚坐上驾驶座，"嘭"的一声关上车门，但没发动车子。

"你怎么把我拉黑了啊？"周以先发制人地问道。

李至诚不想理她，冷淡地回道："你说呢？"

周以猜测道："因为那条语音，是吗？"

李至诚的情绪顷刻间爆发："我就无语了，他是谁啊，口气这么狂？你就喜欢这种，是不是？"

周以摇摇头，搭着他的胳膊，严肃地道："是你误会了，那个是周然。"

李至诚冷笑一声，道："我给你三分钟，你编一个好点儿的借口再继续骗我。"

“那真是周然。”周以急了，加快语速道，“我让他帮忙打发霍骁，鬼知道他还给你发了消息，我今天才看见。我发誓，我是无辜的，我刚刚已经狠狠地骂过他了。”

李至诚看着她，疑惑还是没打消，问：“你哥来海城了？”

周以垂下视线，道：“是我回家了。小姑没了，家里让我回去，我昨天才回学校的。”

李至诚怔了几秒，有些不知所措地开口问：“没事吧？”

周以摇了摇头。

了解清楚前因后果后，李至诚的表情缓和了些，他气的倒也不是那条语音，那顶多是压死骆驼的最后一根稻草。

不太愉快的周六，四天的失联，周以的出现像刺破云层的一缕光，但乌云还是密布着，李至诚是真的被她触到了底线，他这几天就没睡过好觉。

大概是因为提到了小姑，周以的情绪低沉了下去，捧着怀里的一大袋东西不说话。李至诚盯着她看了一会儿，收回视线，启动车子上路。

车厢内悄无声息，连音乐都没开。

经过一个十字路口后，李至诚突然出声问道：“庆城这两天下雨了吗？”

周以抬起头看向他，道：“下了，天气一直不好。”

李至诚点点头，但再无下文，对话就此结束。

傍晚六点多的街道上，城市在落日余晖下被瑰丽的金黄色铺满，古老而安宁。李至诚把车开回了他的公寓，下车后，周以把那袋零食递给了他。

李至诚嫌弃地道：“你带了这么多吃的来春游啊？”

周以委屈地撇撇嘴，道：“我是买给你吃的，都是你喜欢的。”

李至诚接过那一大袋子东西，明知故问：“买给我干什么？”

“赔礼道歉。”周以抓着他的一只胳膊，软声哄道，“你不要生气了嘛。”

李至诚甩开周以的手，她又像牛皮糖一样粘了上去，反复几次后，李至诚没辙了，只能随她去了。

第六章
橙子牛奶

进门后，李至诚先去了厨房，他得伺候猫吃饭。

“这就是你家啊。”换好拖鞋，周以宛如一只闯入秘境的兔子，东蹿蹿，西看看，眼珠子圆溜溜地转，把好奇都写在脸上。

李至诚的公寓装修从简，屋里用着浅色壁纸，摆着布艺沙发，连地毯都是没有花纹的深棕色，但是他在这间屋子的角落里放了很多别致的摆设。

客厅的背景墙是一面两米高的储藏柜，里头的模型都是李至诚珍藏的宝贝。

客厅没有电视机，他在墙上安装了幕布和投影设备，投影的质感一流，画面超清，茶几上还有一副3D眼镜。

飘窗边上是云朵主题的猫爬架，周以弯下腰，和认识许久却还是第一次见面的橘猫杳杳打了个招呼。

吧台在沙发背后，连接着客厅和餐厅，长桌边上放了两张木质的高脚椅，周以瞄了酒柜一眼，发现李至诚竟然拿它存放牛奶和可乐。

茶几旁边还有零食推车，一层放着肉脯辣条，一层放着饼干蛋糕，一层放着薯片坚果，最底下一层放着各式各样的速食产品——开小卖部呢？

周以看见书房的门开着，随即趴在门口，探头往里看。

先映入眼帘的是双开门的书柜，里面放着让人眼花缭乱的漫画书，整整四层架子都被摆满了，李至诚一买就是全系列。还有一个柜子装着几个大型“手办”，周以勉强认出了其中的一个角色——利威尔兵长，那个李至诚曾经疯狂爱着的男人。

书房并不是办公室那种风格。靠墙处有两张电脑桌，款式相同，颜色一深一浅，桌上都装配了电脑与适合打游戏的机械键盘。黑色的那张桌子应该是李至诚常用的，上面的东西摆放得杂乱，另一张就干净得多。

周以的视线落在粉色的猫耳耳机上——这两张桌子摆明了就是情侣款。

她哽了哽，离开了书房。

这间公寓没有温馨的色调，也无鲜艳的装饰，但处处透着设计感，可爱又有趣，就连墙上的时钟都是猫猫的造型。比起家，它更像网吧，像猫咖，像私人影院，像玩具博物馆，让人身心放松。

如果她有这样的房子，她完全可以足不出户，做个宅女。她突然有些理解李至诚为什么不爱出门了。

周以走进厨房，李至诚挽起了衬衫的袖子，正在往碗里倒酸奶和水果干。她已经很久没有见李至诚这么居家、这么有生活气息的一面了。

两人异地恋那会儿，每次遇到周末或小长假，李至诚都会飞回北都看她，两个人在学校附近租个民宿。

北都真是美食荒漠，把附近的外卖吃遍之后，李至诚大放厥词说要自己下厨。周以对他的厨艺深表质疑。事实证明，他确实不行，但他的蛋炒饭炒得不错，香咸油亮，合她的口味，她每次都能吃一大碗。

周以靠在门边走了会儿神，独自黯然神伤后，她仍旧得面对现实。

“你跟人同居了吗？”周以问得直白。

李至诚转过身子，疑惑地看着她。

周以抬起脚，拖鞋上的小猪皮杰憨憨地笑着，她问：“这鞋是女生的码吧。还有书房里的电脑桌，和我分手后，你是不是谈过女朋友？都同居了啊？”

李至诚放下手中的碗，转身面对着她。看她一副想知道又怕知道的表情，像个被抛弃的小怨妇，李至诚生出笑意，扯着嘴角反问她：“你觉得呢？”

周以眼眶都红了，道："我觉得你有。"

李至诚端着酸奶和猫粮走出去，喊沓沓吃饭。胖胖的橘猫灵活地跳下猫爬架，在他的腿边绕了一圈，才开始享用晚餐。

李至诚揉揉它的脑袋，起身对周以说："嗯，确实有。"

周以感觉自己的心脏快被拧成麻花了，她用手背擦了擦眼尾，道："哦。"

李至诚走到她面前，拿下她的手，轻轻地抚了一下被擦红的眼尾，道："这就哭了？"

周以倔强地道："没，眼里进猫毛了。"

他不再逗她，实话实说："云岘在这儿住了快一年，你又不是不知道。"

周以追问道："那拖鞋呢？"

李至诚示意她向下看，他的鞋面上是小熊维尼，他道："第二件半价，我买回来，留着给我未来的老婆穿，不行啊？"

周以想了一下，刚刚进屋时，李至诚确实是从柜子里拿出的这双粉色拖鞋，拆开包装袋才放到她的脚边，鞋还是全新的。

她抿了抿嘴唇，回味着刚刚喝的草莓酸奶的滋味，说："那不好意思，我先穿上了，你老婆只能穿二手的了。"

李至诚话里有话："我想，她应该不会介意。"

周以抬高下巴道："那书房里的电脑呢，也是第二件半价？"

李至诚摇摇头，道："那不是。"

周以双手交叉，抱在胸前，想要装作毫不在意，却处处露出马脚："也留着给你未来的老婆啊？这么早就配好了，你就知道人家爱打游戏？"

李至诚毫不在意地回答道："不行吗？我觉得她应该会喜欢。"

周以终于忍不住问："她是谁啊？"

李至诚耸耸肩，道：“不知道。”

周以噘起嘴“嘁”了一声。

李至诚看了她几秒，收敛了嘴角的笑意。他越过周以，进了卧室，几分钟后再出来，他已经换了一身休闲的衣服。

看他准备出门，周以赶紧问：“你去哪儿啊？”

李至诚抓起车钥匙，握在掌心，随口回答道：“有个饭局，你饿了就自己点外卖。”

周以觉得难以置信，问：“你是要把我一个人丢在家里吗？”

李至诚抬高了眉毛，脸上写着四个字——“显而易见”。

他举起手腕，敲了敲表盘，道：“我已经快迟到了。”

周以几乎要哭出来了：“那我一个人在家，多无聊啊。”

李至诚指向客厅的窗户，道：“那一栋的三楼是云岘和姜迎家，无聊就去找他们玩。”

“可是，我……”

“周以。”李至诚打断她，换上不容置喙的语气，道，“我有我自己的生活。”

周以彻底无言，抱着膝盖，蜷缩在沙发上。沓沓跳到她的身边，舔着她的手背。

李至诚说：“如果你想回去，我也可以现在送你走。”

周以摇摇头，还是耷拉着脑袋。

“那就好好待在这里，钥匙给你留在玄关了。”李至诚打开门，头也不回地走了。

周以说不上自己是难过还是失落，她贸然来找他，扰乱他的生活，是她不对，但是把她一个人留在家里，不像是李至诚会干出来的事。

那番话产生的影响远远超出了周以的预期，她现在进退两难。以前的他肯定不会这样的，周以失落地想。

她只随身携带了一个托特包，里头放着笔记本电脑和上课的教案，连手机充电器都没有。

低电量的提示音响起，周以在茶几上的杂物篮里扒了扒，没有找到适配的数据线。她调暗了屏幕亮度，用仅剩的9%的电量给李至诚发消息。好在，对方已经把她从黑名单里拉了出来。

周以："充电器在哪里啊？我的手机没电了。"

李至诚很快回复道："房间的床头柜上有插线板。"

周以捏着手机走进主卧。李至诚的床边安置了一张长桌，上头摆着电脑设备，三层的置物篮里都是零食，墙上的架子错落着，摆满了玩偶。

周以找到了充电器，刚想取走，就瞥到了枕头上的毛绒小羊玩偶。她拿起来，捧在手里捏了捏，脸上的阴云一扫而光。

周以咬着下唇，却压不住上扬的嘴角，她打开摄像头拍了一张照片，给李至诚发过去，嘚瑟地说："你把它拿回来啦？"

李至诚隔了半分钟才回："东西掉了都不知道？"

周以说："我是故意留在那里的，我觉得你还会回来。"

李至诚没再回复。他确实回去了，没想到保洁阿姨说，这间房的客人已经办了退房手续，但是好像落了件东西。

那天早上，李至诚站在走廊里，怀里抱着一只和他的气质十分违和的毛绒小羊玩偶，关心地发微信消息问周以"人呢"，结果收到了一条莫名其妙的语音，他气了整整四天。

小羊玩偶让周以鼓足了勇气，她继续编辑文字，发送过去："那我就把它送给你了，以后，你替我好好照顾它。"

周以："我从小到大都不太喜欢娃娃，但是我在国外总是失眠，不抱着它就睡不着觉，很神奇吧？"

周以："以后，就让它陪你睡觉好不好？"

她一连发了好几条消息，李至诚实在忍不住了，回复道："嗯。"

他又问："吃饭了没？"

周以答："还没，不知道吃什么。"

李至诚给她发了一个两百块的红包。过了一会儿，他又发了一张某外卖软件的订单截图，道："给你点好了，等会儿下去拿。"

周以不再犯选择困难症，乖乖地等着外卖送来。

沓沓很亲人，一直贴着她，她打开投影仪，挑了一部电影，一边给大橘猫顺毛，一边打发时间。

大约四十分钟后，外卖员联系了她，说小区现在管制通行，麻烦她到大门口取餐。

周以挂完电话，换了鞋出门，一路通畅地走到小区门口，拿完外卖，她一回头，面对成片相似的楼栋，突然迷失了方向。

要往哪里走来着？周以凝眉抿唇，尝试着迈出第一步，凭着感觉前行。出来后，她特意看了一眼，李至诚的公寓在第十七栋，应该不难找吧。

在迷宫似的小区里走了近二十分钟，寻找返回路线的时间已经远远地超出了她出来时走到小区门口花的时间，她终于承认，她迷路了。

为什么房子不按数字来排序？为什么五栋的旁边是十一栋？这让人怎么找？

周以一边在心里吐槽，一边给李至诚打电话。

"嘟"的提示音消耗着人的耐心，直到机械的女声提醒她"您拨的电话暂时无人接听，请稍后再拨"。

周以走出了一身汗，又回到大门口，她选择放弃，找了个石墩子一屁股坐下，拿手扇着风。

喇叭声响起的时候，她正怀揣着对中国科技的无限期望，企图用某地图软件精准定位到具体的楼栋。那辆车又响了两声，周以不得不抬起头。

驾驶座上是个女孩，她降下车窗，对周以说："是你吧，李至诚的那个……"大概是想不到合适的称呼，她就此打住，转而问，"你怎么坐在这儿啊？"

周以站起身，拍拍屁股上的灰，走过去，说："你就是姜迎吧。"

女孩点点头，朝她笑了一下，道："你好、你好。"

周以讪讪地揉了揉头发，解释道："我出来拿外卖，但找不到路了。"

"这样啊，我们小区确实有点儿绕。"姜迎打开车门，让她快上来。

坐上车，感受到了空调的凉意，周以长长地呼出一口气，道："谢谢你。"

"不用。"姜迎摆摆手，问她，"李至诚呢？"

周以回答道："他说有个饭局，出门了。"

姜迎惊讶得张大嘴，道："所以，他把你一个人扔在家里，让你吃外卖？"

"狗东西！"姜迎狠狠地捶了一下方向盘，替她鸣不平。

周以被她的直率逗笑了，道："你敢这么骂你的老板啊？"

姜迎挠挠脸，道："确实没少在背后骂过，你别打小报告啊。"

周以笑出了声，道："不会、不会。"

"不过，奇怪了。"姜迎说，"今天云岘没跟着去啊，到底是什么饭局？"

周以摇摇头，道："我也不知道。"

"估计是跟简少爷那群人一起吧，他们玩得比较开，不适合……"话说到一半，姜迎打住了，而后瞄了周以一眼。

周以却已经敏锐地捕捉到了她话里的意思，并且直截了当地替她补完了后半句："不适合非单身人士，是吧？"

姜迎有些担心周以，却见她无所谓地笑了笑。

她清醒得让人心疼："他确实是单身啊，而且，我也没有资格管他。"

姜迎叹了一口气，按照她的观念，她完全没办法理解这两人长达十年的拉扯。互相喜欢就表达爱意，要分手就一刀两断、再不联系，明明是顺理成章、干脆利落的事，为什么他们要拖泥带水，一直保持这种说不清、道不明的关系呢？

不过，感情的事，如人饮水，冷暖自知，姜迎也不好多做评价，她只告诉周以："李至诚一定非常非常爱你。我从云岘那里听说过他对你有多好，那和我认识的李至诚完全不一样。"

路灯昏黄，夜风吹拂，麻雀掠过树梢。周以看着窗外说："那是以前。"

姜迎把周以送到了楼下，下车前，她问周以要不要去她家里坐坐。

周以摇头婉拒道："下次吧，今天太晚了，就不打扰了。"

两人交换了微信号。

无论有没有男人的那层关系，周以都对这个明朗可爱的女孩很有好感，姜迎对她也是。

回到公寓，周以打开已经凉了的外卖，李至诚给她点的是一份小面和一份红糖糍粑。不过，面已经坨了，糍粑也不脆了，红糖化了，带着一股中药的苦味，周以勉强吃了两口。

李至诚这会儿才看到未接电话，问她怎么了。

周以说："没事了。"那边便再无动静。

沓沓跳到桌上，凑在碗边嗅了嗅，嫌弃地撇开了脑袋。周以给它顺了顺毛，将它抱到怀里，说："你有你爹精心伺候，太幸福了。"

之后的两个小时，周以盘腿坐在客厅的地毯上，打开笔记本电脑，打算把手头的工作先处理完，也好消磨一个人的夜晚。

过了晚上十一点，李至诚才回来，听到开门声后，周以立马抬起了头。

“还没睡？”他的嗓音听上去有些哑，手里提着一个纸袋。

周以摘下眼镜，道：“没。”

李至诚换完鞋，把纸袋放到茶几上，回卧室拿了换洗衣物，准备洗澡。

周以打开袋子看了一眼，里头是一个打包盒，装着一份馄饨，还是热的。她盯着卫生间的门看了一会儿，取出盒子和一次性餐具，夹起一个馄饨塞入口中，馄饨是荠菜猪肉馅的，底下有煎好的鸡蛋，味道香咸。

李至诚冲了个澡，几分钟后就从浴室里出来了，他穿着宽松的T恤和家居裤，额头上沾着湿发，他用毛巾胡乱地搓了搓，而后倒了两杯水，一杯放在茶几上，另外一杯端在手里，在单人沙发上坐了下来。

盒子里还剩两只馄饨，周以吃不下了，放下了筷子。

李至诚看了一眼，煎鸡蛋一口没动，他皱了一下眉头，道：“怎么还挑食？”

周以重新拿起筷子，不情不愿地咬了一小口鸡蛋。

看着她吃了两口，李至诚才出声道：“吃不完就给我吧。”

周以赶紧递过去，拿起杯子喝水。李至诚把剩下的两只馄饨吃完，收拾了桌上的垃圾。

“你怎么给我带了夜宵啊？”周以问。

李至诚抬眸看了她一眼，道：“我猜你饿了。”

周以“哦”了一声。

李至诚没告诉她，家里养猫的人基本会在客厅里装监控，她今晚的一举一动都在他的注视下，他看到了她没怎么动那份晚饭，也听到了她对着沓沓说的话。

李至诚把垃圾打包后放到门口，催她道：“做完了没？洗澡睡觉了。”

“马上。”周以把最后一段文字敲完，保存文档，关了电脑。

李至诚刚要走进书房，又退回到客厅，问她：“我还没问你，你的行李呢？”

周以回答道：“没带啊，我一下课就去高铁站了。”

李至诚的脸色沉了下去，问：“那你准备穿什么？”

周以理所当然地道：“穿你的啊。”

李至诚欲言又止，最后黑着脸从衣柜里挑出一件T恤给她，道：“抽屉里应该有新的毛巾和牙刷，自己拿。”

周以拿着他的T恤走进浴室，应道：“知道了。”

浴室里氤氲着未散的水汽，周以盘好头发，脱掉衣服，走进淋浴间。热水淋湿了皮肤，她想从架子上找沐浴露，随手拿起一瓶，看了看外包装上的说明，发现是牛奶味的，她皱了皱眉，拿起另外一瓶橘色包装的，是橙子味的。

周以掂了掂两瓶沐浴露，按分量来说，都是新的，没怎么用过。她突然明白了什么，弯了弯嘴角，整个人像落到了香甜的蛋糕岛上，苹果肌都快笑僵了。

救命！李至诚怎么会这么可爱？！

李至诚给客房换了新的被套，但周以脸皮厚，假装没看见。她从浴室出来，趿拉着拖鞋就冲进了主卧室，掀开被子钻了进去。

李至诚腾地坐起身，斥道：“谁让你睡这儿了？”

周以像没听见，眉眼弯弯，拼命地把脖子往李至诚面前凑，道："你闻闻，什么味道？"

李至诚当然闻到了，扑面而来的香甜气味，让人想忽视都难。

周以笑得肆意放纵，道："橙子牛奶味。"

李至诚的喉结滚了滚，肌肉紧绷，失态过后，他用凶狠的表情掩盖着波动的情绪，道："闹够了没？滚回客房睡你的觉。"

周以一脸无辜，嘴角的坏笑却暴露了她的狡黠。无意间发现了李至诚的小秘密，这够她开心一个晚上了。

注意到他的耳垂红了，她胆子更大了，跪坐着，单手撑在他的身侧，整个人越凑越近，恨不得把他脸上任何一处细微的变化都看个清楚。

两人的鼻头快撞到一起，李至诚败下阵来，恼羞成怒地用手臂推开她，起身站到床边，与她拉开距离，仿佛她是什么摄人心魄的女妖精。

周以跌躺在床上，本就只能遮住大腿根的T恤下摆又往上移了移。

那白花花的长腿实在惹眼，李至诚瞥见，脸瞬间黑了，说："你衣服下面没穿裤了？"

被他这么盯着，周以突然不好意思起来，扯过被子盖住腰腹，说："都和你说了，我没带换洗衣服。"

她看见李至诚的胸膛明显地起伏了一下。那是危险的信号。

周以迅速垂眸，紧紧地攥着被角，道："我认床，一个人睡不着……"她的声音越来越小，这个理由用得不好，说出来她自己都心虚。

李至诚的视线依旧落在她的身上，周以红着脸颊，缩进被子里侧躺着，道："睡吧，不早了。"

"吧嗒"一声，卧室的吊灯关了，眼前漆黑一片。

在昏黑的房间里，男人的声音贴着她的耳郭，好像加了混响效果，又低又哑："我明天还要上班，这两天有个很重要的项目在谈，没空管你，你给我老实点儿，在这儿好好待两天，我们之后再算账。"

明明是警告的口吻，但他的呼吸也乱着，像蒙了层暧昧的纱，他比以往更让周以无招架之力。

她把脸埋进枕头里，轻轻地点了点头。李至诚帮她把衣服整理好，起身下了床。

"早点儿睡。"

她听到房门被打开又关上，这才转正了脸，重重地呼出一口气，抚着胸口，平复心跳。她伸长胳膊，够到床头柜上的小羊玩偶，将其圈在怀里，她感觉自己在下坠，必须抓着什么实物，才能心安。

空气里的橙子牛奶味浓烈而温热。周以在杂乱的思绪里失眠到凌晨，直到天色微明，树上的鸟开始了新一天的鸣叫，她才渐渐失去意识，跌入梦乡。

一觉睡到自然醒，周以起床时已经过了十一点。李至诚早就上班去了，留给她的早饭也凉了。

周以洗漱完，打开手机翻看微信消息，看见李至诚在九点半的时候问她起床了没，周以刚要打字回复，就听到了大门的开锁声，她趿拉着拖鞋赶紧跑了出去。

李至诚手里拎着两个袋子，一眼就看出她才起床，他皱了皱眉，神色不满，把大号的白色纸袋递给她，命令道："去把衣服换了。"

周以打开袋子往里看了看，不止一套衣服，从里到外，一应俱全。她神情复杂地看着李至诚，问："你去买的吗？"

李至诚回了她一个嫌弃的眼神，道："我让秘书去买的。"

"哦。"周以了然地点点头，又迅速扬起脸，紧张地问，"你是怎么和你的秘书说的？”

李至诚抱着手臂，扯开嘴角露出一抹笑，道：“你觉得呢？”

周以不想知道，也没脸知道，她抱着纸袋，灰溜溜地回房间换衣服了。衣服大小正合适，一套是裙子，一套是衬衫和牛仔裤，周以穿上牛仔裤，上半身还套着李至诚的T恤。

她走出去，看见餐桌上已经摆好了午餐，是李至诚打包回来的，两荤一素一汤。

“洗个手来吃饭。”他拿出两套餐具，把米饭分好。

周以“哦”了一声。

桌上有一道清蒸鲈鱼，沓沓大概是闻到了鲜味，一直在桌子底下打转，用爪子挠着桌腿。

周以看着心疼，问李至诚：“它能吃吗？”

李至诚连眼睛都没抬，道：“不能，你吃你的。”

周以朝沓沓摊了摊手，道：“你爹不让，我也没办法，在这个家里，咱们都得听他的话。”

李至诚的筷子顿在半空，好一会儿才继续夹菜。

“哦，对了。”吃到一半，周以开口说，“我那天给你发消息是想告诉你，我这周上课前和学生们说了，希望他们能尊重课堂，大家都很配合，特别乖。”

李至诚淡淡地“嗯”了一声。

这并没有打消周以的分享欲，她继续说：“还有，这次回家，不知道是不是太久没回去了，家里的人有点儿不一样了，也可能是因为小姑没了，所以，他们把爱和关心都转移到我的身上了。”

李至诚突然严肃地喊她的名字：“周以。”

“嗯？”

李至诚敛目，夹了一筷子香菇和青菜，道：“不要乱说，给你的就是你的。”

周以点点头，道：“现在想想，其实他们对我都挺好的，是我以前不懂事，自己跟自己纠结了这么久。”

李至诚说：“你知道就好。”

吃完饭，李至诚收拾了桌子，给沓沓换了一盆新的水。

周以捧着碗筷进厨房清洗，意外地发现李至诚的家里并没有打扫卫生的阿姨。这颠覆了她对有钱少爷的认知，她一直刻板地以为，像他这样的富二代都是十指不沾阳春水，处处需要人伺候的。

李至诚回去上班前说，她要是嫌无聊，可以去附近逛逛。

昨晚的事，两人默契地都当作没发生过，他俩的关系又回到了不尴不尬、不亲密又不陌生的状态。

“那书房里的电脑，我可以玩吗？”周以小心翼翼地问道。

李至诚大概是铁了心要维持冷酷人设，只丢出两个字：“随你。”

周以扬起笑脸，道：“那我在家等你下班！”

李至诚没应“好”，只说：“饿了就自己找东西吃。”

周以从她买来的零食里拿出一袋小熊饼干和一杯草莓牛奶，塞到李至诚怀里，让他下午饿了吃。

“那我走了。”

周以举着沓沓的猫爪挥了挥，道：“好的，拜拜。”

李至诚却没立刻转身，站在原地看了她一会儿。周以意识到了什么，笑容有些不自然。

他们现在这样多像一对小夫妻，如果当初没有分开，或许他们早就过上了这样的生活。

关门声响起，一分钟后，周以听到停在楼下的车离开的声音。

她走进书房，坐在粉色的电竞椅上，没有按下电脑的开机键，只把手放在了马卡龙色调的键盘上。她突然想起，很多年前，在某一个入睡前的闲聊时刻，她和李至诚畅想的未来好像就是如此。

周以当时的原话是："我不期待有多大的房子、多好的生活条件，我只希望在一个下雨的周末，我们俩能窝在家里打游戏，哪里都不去。我抬个手，你就知道我是要饮料还是要零食。等外卖到了，我踹你一脚，你就立刻跑去拿。"

她记得，那时李至诚用力地揉搓着她的脸颊，说："做你的春秋大梦吧。"

周以撇撇嘴，问他："这样的愿望还不够简单吗？"

李至诚摇摇头，故作严肃地道："我觉得，你把最后一句的主语和宾语换一下就差不多了。"

周以反应过来，挥起拳头要揍人，却被李至诚连人带被子抱在了怀里，他认错求饶道："我拿我拿，必须我拿。"

尽管不见得那样走下去就能终老，但周以还是觉得好遗憾。

人生里最好、最精彩纷呈的六年，却与彼此无关。

周以离开座椅，轻轻地关上了书房的门。

这个下午，她还是窝在客厅的沙发上，打开投影仪，挑了一部最近热播的综艺看。节目里，嘉宾们夸张地大笑，周以偶尔跟着扯开嘴角。

大概是因为昨晚失眠，到了下午三四点时，周以觉得脑袋越来越重，靠在抱枕上睡了过去。

她是被一阵门铃声吵醒的，迷迷糊糊地意识到可能是李至诚没带钥匙，她一下子从梦中惊醒，起身开门。

见门后的人是姜迎，周以愣了愣，问："你怎么来了？"

姜迎举高手里的保温袋，道："老板让我给你送饭。"

周以看了一眼墙上的钟，原来都快晚上七点了。

姜迎一边把袋子里的饭盒拿出来摆到桌上，一边问她："你饿不饿啊？我刚刚回了一趟我妈家，这个虾做得超级好吃。”

周以朝她不好意思地笑了笑，道：“麻烦你了，还专门送过来。”

“不麻烦，老板说给你打了电话，你没接，哦，他还让我告诉你，他今天晚上有事，让你早点儿休息。”

周以耷下嘴角，道：“他又有饭局啊？”

姜迎怕再说错话，含糊地道：“我也不知道，他最近是挺忙的，一直在加班。”

安顿完周以，姜迎又熟稔地打开柜子，找到沓沓的猫粮，按照它平常吃的分量倒进碗里，看样子她经常过来帮忙照顾它。

“那个，你慢慢吃哦，饭盒你就放着吧，我过两天来拿就行。”

周以点点头，再次对她说：“谢谢你啊，真的麻烦了。”

姜迎摆摆手，道：“李至诚给了我跑腿费的，不客气、不客气。”

周以被她逗笑了，她倒是很诚实。

送别姜迎后，周以回到餐桌边，看着几道色香味俱全的家常小菜，却提不起胃口。大概是刚睡醒吧，她安慰自己。

周以给客厅换了暖黄色调的光，不然，实在是有些冷清了。

她扫视着这间对她来说还很陌生的公寓，开始怀疑自己是不是不该来，毕竟，李至诚有他自己的生活，她好像成了多出来的麻烦。

李至诚比昨天晚上回来得更晚。他脚步声沉重，依旧是一进屋就去洗澡了。

周以裹着被子，听到了推拉衣柜门的声音。几分钟后，主卧的门被打开，从外面照进来一道光亮。

周以身边的床陷了下去，她闻到了他身上残留的酒味和烟草味。她很轻地吸了一下鼻子，抬手搓了搓眼尾。

李至诚躺下来后才意识到周以的存在，他倏然坐起身，揉着脑袋说：“习惯了，走错房间了，你睡吧。”

周以却拉住了李至诚的胳膊，不让他走，带着浓重的鼻音开口道：“虽然我没有立场这么说，但是我真的很讨厌今天的你，讨厌你这么晚回来，讨厌你带着一身酒气，讨厌你把我一个人留在家里。”

周以的眼睛里布满了红血丝，她抬高了下巴保持着最后的骄傲，道：“你让我想起了我爸妈那种我最反感的婚姻关系。”

在李至诚平静到有些漠然的神情里，周以的防线一点一点地崩溃了。

“李至诚，我好像懂了，为什么你说‘算了吧’，因为你清楚，就算我们当时复合了，在琐碎的现实面前，我们也走不了多远。

“你以前说，我是理想主义的文学家，我现在明白了。”

周以用力地擦了擦眼睛，接着说道：“我就是太理想化，永远不够成熟，你和张远志说的话，我听到了。对啊，我这种女的就只适合谈恋爱，不适合结婚过日子，所以你吊着我，你要我。”说最后一句话时，周以的声音颤抖着。

“我看清现实了。”她用手遮着眼睛，掌心被汹涌的泪沾湿，“可我就是觉得好可惜，我以为你会不一样。”

周以语无伦次、口齿不清地说完一大段话，李至诚才出声道：“说完了没？”

李至诚俯低身子，坐在床沿上，拉下她的胳膊，替她抹了把泪。

“我哪里吊着你，哪里耍你了？难道我要告诉你，书房里的电脑已经给你装好三四年了，只是怎么也等不到你回来？难道我要告诉你，硕士研究生毕业后我就在海城买了一套房，想等你大学毕业就和你结婚？难道我要告诉你，我被你甩了还天天惦记着你，六年了，我还觉得只要你回国，我们俩就能重新开始？我李至诚不要面子的吗？”

周以哭得视线模糊，李至诚越擦，她的眼泪越多，他干脆把人摁在怀里，随她哭。

“我手头上有个要紧的项目，我本来打算忙完这阵，就去海城找你，结果你先过来了，但我真的抽不出时间。我一边见客户，一边盯着手机监控，看你有没有好好吃饭，求着我的下属过来照顾你，我还能怎么样？你是不是蠢？男人不得赚钱？等你哪天一挥手说不想上班了，想做宅女，我还能拍拍胸脯说‘老公养你’。”

李至诚的吻落在她的嘴角，咸湿的眼泪像盛夏时节的海风。他诚恳而坚定地说：“我从来就没觉得你不适合结婚过日子，我没说过这种话，我在二十岁时就决定了要和你过一辈子。”

周以几乎哭得喘不过气，她搂住李至诚的腰，把脸埋进他的怀里，脖子上和额头上都冒了汗，眼泪和鼻涕一起蹭到他的身上。

李至诚也无奈了，她哭起来一向难哄，今天更是一发不可收拾。他拍着她的背，声音温柔地道：“周以，别哭了。”

周以断断续续地说：“我……我停不……停不下来啊。”她甚至着急地骂了句脏话。

周以抽泣了两声，抬起头看了李至诚一眼，眼泪又不停歇地往外涌。

李至诚舒展眉目，帮她把脸上的发丝绕到耳后，道：“那你再哭一会儿，我明天要出差，先睡了。”

周以立马停止了哭声，板着脸，抬臂捶了他一拳，道：“你是不是人啊？”

李至诚抓住胸前的手，揽住周以的腰，把她整个人扛起来。男人的手臂线条流畅而结实，周以倏地腾空了。

李至诚带她进卫生间洗脸，把她身上哭湿的睡衣换下来，丢进了脏衣篓。

周以没穿拖鞋，李至诚把她抱到洗手台上，他怕她凉，还给她垫了一块浴巾。

周以情绪逐渐平缓，用毛巾擦着脸，哑着声音问李至诚：“你刚刚说明天要出差？”

李至诚“嗯”了一声，懒洋洋地打了个哈欠，他又困又累，眼睛都快睁不开了。

看他这副样子，周以推推他，道：“那你快去睡觉吧。”

李至诚抬起眼皮，道：“罪魁祸首，装什么装。”

周以脸上刚降下去的温度又回升了，问道：“那你明天去哪儿？几点的飞机？”

李至诚回道：“杭城，坐高铁去，买了早上九点的票。”

周以借机问出最关心的问题：“那你什么时候回来？”

李至诚耍了个心眼，反问她：“你希望我什么时候回来？”

周以用毛巾挡住上半张脸，嘴唇张合：“越快越好。”

李至诚对这个回答非常受用，他绽开笑脸，双手撑在她的身侧，弯腰在她的唇上啄了一口，道：“那我改签，办完事就回来，应该能陪你吃晚饭。”

周以用力地点点头。

李至诚一把扯下她脸上的毛巾，随手扔到旁边，朝她张开双臂，道：“再擦就要掉层皮了，走了，睡觉。”

周以圈住他的脖子，挂到他的身上，乖顺极了。

回到床上，周以终于得偿所愿，钻进了李至诚的怀里，将自己的腿架在他的腿上，找了个舒服的姿势，合上了眼睛。

过了一会儿，她又在黑暗中睁开眼，想来想去，她还是没把握，觉得必须得到一个肯定的回答才能安心地睡觉，于是，她问李至诚：“所以，我们是和好了，对吧？”

李至诚迷糊地“嗯”了一声，像是快睡着了。

周以拿脸颊蹭了蹭他的胳膊，自言自语道：“可是，我总觉得我们好像没分开过。”她扬起脑袋凑过去，胡乱地亲了一口后，悄悄地说，“晚安哦。”

几秒后，李至诚翻了个身，把她牢牢地圈在怀里。

他说：“我也是。”

第七章

冰川与春雷

清晨，闹钟的铃声猛地响起，快速的鼓点让人心惊胆战。李至诚从睡梦中惊醒，像往常一样伸手去摸手机，却摸空了。

听到一声不满的嘤咛后，他才彻底清醒过来。哦，周以在他的床上呢，他昨晚睡在了床的左侧，手机放在右边的床头柜上。

李至诚用手盖住周以的耳朵，安抚她道："好了好了，我马上关掉。"

他飞快起身走到另一边，拿到手机，关闭闹铃，卧室重新归于寂静，周以皱紧的眉头也舒展了。

李至诚的床单是浅栗色的，周以侧躺着，眉目平和，睫毛在眼下投出阴影，一副安宁而恬静的样子。李至诚坐在床边看了周以一会儿，才起身去洗漱。

七点半的时候，周以的闹钟也响了起来。她没像往常一样拖延，由于心里惦记着事，一听到铃声她就醒了。

卧室里只有她一个人，周以急匆匆地穿上拖鞋跑出去，看见李至诚站在餐桌边上。

周以松了一口气，道："我还以为你已经走了。"

李至诚向她走去，道："秘书来接我，快要出发了。"他替周以压平一撮乱了的头发，问，"这么早起来干吗？再去睡一会儿。"

周以伸了个懒腰，将额头抵在他的肩上，道："我想送你。"

李至诚揉揉她的耳朵，道："我上午去，下午就回了。"

"还睡不睡？"

周以摇摇头，她没睡意了。

"那快去洗漱、换衣服。"

周以"哦"了一声，回到卧室。

几分钟后，她从卫生间出来，发现李至诚的手里提着她的托特包，还拿着一个黑色的保温杯。

李至诚喊她："过来穿鞋。"

周以心里一喜，扬起嘴角跑过去，兴奋地问："你是要带我一起去出差吗？"

李至诚拍拍她的脑袋，无情地打破她的希望，道："想什么呢？我去谈项目，哪儿有工夫管你？来去也折腾。"

周以塌下肩，问："那你要把我带去哪儿？"

李至诚看她慢吞吞的，索性蹲下身，替她绑鞋带。利落地将鞋带打成蝴蝶结后，他又朝屋里喊："沓沓，过来。"

大橘猫听到指令，摇着尾巴来到李至诚的脚边。

李至诚单手捞起猫，递给周以，让她抱在怀里，道："我送你们去云岘家。"

周以想了想，她一个人待在家里确实无聊，出去拿外卖还可能像上次那样迷路，去找姜迎玩倒也不错，便欣然同意了。

李至诚走到楼下时，贝妍的车已经在等他了。他走过去，敲敲车窗，和秘书交代道："再等我五分钟，马上来。"

两栋楼之间只隔着几步路，李至诚牵着周以的手，很快就到了云岘家楼下。

快到门口时，周以有些犹豫，说："会不会太打扰人家？万一人家小两口周末要约会呢？"

李至诚揉揉她的脑袋，道："我和他们已经说好了，云岘去接他弟弟了，你就安心待在这儿。"

按下门铃后，门很快被打开了，姜迎朝周以笑着挥挥手，道："欢迎欢迎。"

李至诚赶时间，只把人送到门口，叮嘱道："好好在这儿待着，不用和姜迎客气，就跟在自己家一样，等我回来接你。"

姜迎抱着手臂看他俩依依惜别，悄悄地翻了个白眼，腹诽道：话都让你说完了。她清了清嗓子，转过身去，道："你俩要是想吻别，请随意，我不看。"

周以脸皮薄，经不起调侃，催李至诚道："我知道了，你快走吧。"

李至诚还是搂了她一下，挑重点的话再次嘱咐道："千万别跟姜迎客气。"

等李至诚走了，周以一回头，就对上了姜迎暧昧的眼神和八卦的笑容。

"你俩和好啦？"

周以点点头。

其实，在昨晚说出那番话之前，她已经做好了和李至诚彻底玩完的准备。

现在想来，只觉得万般庆幸。

还好，他们坚定到近乎执拗的选择是正确的。

姜迎说："早该如此嘛，你俩耽误的时间太久了。"

周以却摇了摇头，道："刚刚好。"

她们坐到豆绿色的沙发上，现在，周以已经可以毫无顾忌地向别人敞开心扉了。

"我们分开这么多年，基本没有断过联系，一直知道对方的近况，但是彼此都不提感情的事。李至诚应该和我想的一样——异地恋的时候就有那么多矛盾，要再谈异国恋，一定会很累、很辛苦。我们都默认先等等，彼此去接触更多的人。等再见面的时候，如果还有机会，就再试试看。所以，现在刚刚好，不算晚，而且，我们都更成熟了。"

周以现在也明白了那句"算了吧"的真正含义——李至诚不是放下了，是不得不先松开手中的线，让风筝去更高的天空飞翔。只是他低估了周以对他的依赖程度，她根本不舍得飞远。

姜迎没经历过这样的感情，不禁好奇地问："那你们是怎么做到分手后还能聊起来的？谁先主动的啊？"

周以想了想，道："好像是他吧。隔了三个月，我已经去英国了，他突然问我伦敦有没有下雨，然后又不说话了。"

姜迎继续问："那后来呢？"

周以挠着下巴笑了笑，道："后来就是我主动了。有一次，我遇到了烦心事，你知道吧，大部分留学生出国都会抱团，一起吃饭，一起上课。他们的圈子固定后，我就很难融入进去。我就去找李至诚了，问他怎么办。"

姜迎问："那他是怎么说的？"

提起这个，周以满脸欣慰，道："他告诉我，'融入不了这个圈子，就先去接触别的圈子的新朋友，等扩大了自己的交友圈后，你就不会觉得这是个问题了。'"

姜迎认可地点点头，道："云岘和我说过，李至诚其实是一个通透的人。"

"就是看上去是个二愣了。"

"就是看上去是个二愣子。"

两人异口同声，"扑哧"一声笑了起来。

周以说："云岘也和我说过这句话。"

姜迎摊摊手，道："没办法，确实如此。"

回到刚刚的话题，周以说："后来，也就是年初，疫情爆发，我回不来，待在那儿又无聊，经常找他打游戏，那段时间应该是我们联系得最频繁的时候。我一个人在国外真的很不好受，有事没事就在微信上找他说废话。"

姜迎拖长尾音，"哦"了一声，道："怪不得，那个时候，公司开线上会议，李至诚一直低头开小差，我们当时还猜他是不是恋爱了，原来是在跟你聊天啊。”

手机屏幕亮起，周以拿起手机查看消息。李至诚说他到高铁站了，周以回：“好的，工作顺利。”

“哎，姜迎，”周以抬头问，“你知道李至诚最近在忙什么吗？周末还要出差。”

姜迎摇了摇头，道：“我也不清楚，好像不是我们工作室负责的游戏。等云岘回来了，你问问他吧，他应该比我了解。”

李至诚又给周以发来消息：“保温杯里装了牛奶，包里有面包，记得吃。”

周以拿过托特包，打开后发现，除了零食，李至诚还给她塞了一台游戏机——周以看上这东西很久了，但因为太贵，她一直没下决心购入。

姜迎在旁边瞥见了，“哎哟”一声，道：“这是把你当女儿养呢，吃的、喝的、玩的都给你装好了。”

周以抿嘴笑了笑，低下头给李至诚回消息：“你让我想起，小时候一到周末，我爸就会把我送到大伯家，他也会在我的书包里装好作业和吃的。”

李至诚回道：“你可别把我当爹。”

周以失笑，回道：“是你把我当女儿养吧？”

李至诚说：“哪儿有，我是把你当老婆养的。”

周以：“……”

过了一会儿，李至诚发来一张图片，是他从高铁窗户向外拍的乡间田野。

今天天气晴朗，天空澄澈，飘浮着朵朵白云，远处的山峰连绵起伏，绿植如海。

紧接着，李至诚发了一个求助的表情包。

周以回了一个问号。

李至诚说："怎么办？我已经归心似箭了。"

周以侧过身子，拿高了手机，一只手撑着下巴，想把自己比春花还灿烂的笑容隐藏起来。她故意抱怨道："谁让你不带我去。"

也许是觉得路途无聊，李至诚打了个电话给她。

周以抬眸瞄了身边的姜迎一眼，她正专注地看着某部恋爱剧，满脸笑意。

"我去接个电话。"

姜迎挥挥手，道："去吧。"

两家的户型是一样的，周以找到阳台，发现那儿摆了一架秋千，窗台边上有一排花架，种着生机勃勃的绿植和花卉。

周以在秋千上坐下来，塞好耳机后点了接听。

"喂。"

"喂。"

周以没有听见嘈杂的背景音，问："你下高铁了吗？"

李至诚否认道："没有啊。"

周以奇怪地问道："那怎么这么安静？"

李至诚笑着道："一等座不是都这样？"

周以一时语塞，过了两秒，道："我以为你这种小气鬼只会坐二等座。"

李至诚"啧"了一声，道："如果二等座没有哭闹的小孩和外放短视频的老大哥，我还真不舍得花这个钱。"

周以勾起嘴角，和他分享自己的经历："我那天过来的时候，旁边坐了一对情侣，他们一路打情骂俏，听得我快腻歪死了。"

李至诚说："以后过来都买一等座，我给你报销。"

周以笑得更灿烂了，应道："好。"

"还没问你呢，打算什么时候回去？"

周以活学活用，反问他："你希望我什么时候回去？"

李至诚也学着她之前的句式回道："越晚越好。"

周以搓了搓脸颊，怀疑自己再这么笑下去，苹果肌会抽筋，道："星期一早上有一节新生研讨课，不过我可以找霍骁换一下；周二下午，我要给大一的学生上课。所以，最晚周二上午回去。"

李至诚却说："那还是算了，我明天晚上送你回去。"

周以不高兴了，问："为什么？"

李至诚回答道："不想让你欠他人情。"明明是在耍小脾气，他的语气却理直气壮。

周以嘴角重新扬起笑容，"哦"了一声，道："那我就明天晚上回去吧。"

"好，我把下周四的下午空出来了，等你下课了，我去接你。"

周以笑着点点头，尾音上扬地说："好的。"

其实也没什么要紧的话，不过，他们随便找个话题都能聊一两句。

最后，周以蹲在花架边，摸着橘色月季的花瓣，她对李至诚说："你的阳台也应该养点花……我看姜迎家的阳台好漂亮哦，还有秋千。"

李至诚当然听懂了她的小心思，应下来："给你养花，也给你买秋千，还要什么？"

周以歪着脑袋，趁机说："还想把你床上的藤原千花的抱枕给换掉。"

李至诚沉默了两秒，企图讨价还价："这样吧，你在我就拿走，你不在就让它陪我睡。"

周以阴森森地道："一张床睡两个老婆？"

李至诚深吸一口气，只能忍痛割爱，咬牙道："行，换掉。"

周以满意地点点头，她随手拨弄着花叶，无意中瞥见花架后露出了一个小方角："这是什么？"

"什么什么？"

周以怕是云岘和姜迎有什么东西不小心掉在了这里，伸手抽出来，拍拍上面的泥土，却发现是一包万宝路的女士香烟。

"烟。是姜迎抽的吗？"周以眨眨眼睛。

李至诚问她："你在哪儿发现的？"

周以老实回答道："花架后面。放这儿干吗呀？"

电话那头，李至诚发出了一声毫不收敛的笑，随后他撺掇着周以拍张照给他看看。

周以没多想，拍了照发过去。

李至诚缓了一口气，解释道："云岘在监督姜迎戒烟呢，估计是这丫头偷藏的。"

稀里糊涂地出卖了小姐妹，周以瞪大了眼睛，心里默念了句"阿弥陀佛"。

"你不会是要和云岘打小报告吧？"周以鄙夷地道。

"我才不。"李至诚神气地哼了一声，道，"我留着当把柄，以后威胁她。"

周以压低声音，道："你当小人还要拉我下水！"

李至诚并不恼，悠悠地提醒她道："是你先发现的。"

周以默默地把烟盒放回去，还特地往里塞了塞，用叶子完全遮住，自欺欺人地道："我什么都没看见，我什么都不知道，你别污蔑我，我是无辜的。"

李至诚笑了两声，清清嗓子，换上一本正经的语气，道："你回来真好。”

突如其来的一句话像一根无形的细线拢在心上，周以感到了一阵密密麻麻的刺痛。

这句话含着多少酸甜、冷暖，只有彼此明白。

“突然说这个干吗呀？”周以揉了揉眼睛，说。

李至诚说：“以前都是他们夫妻俩合伙欺负我，现在，终于有人帮我了。”

周以被他的幼稚逗笑了，道：“还有人能欺负你呢？”

李至诚卖起惨：“当然了，你不知道他俩有多坏，我一个人没少受气。”

周以安慰他道：“以后不会了。”

一通电话打了快半个小时，直到李至诚要下高铁了才挂断。

周以从阳台回到客厅时，姜迎正在剥橘子吃，她扔给周以一个，感慨道：“不愧是热恋期哦。”

周以朝她笑了笑，坐回沙发上，发现姜迎在看一部十年前的老剧，传闻中少女心炸裂、甜到掉牙的《会长是女仆大人》。

周以问：“怎么在看这个？”

姜迎回答道：“最近没啥好看的，不如回顾一下经典。你也看过啊？”

周以露出无奈的笑容，道：“李至诚爱看，以前我跟着看了几集。”

姜迎笑起来，不知是夸还是贬地说：“就凭恋爱剧的阅片量，李至诚至死是少女。”

周以也跟着笑，道：“他说他是写代码写得要吐，才去看少女动画解压的。”

姜迎眨眨左眼，道：“懂的都懂。”

周以拿橘子和她的橘子碰了下，道：“懂。”

这一集讲的是女仆咖啡店举办活动，店长让碓冰为美咲挑选合适的服装颜色。本来只是随口问的一个问题，碓冰却为此苦恼起来。

世间的颜色有千万种，要挑出最贴切的个人代表色，并不容易。

周以吃着橘子，问姜迎：“你问过云岘吗？在他眼里，你是什么颜色的？”

姜迎摇摇头，问：“你问过李至诚？”

“嗯。”大概是回忆起了曾经，周以的嘴角挂着浅笑。

“他怎么说的？”

“他说是‘misty rose’，薄雾玫瑰，一种低饱和度的灰粉色。”

姜迎想象了一下，道：“如果要我形容的话，你会是群青色或者湖蓝色。”

周以说：“我问过很多人，大部分人说我是蓝色。”

姜迎问她：“那你自己觉得呢？”

周以耸耸肩，道：“我很难去形容和定义自己，我只能肯定，我展示给李至诚的一定是最真实的我。”她放轻语调，“但是，他看见了一个最好、最漂亮、最温柔的我。”

娇艳的粉色玫瑰，蒙了层薄纱般的雾。

“可惜，世界上好像并没有这个品种的玫瑰。”那时，李至诚惋惜地道。

于是，周以问他：“要是真有呢？你要放进花瓶，夹进书页，还是别在衬衫口袋里？”

李至诚当时的回答是：“我文在心口。”

莎士比亚称，爱情是叹息吹起的一阵烟，恋人的眼中有它净化了的火星。

如果说得通俗一点儿，就是姜迎说的那句：“李至诚一定非常非常爱你。”

快中午的时候，云岘回来了，领着弟弟云岍。

云岍今年刚上大一，就读于国家重点学府N大，刚军训完，云岘把他接过来放松两天。

介绍周以时，云岘说：“这是你至诚哥的女朋友，喊姐姐还是喊嫂子，你随意吧。”

云岍的笑容干净明朗，像初夏篮球场上的树荫，他说：“我知道，我见过。”

周以有些迷惑，问：“见过我？什么时候？”

云岍回答道：“我小时候去过他的宿舍，你的照片就贴在他的柜子上，蒋胜哥还让我给你磕了个头，说这样英语就能考满分。”

姜迎没憋住，“扑哧”一声笑出来，就连云岘也轻声笑起来。周以闭了闭眼，在心里把李至诚骂了一百八十遍。

四个人没在家里吃饭，找了家附近的餐馆，主要是要好好犒劳大学生。

等菜上了桌，云岘拍了一段小视频，发给远在杭城的李至诚。

李至诚抽空回复道：“不对劲啊，你弟为什么冲周以笑得那么开心？”

云岘说：“不知道，两人聊一路了，挺投缘的。”

李至诚：“呵呵！”

云岘火上浇油地说：“哎，你说，像周以这样的年轻老师，在学校应该挺受学生欢迎的吧？”

李至诚回了个句号。

云岘：“这儿不就有一个男大学生沦陷了？”

李至诚又回了个句号。

云岘太知道怎么捅刀最能扎李至诚的心了，道：“不会吧，你连十八岁男孩的醋都吃？”

李至诚继续回句号。

云岘已经快憋不住笑意了，道：“要自信一点儿啊，不过，周以确实比以前更有魅力了，我要是你，我也会担心的。”

周以正喝着银鱼羹，手机上突然一连弹出了好多条消息。

她忽略一大堆乱七八糟的表情包，直接看文字。

“你再去找找云岘有什么把柄，好好搜搜他们家！”

周以一头雾水地问：“你犯什么病？”

李至诚不依不饶地说：“去找！他肯定有见不得人的秘密！”

周以只当他发神经，回道：“我又不是警犬，你怎么不去吩咐沓沓？还有，在别人家乱翻是犯法的！”

李至诚发了一张猫撸起袖子准备干架的表情包，问：“那你有没有弟弟？能不能去勾引姜迎？”

周以被这句话惊得呼吸一滞，连发了几个问号。

李至诚又发了一张蜷缩在杯子里的猫猫的表情包，道：“那你给我离云岍远一点儿。”

周以终于反应过来，估计是云岘煽风点火地逗了他两句，他就急了，她回道：“人家是小孩儿，你不至于吧？”

隔了快半分钟，李至诚才回复道：“失而复得的人容易患得患失，你体谅一下吧。”

周以打了字又全部删除，反复几次，突然无言——现在，李至诚成了她眼里的小孩儿。

周以轻轻地吸了一下鼻子，先回了一张两只猫的脑袋叠在一起的表情包，然后认真回复道：“不用太担心……哪怕是以全宇宙为范围，我也只会喜欢你。”

发完后，周以紧盯屏幕，屏息凝神，等待李至诚回复。

他却只说：“好了，不聊了。”

就这？

周以噘起嘴，连“哦”都懒得回他了。她把手机丢到桌上，气鼓鼓地喝了一大口饮料。

连云岍都注意到了她变幻的情绪，开口问：“小周姐，至诚哥惹你生气啦？”

姜迎干咳了两声，一副一本正经的架势，用老教师的口吻说：“小岍，你这话茶味太浓了。”

云岘揪了一下姜迎的耳朵，往她的嘴里塞了一块鸡翅。

乖孩子云岍挠挠脑袋，问：“什么茶味浓？我没喝茶啊。”

云岘出来圆场：“就是让你别瞎操心。”

在云岘警告的眼神中，姜迎乖乖地闭了嘴，一边啃鸡翅，一边用左手打字：“老板，家危，速归。”

她还没来得及把消息发送出去，手机就被云岘抽走了，他用只有他俩能听到的声音说：“你怎么比我还能煽风点火？”

姜迎同样小声地回道：“我人生的三大乐趣就是吃饭、睡觉、看李至诚吃瘪。”

云岘弹了她的脑门一下，道：“哦，和我有关的，一件都没有。”

姜迎立马扬起灿烂的笑容，道：“我没说完整，是和你吃饭、和你睡觉、和你一起看李至诚吃瘪。”

他俩旁若无人地说话，周身仿佛冒着粉红色的泡泡，坐在桌对角的周以很难不产生落差感。

周以拿起手机，正打算骂李至诚两句，发泄发泄，就见他在两分钟前又发来了消息。

李至诚：“秘书说，如果我再不把嘴角的笑收一收，她怕等会儿对方提什么条件，我都点头说‘没问题’。”

李至诚：“不能聊了，老板的威慑力都没了，我现在一个劲地想笑。”

周以脸上的表情从阴转晴，她放下筷子，捧着手机打字：“专心工作，别想我。”

李至诚没再回消息，应该是会议开始了。

周以还是感到好奇，问云岘：“学长，你知道李至诚去杭城是为了什么项目吗？”

姜迎也附和道：“对啊对啊，到底是什么项目？”

云岘却觉得奇怪，问周以：“他没和你说过吗？”

周以摇了摇头，道：“没有啊，我也找不到契机问。”

“其实，我也不是很清楚，他以前只和我简单说过，他说他想设计一款产品，通过设备传感器感应到人体的动作，然后还原到屏幕里的模拟场景里，最大的卖点就是可以让很多无聊的事情变得有趣。”

周以问：“VR（虚拟现实技术）？”

云岘说：“准确的说法是MR（混合现实技术）。知道任天堂的《健身环大冒险》吗？差不多就是这样。”

周以和姜迎似懂非懂地点点头。

云岘看她们没明白，耐心地举例解释道：“比如跑步，呈现出来的应用也许就是一种闯关模式的跑酷类游戏，玩家需要亲自运动起来，而不只是用手指操作屏幕。再比如学车，很多人觉得看科目一的视频非常枯燥，那么，就把题库还原成虚拟的场景，在模拟驾驶的过程中答题。”

周以凝眉思考，道：“我怎么觉得好像在哪里听到过这个？”

姜迎也不知道李至诚还有这样的想法，燃起兴趣的同时，又觉得不解，问：“那他为什么都不和我们员工说呢？”

云岘拍拍她的脑袋，道：“你们工作室现在哪儿有这个能力？他去杭城就是见一家科技公司的CTO（首席技术官）。其实，他有这个想法已经好几年了，在以前的公司时还提交过策划案，不过没被采用。他那个领导和他挺不对盘的，李至诚那段日子可不好受，不然也不会辞职出来单干。”

周以有些愣怔，道：“李至诚也会有低谷期吗？”

云岘笑着道：“是人都会有。”

姜迎说：“除非是超人。”

周以扯了一下嘴角，笑意稍纵即逝。

李至诚在她的心里，一直是无所不能、无坚不摧的。他从来没和她提过这些，甚至成立个人工作室时，他告诉她的也只是：自己当老板多舒服啊，大家都听我的。

哪怕他并不骄奢淫逸、游手好闲，周以也一直觉得他本质上就是一个有钱人家的少爷，日子永远随心所欲，想要什么就会有什么。

仿佛有一颗怪味糖哽在喉间，羞愧是辣，心疼是酸，难过是咸，后悔是苦，让周以有些喘不过气来。

“我想起来了，他和我说过的。”周以说。

“我以前体测八百米的成绩特别差，其他都还好，但长跑就是能要我的命。我怕体测不及格，李至诚就天天拉我练，我不愿意。”周以谈起曾经，眉眼柔和了下来，“那会儿，《神庙逃亡》特别火，我一玩就是一整天，李至诚就说，要是玩这种游戏必须动起来，我大概能一口气跑个两千米。还有，我以前学车，看五分钟科目一的题就会睡着，李至诚快被我气死了，我就说，是这种理论学习太枯燥了，一点儿都不好玩。”

云岘了然地点点头，道：“原来如此。”

“难道这就是程序员的浪漫？”姜迎拍拍云岍的肩膀，道，“小岍，学着点儿。”

云岍眨巴眨巴眼睛，道：“我学空间探测，会有姑娘说地上太无聊了，她想要上天吗？那我也没办法啊。”

姜迎：“……懂了，天文男不懂浪漫。”

最后云岘说：“李至诚嘴上说让我来溪城玩，实际上他把我拐来，就是想让我帮他做这个项目，你说他的心黑不黑？”

周以笑着帮腔：“太黑了。”

姜迎却选择站在李至诚那边，道：“他不把你拐来，我怎么认识你？他拐得好啊。”

云岘点点头，道：“也是。”

下午，云岘开车带他们去了步行街。正值周末，步行街热闹非凡，美食飘香，有许多家别致的店铺可以逛。

周以一边走，一边拍照给李至诚发过去，他一直没有回消息，也不知道他什么时候能谈完合作。

前面，云岘和姜迎手牵着手，俊男靓女，羡煞旁人。

周以给李至诚发语音抱怨道：“太气人了，他们一直秀恩爱，你这一年是怎么过的？”她又换了种语气，“要是你也在就好了。”

到下午四点多时，李至诚还是没有回复消息。周以既担心他的工作不顺利，又害怕他今晚得很晚才回来。

坐在姜迎家的沙发上，周以心不在焉地顺着沓沓背上的毛。

楼下传来轿车上锁的声音，云岘突然出声说：“哟，李至诚回来了。”

周以呆滞了两秒，从沙发上一蹿而起，问：“真的吗？”

姜迎趴在窗口看了看，肯定地道：“真的，就在楼下。”

她的话音刚落，周以就看见手机屏幕上弹出来的新消息，来自李至诚。

笨蛋李至诚：“下来。”

周以如同上了发条的玩具，急急忙忙地换好鞋，连鞋带都来不及绑，飞奔下楼。风往南边吹，把她的裙摆吹起，把她吹向爱人的怀里。

由于要谈工作，李至诚今天穿得很正式，西装革履，成熟而俊朗。他就站在车边，听到脚步声，他抬起头，向周以张开双臂。

“你怎么都不和我说啊？”周以扑过去，圈住他的腰，仰起脑袋，气喘吁吁。

李至诚替她理好乱了的头发，低头在她的额头上亲了一口，道：“想看你这么跑过来。”

周以屈起膝盖去顶李至诚，道：“我都怕你不来接我了。”

李至诚又亲了她一口，道：“不可能的事。”

他牵起周以的手，迈步往十七栋走。看到她脚上散乱的鞋带，他叹了口气，蹲下身，替她绑好，话里带着关心：“你也不怕摔着。”

周以一拍脑袋，道：“完了，我忘记把沓沓带下来了。”

李至诚压根不当回事，道：“就放他们家呗，反正它在哪儿都是灯泡。”

周以心疼了沓沓一秒，而后挽住李至诚的胳膊回家。

“工作顺利吗？”

提到这个，李至诚满意地笑起来，道：“非常顺利。”

周以说：“我从云岘那儿大致了解了你的这个项目。”

李至诚偏过头看她，问：“他是怎么说的？”

“就是大概跟我介绍了一下你的想法。”周以贴到他的身上，期待地问，“所以，等产品上市，你会在发言的时候感谢给你提供灵感的我吗？”

李至诚看向前方，道：“放心，我一定会提的，感谢我不爱运动又讨厌学车的女朋友。”

周以垮下脸，道：“李至诚！我……”她下意识地想骂人，又觉得不合适，便咬牙把最后一个字憋了回去。

走到十七栋楼下，周以挣脱他的手，快步跑上楼梯。

李至诚的声音从她身后传来，有些吊儿郎当：“周周以以，省着点儿力气，晚上用。”

周以假装听不懂：“晚上要干吗？”

周以先进屋，李至诚进来后锁了房门，下一秒，她就被人抱起，双脚腾空。

“李至诚，天都没黑呢！”

李至诚把她放到沙发上，他很喜欢这种姿势。他将双手撑在周以身侧，支起上半身，温柔地道：“让我看看你。”

他说：“这两天太忙了，我都没好好看看你。”

他们安静地对视着，李至诚的鼻梁骨上有道很浅的印记，只有距离这么近时才能看见。

周以以前猜这是他小时候和人打架留下的疤，但李至诚自称这是帮他爸搭架子的时候被砸的。

周以伸手摸了摸他的鼻梁。

李至诚抓住她的手腕，压过头顶。

周以轻缓地吸气，她好像闻到了橙子牛奶的味道。那是她所能想到的，能最贴切地形容这种又甜又温暖的气味的词，它无法用香料调配，没有任何一款香水可以复刻。

它来自李至诚，但独属于自己。像月老缠绕在他们手指上的红线，无法证明，但的确存在。

李至诚俯下身来，将头埋在她的颈侧，鼻尖蹭过她的头发。

“挺奇怪的。”他说，“不见面倒还好，你在国外那几年，我再想你也没有什么坏心思。但是现在，每次见到你，我都会失控。”

李至诚亲了一下她的耳垂，那里瞬间泛红。

“那天在车里，你抱着我的那一刻，我就想亲你了。”

成年男人的重量不容小觑，周以感受到沉重的压迫感，却舍不得推开他，甚至圈住他的脖子，让两人贴得更近。她享受这一刻濒临窒息的痛苦。

周以不好挪动，只能凑到李至诚的耳边，轻轻地吻了一下。

“我也是。”十指没入发间，她舔了一下干燥的嘴唇。

在民宿的房间里，李至诚帮她处理伤口时，她一直盯着他的喉结看，所以才能发现那里有根纤细的、橘色的猫毛。

她坦诚地告诉他：“我那个时候也好想亲你。”

这是阔别六年的吻，时间太长了，唇瓣贴合在一起的时候，不知是谁的心跳声，犹如春天的第一声惊雷。

不知过了多久，李至诚摩挲着周以脖子上有些褪色的圆币，问：“项链，一直戴着吗？”

那是他精心准备的礼物，是一枚旧硬币，背面的图案是皇冠与玫瑰花，面值二十便士，上面的数字正是她出生那一年的年份，1992。

当年，他找了无数人，最后终于联系上一个硬币收藏家，才得到这枚硬币，又找了家工作室，把硬币重新抛光打磨，做成了项链。

周以点头道：“嗯，每次戴着它，就好像是你在我身边。”

李至诚吻着她的额头，说：“我本来就一直在。”

“等你五十岁的时候，我再给你找一枚五十便士的硬币来。”李至诚夸下海口。

周以轻笑道：“一百岁的时候，你再送我一枚一镑的？”

“一镑？”

“一镑就等于一百便士啊。”周以瞥他一眼，“你怎么连这个都不知道？”

周以作势要转身，却被李至诚扯了回来，他捏着她脸颊上的肉，道：“敢嫌弃我了？”

周以被迫噘着嘴，眨了眨眼睛，说：“我饿了。”

李至诚松开手，问：“想吃什么？”

周以说：“我想吃你做的炒饭。”

李至诚低低地笑起来，全世界会提出这个要求的，大概只有周以，他的厨艺，连他自己都无法欣赏。他应道：“好。”

第 八 章

可是你回来了

一碗炒饭，周以吃得津津有味，最后，碗底只剩一层油光。

李至诚抽了纸巾替她擦嘴，捧着她的脸蛋，怜惜地亲了一口，说：“周周以以，你也太好养活了。”

洗漱完后，李至诚和周以将就着睡在次卧。躺在床上，周以枕着李至诚的胳膊，突然有些感慨。这一周以一通带来噩耗的电话开始，此刻即将结束，算是雨过天晴。许多年前，李至诚为她戴上硬币项链，好像真的给她加持了幸运魔法。

周以在他的心口落下一吻，认真地道：“有你真好。”

李至诚翻过身面对着她，点点周以的额头，说：“我突然想起个事儿。”

他像煞有介事的样子让周以紧张起来，她问：“什么事？”

“你那天说，我说你只适合谈恋爱，不适合结婚过日子，是从哪儿听来的谣言？”

周以撇开视线，道：“我自己亲耳听到的。”

李至诚皱起眉，问：“怎么回事？”

周以停顿了一下，说：“我也忘了具体是什么时候。那次，宿舍断网，我去网吧写作业，看见你和张远志他们在打游戏，我刚想叫你，结果就听到你们在说我。”

李至诚试着回忆，无果，问：“我们说你什么？”

那番话，周以到现在记忆犹新：“说我一看就不好对付，当不了贤妻良母，谈恋爱倒是可以，结婚就算了吧。”

她的心情不可控制地沉了下去，接着道：“你就坐在旁边，没有反驳他们，我觉得你也是这么想的。”

李至诚依稀想了起来，叹了一口气，问周以：“你是不是不知道张远志喜欢过你？”

周以愣住了，木讷地扬起脸：“嗯？”

李至诚在她的惊愕中颔首微笑，道：“果然。”

周以挠挠脸，难以置信地问：“真的假的？”

李至诚反问她：“不然，你以为他为什么要给我看你的照片，告诉我你是谁？”他将双手抱在脑后，躺了下去，“他们说这些，纯粹是吃不到葡萄说葡萄酸。”

男人在背后谈论这些，周以可以理解，毕竟她也经常在闺密群里说起李至诚，但她还是不平：“可是，你为什么不反驳？姜迎骂你狗东西的时候，我都替你说话了！”

李至诚瞪大眼睛，道：“姜迎骂我狗东西？”

周以扯出一抹尴尬的笑，她竟然又一次出卖了好姐妹。

李至诚咬牙道：“我以后再找她算账。”

他报复般地掐了掐周以的脸蛋，说：“我和你想的不一样，别人眼里的你是什么样，我管不着，也没法管，而且，我为什么要反驳呢？我拉着别人一个劲地说我女朋友有多好，我这不是给自己培养情敌吗？”

周以没料到他是这么想的，道：“李至诚，你也太‘腹黑’了！”

李至诚拉过她的手，放到自己的腰上，道：“不黑不黑，只有白花花、硬邦邦的腹肌。”

周以戳了两下腹肌，重新躺回他的怀里。

李至诚玩着她的手指，问：“那个时候，你是不是委屈坏了？”

周以点点头。

“为什么一个人憋着胡思乱想，不来找我？”

“当时，我虽然难过，但也觉得他们说的没错，我确实——”周以顿了一秒，接着道，“确实不是理想的结婚对象。”

“胡说。”李至诚板着脸，严肃地道，“我炒的饭都能吃得那么香，谁三生有幸能娶到你？”他又笑起来，抓着周以的手指了指自己，“啊，原来是我。”

周以攥拳捶了他一下，又凑过去亲了他一口，道：“你上辈子拯救了银河系。”

李至诚搂紧她，道：“嗯，我上辈子开天辟地。”

入睡前，李至诚突然出声喊她：“周周以以。”

周以迷迷糊糊，随口应了一声。

“你的户口本带了吗？要不，明天先去把证领了？”

周以一脚踹过去，道：“我虽然爱你，但是不傻。既没有戒指，也没有花，还没有单膝下跪，你躺着就想求婚？”她拍拍李至诚，“梦里倒是可以实现，快睡吧。”

第二天醒来后，两人如同热恋期的同居情侣，干什么都粘在一起。李至诚大概是要把六年里缺失的亲密接触全部补回来，和周以对视一眼，就得凑过去亲她一口。

下午，周以盘腿坐在地毯上写教案，李至诚躺在沙发上打游戏。她把下周要用的听力材料发到了课程群里，让大家先预习词汇。

“嗯？”

听到头顶传来李至诚的声音，周以仰起脑袋，问：“‘嗯’什么？”

李至诚指了指她的电脑屏幕，问：“这是什么？”

周以看过去，“啪”的一下盖上笔记本电脑。

李至诚语气凉凉地道：“你给我的备注是‘麻烦精’？”

周以往旁边退了退，心虚地解释道：“随便取的，没有什么特殊含义，你别多想。”

李至诚怒目圆睁，道：“给我改了！”

“好好好，我立马改，我改成‘宇宙无敌英俊型男’，怎么样，满意吗？”

李至诚哼了一声，道：“马马虎虎。”

周以把手机递过去，道：“那您钦赐一个？”

李至诚取走手机，打开聊天框，修改好备注后又将手机还给周以。

周以拿过一看，上面赫然写着六个大字——“亲亲老公大人”，前后还各带一个爱心表情。

她唠了一声，嫌弃地道：“你恶不恶心？”

李至诚指着手机，道：“不准换，就用这个。”

周以只能依着他，嘟囔道：“万一被别人看见了，丢死人。”

李至诚冷哼道：“我都没让你截图发朋友圈呢，知足吧。”

周以笑嘻嘻地扑过去，在他的两边脸上各亲了一口。

李至诚的气还没消，大手掐着她的脸颊，将她往后推了推，道：“干吗？”

周以蹭了蹭他的掌心，道：“我亲亲老公大人。”

最后，他们是卡着点到高铁站的，一进去就开始检票了，两人连分别的话都没来得及说。李至诚本来想开车送她，但周以觉得，他来回太麻烦，明天还要早起上班，反正高铁四十分钟就能到海城，只让他回去好好休息。

与来时的慌张无措不同，归程中，周以惬意悠闲，玩着李至诚给她的游戏机打发时间。

行程过半时，周以收到了李至诚发来的消息。是一张床头柜上的毛绒小羊玩偶的照片，玩偶的脸上戴着一副银边细框眼镜。

他说：“笨，眼镜没拿。”

周以打字回：“我故意留下的。”

周以近视度数不深，平时基本戴隐形眼镜，没了那副眼镜，并不影响日常生活。

李至诚发了个问号。

周以笑意愈浓，回道：“留着给你睹物思人。”

周一早上晨光大好，周以特地早起半个小时化妆，神清气爽地到了教室。

大一的新生们已经到了，这是他们入学后的第一节正式的课。新生研讨课比较轻松，系里的每个老师轮流上台，主要是聊一聊天，让新生们对自己的专业和以后的发展方向有个大概了解。

离上课还有五分钟，周以打开多媒体设备，却发现出门时忘了拿U盘。人生中难免会有这样的小差错，还好她备份了文件，她在电脑上登录微信，在文件传输助手上找到了课件。

看到置顶栏有小红点，周以顺手点开了。

李至诚："周周以以。"

周以拖出键盘，回："干吗？"

李至诚说："开会好无聊。"

周以嘴角不自觉地上扬，收敛笑意后回他："那你就撑着下巴想我吧。"

底下突然一片哗然，周以抬头，问前排的女生："怎么了？"

女生捂着嘴偷笑，指了指她的身后。

有人喊："老师，没想到你这么甜！"

周以顶着满头的问号，转身看了一眼，吓得瞳孔骤缩。

投影仪不知道什么时候被打开了，她和李至诚的聊天框就这么位于屏幕中央，备注还是极其羞耻的"亲亲老公大人"。

周以余光瞥到有人举起了手机，猛吸了一口气，在先关掉微信还是先关掉电脑中犹豫着，而后，她果断地选择拿起文件夹挡住自己的脸。

好在上课铃恰好响起，学生们对其有了条件反射，教室顷刻间安静下来。

周以清清嗓子，正色地道："好了。"她晃了晃鼠标，退出微信，打开课件，“我们上课吧。”

课堂是老师的主场，上课前的小插曲似乎并没有影响到周以，她从容不迫地开始讲课。只有她自己知道，那一刻，她有多想逃离地球。

“我想，系里让我给大家上第一节课，是因为我和你们一样，也是第一次来到这个美丽的校园。前两周给校选修课的同学们上课时，我就说，我不太习惯被人叫老师，叫我‘Zoey’就行。”

立马有男生扬声喊她：“Zoey 姐姐！”

周以浅笑着应道：“唉。”

说了大概二十分钟的开场白后，她转而问同学们：“大家都有英文名了吗？”

有人点头，有人摇头，周以坐到讲台边的椅子上，与他们平视，道：“那这节课，我们就一起取英文名吧，这是方主任给我布置的任务，周三，你们会有外教老师的课。”

周以耸耸肩，说：“他记不住中文名字。”

大家纷纷笑了起来。

因为是上午的最后一节课，周以提早十分钟宣布下课，让他们早些去食堂吃饭。

下课前，周以在教室里扫视了一圈，本想说一句“那什么，大家就当作没看见吧”，想想又觉得还是不提为好，说不定他们已经忘了。

下午没课了，她在外面吃过饭，在咖啡店里坐了一会儿，拎着包回到了办公室。

一打开门，王老师抬头看见她，朝她亲切地笑，说：“回来啦？”

周以点点头，也掀起嘴角，道：“笑得这么开心，什么事啊？”

王老师尾音上扬，奇怪地道：“你还不知道？”

周以有种不好的预感，问：“知道什么？”

王老师把手机递给她看，道：“有学生把这件事发到学校表白墙了，我一看就是咱们楼的教室，是你吧？”

周以心里一沉，接过手机，飞速浏览起上面的内容。

“震惊我全家！清冷美女老师私底下竟然是这样的！啊啊啊，备注和语气都好可爱哦！被我们发现后，老师还害羞了！”这段话配了两张图，一张是大屏幕上的聊天框，依稀能看见他们的对话内容，一张是讲台上用文件夹挡住脸的周以。

评论竟然有上百条，她翻了翻，有人敏锐地猜测道：“说是在开会，我的妈，老师的老公不会是霸道总裁吧？”

周以起了一身的鸡皮疙瘩，搓了搓胳膊，把手机还给了王老师。

王老师又惊呼道：“天哪，微博上有个营销号搬运了这个内容，快去看看，周老师，你不会要出名了吧？！”

周以两眼一黑，深吸一口气，想找个地缝钻进去。才过去几个小时啊，怎么都传到全国网民面前了！

霍骁一直坐在办公桌前，他端起杯子，喝了一口水，笑意温和地对周以说：“恭喜你‘脱单’啊，周老师。”

周以对他扯了扯嘴角，不太自然地挪开视线。

她显然低估了祖国的网络发达程度，那条微博不仅在大学生圈里被转发了上万条，甚至出现在了李至诚的首页。

周以收到他的消息的时候，已经将下巴搁到桌面上，发了快半个小时的呆。别人也许认不出来，但李至诚肯定一眼就能认出来，因为她穿着他给她新买的荷叶边白色衬衫。

李至诚：“牛啊，周老师，你火了。”

周以面如死灰地回：“把我‘火化’了吧。”

李至诚赶紧问：“怎么了？”

周以："丢人！丢人！太丢人了啊！"她终于找到一个地方发泄情绪，"有人说我私底下是霸道总裁的娇妻，我哪里娇啊！"

李至诚笑了一声，回："不娇吗？我觉得挺娇的。"

周以："……我认真的，我没脸待下去了，我能辞职吗？"

李至诚大概是翻了评论，戏瘾上来了，冷酷地回："辞。"

周以又问："你上次说，你公司有个职位，只管帮老板花钱就行，那个位置还空缺吗？"

李至诚："缺。"

周以提议道："那我来给你打工！我最会花钱了，老板看看我！"

李至诚："行。"

周以看他这么痛快，又犹疑起来，问："真的啊？"

李至诚："当然。"

李至诚说："你要是想，明天就能入职。"

周以"哟呵"一声，回："那我要准备什么资料吗？"

李至诚："身份证和户口本。"

周以回了个问号。

李至诚："不愿意？"

周以："……"

和李至诚插科打诨地说了会儿话，周以的情绪也缓了过来，以这样的方式"官宣"恋情，倒也独树一帜。反正没露脸，能给网友们带来今日份的快乐也挺好。周以与自己和解了，决定就此揭过这件事。

她之后才知道，那条微博还以"清冷美女老师私底下竟是娇妻"的词条登上了热搜榜。

视频通话时，李至诚猖狂大笑，说要截图打印，裱起来，那可是他人生的高光时刻。周以只恨现在两人异地，要是面对面，她一定一拳揍在他的脸上。

李至诚要去洗漱，周以躺在床上玩手机，等他回来接着视频聊天。

闺密群今天也炸了锅，姐妹们纷纷声讨她：怎么复合都不说一声，一个人闷声干大事？

周以回：“哎呀，最近事情多嘛。”

仔仔细细地盘问完她和李至诚复合的历程，八卦欲得到满足后，这群女人才罢休。她们又聊起别的话题，陈文欢说：“江蓁也去海城发展了，你们知道吗？”

王若含“啧”了一声，道：“周以哟，你俩真是孽缘啊。”

郑筵问：“她现在怎么样了？我之前还听说，她快和男朋友结婚了。”

陈文欢答：“看样子是分了。”

周以与江蓁其实并不认识，以前在学校时只打过几次照面，因为那场荒唐的校花争夺战，她俩莫名其妙成了宿敌。在她的印象里，江蓁是个明艳漂亮的小美女，和理科班的陆忱是好朋友。

思及此，周以在群里打字问：“那个，陆忱怎么样了？”

王若含发了一条语音消息：“我的妈，你还惦记着你的初恋呢？”

周以不以为然，也回了条语音过去：“啥，这也能叫初恋？”

王若含据理力争：“怎么不算，当时你连情书和巧克力都准备好了！”

周以急眼了，回道：“那明明就是一封无比纯洁的感谢信！你别造谣！”

“周以。”

耳机里突然响起声音，周以打了个激灵，手机从手里滑落。

“什么初恋，什么情书？”

抬头看见电脑屏幕上李至诚神色凝重的脸，周以仿佛见到鬼，张嘴“啊”了一声，整个人往后退，双臂交叉，护在胸前。

“你的初恋居然不是我？”

周以挠挠脸，道：“我也没说过是你吧。”

李至诚怒火攻心，颤抖着手指指着她，半天说不出话来。他着急和周以聊天，头发都没擦干，刘海湿漉漉地贴在额头上，此刻被他随意地捋到脑后。

李至诚深吸一口气，点点头，身子往后仰，跷着二郎腿，双手搭在沙发背上，姿态随意，语气张狂地道：“说吧，你和那个人的青春往事，说出来让我嫉妒嫉妒。”

周以被他上纲上线的态度弄得哭笑不得，网友那几句“霸道总裁”还真让他端起架子，有了包袱，不知道这都是他从哪儿学来的话。周以说：“首先，人家非常优秀，在航天研究所工作，是国之栋梁，你给我放尊重点儿。”

李至诚阴阳怪气地道：“哦，不得了，大科学家。”

周以忍耐着，继续说：“其次，如果我把这个故事告诉你，你不准笑。”

李至诚有些无语，道：“我现在憋着泪呢！！”

周以叹了一口气，被迫回忆起她整个青春期里仅有的一次荒唐又滑稽的怦然心动。

“夏天上完体育课之后有多热，你明白吧？但是，小卖部总会被那群男生抢先占领，他们跑得快，人又壮，跟群疯狗一样，等我们女生过去，冰箱里的冰水早就被拿光了。”

李至诚冷冷地“嗯”了一声，示意她继续往下说。

“这个时候，就出现了一个英勇的战士。”周以嘴角露出微笑，双眸闪着光，仿佛仍然会悸动，“陆忱每次都会孤身挤进人群，抱着一大捧的冰水出来，分给他们班的女生。你说，怎么会有这么好的人呢？后来有一次，好像是多出来了一瓶，她看到我站在旁边，便把那瓶水递给我，问我要不要。”

周以捧着脸，一副少女多情的模样：“现在想起来，还是觉得挺美好的，炎炎夏日，冰镇的汽水和她帅气干净的笑脸，啊——”

李至诚快嫉妒死了，别别扭扭地道：“就这？”

周以抿了抿唇，道：“你至于反应这么大吗？”

李至诚瞪了她一眼，催她继续说：“然后呢？然后，你这个沉不住气的就写情书了？”

周以直起腰，严肃地道：“再说一遍，我没写情书，那就是一张写着‘谢谢你’的便笺，因为本人道德优良、懂得感恩！”

李至诚撇撇嘴，道：“懂，我懂。然后呢？”

周以垮下肩，拿起桌上的吸管杯，一边喝水，一边含混不清地说：“然后，我们在女厕所迎面撞上了。”

想起来还是觉得不可思议，周以道：“你说，怎么会有女孩儿因为嫌洗头麻烦，直接剃了个寸头呢？这件事让我被王若含她们笑了十几年。”

李至诚抬手捂住下半张脸，沉默了几秒，实在没忍住，“扑哧”一声笑了出来。

周以捏紧拳头，道：“都让你别笑了！”

李至诚不再克制自己，放声大笑，尽情地嘲笑她道：“你丢不丢人啊？”

周以抱着膝盖，嘟囔道：“再丢人也没今天丢人。”

李至诚反驳道：“哪里丢人，我们的爱情被全世界见证了，不好吗？”

周以：“……滚蛋。”

也不知道大家都是怎么认出她来的，连周然都来找她，问热搜上的那个老师是不是她。周以懒得一条一条回复，她打开很少发动态的朋友圈，挑了三张图片，编辑好文字后，点击发送："不是霸道总裁，也不是娇妻，恩恩爱爱的平凡型男和普通美女而已。"

第一张照片是张自拍，周以出门前打开前置摄像头涂着口红，李至诚非要凑过来亲她一口，被她随手抓拍到了。

第二张是他们的聊天截图，对话还是那一段，但画质清晰，可以看见背景是两个人从前的合照，是周以刚刚换上的。那是李至诚大四毕业时拍的，他穿着黑色的学士服，满是干净昂扬的少年气，周以怀里捧着鲜花，站在他身边微微笑着。

最后，是在讲台上，她用文件夹挡住脸的那张照片。

动态一发布，她立刻收到了许多的点赞和评论。

周以翻看着底下的祝福，随口问李至诚："你有和你的家人朋友说我们在一起了吗？"

李至诚懒懒地回："没。"

周以抬起头看向他，问："那你要发一条吗？"

李至诚明显顿了一下，说："先不发吧，以后再说。"

周以没想到他会这么说，捋了捋头发，问："不方便吗？"

李至诚挠着眉毛，似乎很为难："主要是先别让我爸妈知道，我圈子里的人他们都认识，公开了就瞒不住了。"

周以不解地问："为什么不能让你爸妈知道啊？我们俩又不是早恋。"意识到什么后，周以垂下视线，道，"是不是你爸妈不喜欢我啊？"

李至诚立马否认道："怎么可能？谁会不喜欢你？"

周以有些委屈地道："那为什么不能让他们知道？"

李至诚依旧语焉不详："现在不方便，等以后有合适的机会再说。"

周以把脸埋进胳膊里，只露出眼睛，道：“可是我妈都问我什么时候带你回家了。”

李至诚愣了愣，轻轻地笑了，变回那副不正经的模样，问：“那我是不是该开始准备聘礼了？”

周以红着脸瞪他，严正声明道：“只是吃饭，告诉他们，我将和你维持稳定的恋爱关系。”

李至诚笑着点点头，道：“行，我知道了。”

睡前，李至诚和周以说，明天有个快递到，让她记得签收。

周以有些好奇，问他：“什么东西啊？”

李至诚只说：“你明天看见就知道了。”

第二天，周以一收到取件提醒，立马就换了鞋出门，直奔快递站。

快递箱没什么重量，周以捧回宿舍，用小刀小心地划开。里面是一个包装精致的礼物盒，周以解下丝带，揭开盒盖。看到一只雪白的毛绒兔子安静地躺在其中时，周以心空了一下，嘴角和眼底漾出笑意。

这只兔子她认识，和她送给李至诚的小羊玩偶出自同一个品牌。周以把玩偶拿在手里摸了摸，它还背着粉红色的斜挎包。

手机恰好弹出了新消息，李至诚问她：“收到了？”

周以回了一张从粉色爱心中钻出脑袋的兔子的表情包，道：“收到了！”

李至诚又问：“今天穿了什么衣服？”

周以打字回：“紫色连衣裙。”

李至诚：“好的。”

不知道他莫名其妙地问这个干什么，周以放下手机，把拆下的包装和快递盒收拾好，放到门口，再回来时，她刷新了一下微信，发现李至诚的头像变了。

他的微信头像从前用的一直是沓沓的大头照，但现在，变成了那只架着眼镜的毛绒小羊，小羊穿着紫色的背带裙，倚靠在骨瓷咖啡杯边，从背景可以辨认出是他的办公桌。

周以心跳都加快了，直接发语音问他："你怎么把它带去办公室了啊？！"

李至诚回复道："不睹物怎么思人？"

周以深吸一口气，搓了搓泛红的脸颊，不甘示弱地回撩他："呜呜，好羡慕它哦，能陪你上班。"她接着发了一张哭泣的兔子的表情包。

李至诚"拍了拍"她，说："要不，你逃课吧？我现在就去接你。"

他的语气太认真，周以被逗乐了，回道："哪儿有老师逃课的？疯了吗？"

李至诚说："确实想你想得快疯了。"

周以捧着手机在沙发上打了个滚，仿佛踩在云上，心情愉悦，她假装懂事地安慰李至诚："很快就周四了。"

李至诚回："哪儿有？还有九个秋天呢。"

周以笑得更厉害了，回道："数学老师和语文老师看到，都要被你气死了。"

李至诚问："那英语老师呢？"

周以也学着他双击头像——"你拍了拍亲亲老公大人"。

"英语老师爱死你了。"

之后每一天的早上，李至诚都会询问她的穿搭，连配饰都不放过，每一套穿搭，他都能找出同款衣服给小羊玩偶换上。

周以只要一想到，在公司西装革履、看似成熟稳重的男人，每天早上都会给毛绒小羊玩偶换装，就会忍不住咯咯地笑出声。

太可爱了。

李至诚的头像也是一天一换，背景是他的办公桌，主角是小羊，但小羊的着装每天都不同。

知道他把所有能买到的玩偶衣服都买了之后，周以很吃醋：“羊过得比人还好啊，每天都有人更衣伺候！”

李至诚发了一张衣柜的照片给她看，衣柜里原本全挂着他的衬衫、西装、T 恤和卫衣，但现在，有一半换成了颜色明丽的女装，以后周以过去，就不怎么需要带行李了。

他说：“那肯定还是羊不如人。”

周四下午，悠扬的下课铃响起后，周以告别了同学们，拎起包走出教室。

“我下课啦！”

李至诚立马回复：“快过来。”

南校门口，街道边上，李至诚今天穿了一件黑色的卫衣和同色的长裤，脚上是一双深蓝色的运动鞋。如果他不是站在一辆黑色奔驰旁边，她甚至会误以为这是哪个男大学生。

看见周以，他抬手挥了挥，示意她赶紧过去。

周以跑过去，给了李至诚一个大大的拥抱，踮起脚在他的下巴上亲了一口。

李至诚用手背擦了擦下巴，装作嫌弃的样子，却将她搂得更紧了，道：“被学生看到，成何体统，周老师？”

周以毫不在乎地道：“学生们又不是不知道。”

李至诚不想赶着回溪城，打算和周以在海城住一晚，明早再回去。

李至诚说要带她去一家川菜馆吃晚饭，路上，周以和他报备着下周的工作情况：“周六我得给乐翡上课，可能就没办法过去了。”

李至诚很快就想好了对策：“那我周五晚上过来吧，陪你过完周末，我再回去。”

周以点点头，也只能这样了。

李至诚问她：“那个明星的课，你要上到什么时候？”

“估计要到十月份了，得随时根据拍摄进度和她的工作计划调整时间。”

李至诚最近才知道周以在给乐翡上课，他好奇地问道：“怎么想着给自己找了这样一份兼职？”

周以噘了噘嘴，道：“我那会儿不是怕J大的录用通知下不来吗？再拖下去，真不知道什么时候能回来了。”

李至诚空出一只手揉了揉她的脑袋，道：“张远志说，那个时候，北都的几所学校也在招新老师，你怎么不去试试？”

周以看向他，道：“可我就想来海城啊。”

李至诚问：“为什么？”

周以收回视线，看向前方的车流，道：“要是溪城有合适的学校，我就去溪城了。”看似答非所问，她的心思却昭然若揭。

李至诚缓缓地呼出一口气，心中荡开了一圈圈涟漪。

遇到红灯，他停下车，牵过周以的手放到自己的腿上，用指腹摩挲着她的手背。时至傍晚，夕阳西斜，余晖映在他们握在一起的手上，周以的面容隐匿在昏昧的光线里。

她说：“在我的人生规划里，做学术肯定是第一位的，这是我的事业。所以，我当时毫不犹豫地去了英国，我不可能放弃那么好的机会，但我也从来没想过放弃和你的感情。只是那个时候，我没能找到一个很好的平衡方式，真的很抱歉，对你说了那么难听的话。来J大的第一天，我就在想，要是那个时候我留在国内考研，我们俩现在会是什么样子。”

李至诚没说话，只是轻轻地捏了捏她的手。

周以偏过头，回了他一抹笑容，道：“说实话，我挺害怕的。

怕你遇到比我更合适的人，怕你喜欢上别人，怕我回来的时候，你已经结婚了，甚至连孩子都有了。”她的语气看似轻松，实则藏了所有的心酸。

周以晃了晃他的手，问道：“有没有过啊？这么多年，你肯定遇到过其他能让你动心的人吧？”

李至诚看过来，直直地望向她的眼底，道：“没有。”

他的坚定和果断让周以觉得心里无比酸涩，她吸了吸鼻子，不相信道：“肯定有的吧。”

李至诚加重语气，说：“真的没有。”

绿灯亮起，李至诚松开她的手，重新启动车子。落日余晖照在他的脸上，让他看上去温柔而不真实，周以视线模糊了，酸胀感在胸腔里蔓延开来。

李至诚目视前方，道：“很多人喜欢夏天，每一年的夏天，他们都喜欢，对于他们来说，太阳一样炽热，风一样吹就行。但是我不一样，我只喜欢那一年的夏天，过去就是过去了，所以，我没办法喜欢上另一个夏天。明白了吗？”

周以的眼眶里盛满了泪水，她现在脑子晕乎乎的，完全做不了阅读理解，只咬着嘴唇，摇了摇头。

李至诚便耐心地道：“对于我来说，喜欢这件事，在它第一次真真切切地发生的时候，就被那个人定义了。就像你说的那样，我只会喜欢你。”

周以的脑子有些转不过来，她难过地说：“可是，那一年的夏天不是过去了吗？”

李至诚扬起嘴角，道：“可是你回来了。”

——带着未来无数个明晃晃、灿烂而炙热的夏天回来了。

周以终于忍不住，用胳膊挡住脸，小声地询问道：“能不能停一下车？”

李至诚问她：“怎么了？”

周以的声音染上了哭腔：“我想抱一下你。”

李至诚把车稳稳地停在街边的一株玉兰树下，风一吹，花瓣纷纷扬扬地落在车前的玻璃上，像下了一场雨。

李至诚解开安全带，向她张开怀抱，道：“过来吧。”

周以钻进李至诚的怀里，在狭窄的空间里紧密相贴，只有触碰到他的温度，她才能相信此刻是真实存在的。李至诚把头埋在她的发间，深深地呼吸着，嘴唇若有似无地擦过她脖子上的皮肤。

周以完全陷进了他的世界，她希望时间被按下暂停键，希望这一刻能被拉长到永恒。

李至诚抚着她的长发，问：“你呢，后来，你遇到过令你心动的人吗？”

周以蹭着他的肩膀摇了摇头，告诉他：“一开始，我甚至并不打算喜欢上谁，你本来就是特例。”

李至诚把周以的头发拨到耳后，捧着她的脸，吻了上去。

黑色的车厢成了被划出来的秘密领地，玻璃窗上已经铺了一层玉兰花瓣，它们被秋风携着，又悠悠地飘走。

李至诚接吻的时候总是一副漫不经心的样子，像在吃一颗牛奶糖，含在舌尖，轻柔地舔舐，让糖果在温热的口腔中一层层地融化，流泻出橙子味的夹心，等香甜的味道迷乱了神志，他再渐渐加重力道，开始强势入侵。

这个吻从黄昏持续到暮色四合，路灯亮起，像为他们打下的一束追光。

周以的背上冒出了汗，车厢内的空气变得燥热。她和李至诚额头抵着额头，平复着呼吸，周以看到他的下巴上有一道浅红色的唇印，应该是刚刚见面时她热情的一吻留下的。周以用指腹擦了擦唇印，又用手背蹭了蹭他水润的嘴唇。

每次亲密之后，她的眼下到双颊都是一片绯红，像是有些微醺。

李至诚轻轻拭过周以的眼尾，含着笑说："我现在很饿。"

周以蹭了蹭他的掌心，道："我也饿了。"

李至诚眼里的笑意更浓了，他揉了揉她的头发，发动车子，重新驶上马路。

第九章
明天见

到达餐馆的时候，大堂里已经坐了好几桌客人。

这家店的装修风格极有特色，顶上以竹为横梁，厅里摆着木质的桌椅，每张桌子上都有一把折扇作为摆设，连菜单都做成了武林秘籍的样子，让来用餐的客人仿佛置身于武侠小说中的客栈。

周以一进门就闻到了空气中浓烈的香辣味，不禁感叹道："是家的味道！"

李至诚揽着她的脖子，带她找位置坐下，道："我还知道好几家，以后带你慢慢吃。"

他不太能吃辣，口味偏甜，周以多点了两道甜品，一再叮嘱服务生菜要微微辣。

李至诚被她反复强调微微辣的样子逗笑了，道："我也没这么弱吧，我还是可以吃一吃辣的。"

周以嗤笑一声，道："你胃不好自己不知道？都进过医院了。"

李至诚欲言又止："我……我那是——"

"是什么？"

李至诚脸不红心不跳地找借口："那是简牧岩给我灌的，我一口饭都没来得及吃，他就往我的手里递酒。"

周以琢磨了一下，这人估计就是姜迎说的简少爷，很好，这个人在她心里的形象更差了。她哼了一声，拍着胸脯说："下次我帮你灌回来！都是什么坏人啊。"

李至诚连连点头，越发不要脸地道："嗯，他们是坏人，就知道欺负我。"

小炒汤圆上桌了，芝麻馅甜口的，周以夹了一个喂到李至诚嘴边，道："看吧，全世界我对你最好。"

李至诚嚼着汤圆，看着周以笑。

——你才是我酗酒的罪魁祸首，是罪大恶极的坏人。

这样想着，李至诚含混地喊她：“小浑蛋。”

周以腮帮子鼓鼓的，呆愣地抬头，道：“嗯？”

李至诚笑出了声，又自言自语道：“可爱鬼。”

他们没点太多菜，只点了辣子鸡、水煮牛肉，以及一道泰椒土豆丝。

周以很久没有吃到这么合胃口的饭菜，这下子彻底放开了自己，摸着逐渐变圆的肚子，她感到一阵舒坦。

李至诚确实不会吃辣，最后连喝了两碗冰粉，以防万一，问周以道：“你们家没有女婿进门要先吃一碗小米辣的规矩吧？”

周以：“没有！不过，我好像听说，有人接亲的时候这么玩过。”

李至诚眨巴着眼睛，道：“接亲啊。”

周以抽了张纸巾给他擦嘴角，问：“要给你再点一碗冰粉吗？”

李至诚摇摇头，道：“不吃了。”

从餐馆出来，两人打算去商场里逛一逛。看到一楼的平台上围了许多人，周以拉着李至诚过去凑热闹。

“好多小动物！”周以兴奋地晃了晃李至诚的胳膊。

广告牌上写着“萌宠游乐会”，四周有一米六左右高的围栏，里头是森林主题的布景，有好几块展区，各种各样的动物都有，比如羊驼、孔雀、宠物猪、垂耳兔，有观赏的游客在栅栏外给它们喂食或拍照。

周以扒着围栏，回头看向李至诚，眼眸里闪着光，心思不言而喻。

李至诚看了入口处的工作人员一眼，以为要门票才能进，拍拍她的脑袋，道：“你在外面踮脚看看也一样。”

周以伸手指着里面，道：“可是有小猪，你不想看小猪吗？”

李至诚向前倾身，弯腰对上她的视线，说道：“我这不是正在看吗？”

听到那小猪“哼哼”了两声，李至诚又说：“看，你的兄弟叫你了。”

周以捶了一下他的胸口，气急败坏地道：“我是猪，你是狗！”

李至诚立马接话：“一对佳偶。”

旁边有工作人员走过来，说：“想进去看吗？不收费的，在朋友圈集赞就行了。”

周以问：“怎么集啊？”

工作人员笑着道：“扫这里的二维码，转发公众号文章到朋友圈，集满五十八个赞就行。”

五十八个赞，周以想了想，她微信里的联系人可能都没这么多个，还不如收费呢。她打消了这个念头，正想拉着李至诚离开，却见男人正认真地摆弄着手机。

“五十八个赞是吧？”李至诚念叨着，“等等啊。”

过了不到两分钟，他举起手机给工作人员看，点赞栏里的头像，少说也有六七十个了，他问：“应该够了吧？”

“够了够了。”工作人员连忙应道，带着他们到入口处。

周以惊了，问：“你是怎么做到的？”

李至诚用不屑的口吻说：“在员工群里说一声不就行了？”

周以皱起眉，道：“很奇怪，真的有种霸道总裁和娇妻的感觉。”

李至诚揽着她往里走，道：“走，带我见见你的兄弟。”

“我的兄弟，”周以嘟囔道，“那不就是周然吗？”

起了捉弄人的心思后，她当即拿出手机，给周然发消息：“我在商场里看见你了。”

周然回了个问号。

周以给正在拱抱枕的小猪拍了张照片，发送过去，道：“哥，你玩得很开心。”

周然发了条语音消息过来，用的是纯正的庆城方言，可以听出他在尽力克制怒火："给我滚。"

周以笑得弯下腰，用一张兔子打滚的表情包结束了对话。

在李至诚的强烈要求下，周以和那头小猪拍了一张合照。

走之前，周以向它挥了挥手，道："拜拜，哥。"

李至诚也学着她挥了挥手，道："拜拜，大舅哥。"

从商场出来后，看时间还早，李至诚问周以："还想去哪儿逛逛吗？"

周以看着繁华绚丽的街景，提议道："不如去酒吧？我也要试试过奢靡的夜生活！"

李至诚一句话否决了她："想都别想。"

周以就是说着玩玩，见他不同意，便问："那咱们去哪儿啊？去江边散散步？"

李至诚想了想，问她："想喝酒？"

周以舔舔嘴唇，道："有点儿。"

李至诚转着车钥匙，道："那走吧，带你去个地方。"

车子在居民巷里停下，这里有一家藏匿于市井中的小酒馆。

周以进屋后，到处打量，问李至诚："你都是从哪儿知道这么多好地方的？"

李至诚笑着道："怎么说我也在这儿待了五六年。"

周以"哦"了一声，不说话了，情绪明显地低落了下去。分开的几年依旧是她心上的疙瘩。

李至诚察觉到后，转移话题说："正好问问你，你在海城还习惯吗？"

周以点点头，道："好像也没什么需要适应的，都挺好的。"她语气娇柔地说，"是不是因为有你啊？因为你是我的舒适区。"

李至诚最受不住她这样撒娇，他深吸一口气，决定道：“喝一杯就回去。”

周以笑得甜蜜，道：“可是，明天得早起，你还要赶回去上班。”

李至诚挑了挑眉，语气十分欠揍：“就算迟到，也没人会扣我的工资。”

大堂已经坐满了，他们在吧台边上坐下。调酒师是个痞帅的小哥，问他们想喝什么。周以点了一杯果酒，叫“夏日清晨”，又给李至诚点了一杯无酒精的饮料。

点完单，她看李至诚一直盯着某处，开口问道：“看什么呢？”

李至诚收回视线，摇摇头，说：“没什么。”

果酒味道酸甜，杯口处沾了一圈海盐，满是柠檬的清香。周以小口小口地抿着，屋里灯光昏暗，她渐渐生出了困意，靠在李至诚的身上打哈欠。

身后那桌坐着的似乎是群家境不错的公子哥儿，他们中英文混杂地交谈，偶尔还会冒出几句其他地方的语言。

听到有人喊“Xavier（泽维尔）”，周以愣了一下。霍骁的英文名也是这个，很特别，因为“X”开头的名字很少见。

她在心里暗叹“糟糕，不至于这么巧吧”，同时直起身，微微侧过头，集中注意力，想听清楚那些人在说什么。

“Xavier，周老师真的抵挡住你的攻势了？”

“人家本来就有男朋友，不怪我们 Xavier 魅力不够。”

“不过，依我看，那种女人的对象要么是 rich princeling（富二代），要么是 new money（暴发户）。”

“这种女的我见得多了，平民出身，还算聪明漂亮，看起来清高独立，嚷嚷着不依靠男人，其实最好下手。”

有人举杯，如同上演着一出戏剧，夸张地展开双臂，抑扬顿挫地道：“Feminist is mammonist! Feminist is disgusting!（女权主义者就是拜金主义者！女权主义者真恶心！）”

他们的嘲弄和讥讽尖锐而刺耳，而这一切发生得合情合理，因为他们是上位者，他们喜欢嘲笑平民自以为是的努力和骨子里的穷酸庸俗。

周以攥紧了手里的玻璃杯，指甲盖发白，脸涨得通红，仿佛被人掐住了喉咙，无法呼吸，全身发着抖。

她终于听见霍骁的声音，带着不加掩饰的讽刺：“I can only say that she is lucky.（我只能说，她很幸运。）”

李至诚“噌”的一下站起身，周以赶紧拉住他。他的下颌线条紧绷着，面色阴沉，带着愠怒，一副要上去打架的样子。

周以抱着他的手臂，阻拦道：“别去。”

李至诚胸膛剧烈地起伏了一下，想抽走胳膊，道：“我不可能放任他们这么说你，松开。”

周以死死地抱住他，不敢大声说话闹出动静，几乎是哀求他：“真的别去，他们那么多人，你也打不过啊。”

李至诚的眼睛都红了，问道：“那你能忍？”

周以低着头说：“我没生气。”她呼出一口气，接着道，“真的，听到这样的话，我一点儿都不觉得奇怪，也不会生气。”她甚至笑了一声，“他之前对我示好的时候，我就猜到了，我只是觉得，果然如此啊。我真的不生气。”

李至诚往那桌看了一眼，他们仍在喝酒谈笑，话题已经换了。

“真的没事？”

周以点点头，圈住他的腰，把脸埋进他的怀里，道：“我们回去吧。”

李至诚沉重地呼吸着，胸腔隐隐作痛，连骨头都像错位了一样难受。

路过那桌时，他斜眼瞥向那个相貌清俊的男人，男人穿着价格不菲的衣服，懒散地坐在沙发上。霍骁感受到了李至诚的目光，也抬眸看过来，他丝毫不感到尴尬，坦然而轻蔑。

进屋时，两人就看到了彼此，只是都当作没看见对方。

李至诚攥紧拳头，咬着后槽牙，拉着周以头也不回地离开了。

走出酒馆，回到车上，李至诚没立即开车，先降下窗户点燃了一支烟。他怒气未散，冷声问道："我该不该说你懂事？"

周以垂眸，手指绞在一块儿，明明眼眶红了，却还笑着说："你是不是感到很欣慰？"

李至诚取下嘴里叼着的烟，抬手揉了一下她的左耳，道："我比较希望看到你躲在我身后，哭着说'老公，帮我揍他'。"

这次，周以真的笑了，道："我难道还是十八岁吗？"

李至诚收起玩笑的口吻，道："我倒真希望你能永远十八岁。"夜晚的冷风混着烟草味飘散开来，他的声音喑哑而温柔，"别长大，我宁愿你让我不省心，也不希望你这么招人心疼。"

"可我不能永远待在舒适区里。人生那么长，遇到不愉快的人和事在所难免，而我不希望你总是挡在我前面，因为我也会心疼你。"

周以牵住李至诚的手，眉眼舒展，平和而坚定地道："也许有人想在恋爱中做小孩，但我不要，我希望你平视我、相信我，我是个成年人，我会自己处理的，放心吧。"

李至诚轻轻地叹了口气，她学会了藏匿情绪，学会了克制脾气，学会了用可能憋屈但损失最小的方式处理问题。

周以是真的跟以前不一样了，她在他看不见的地方悄悄成熟着。这算好事吗？李至诚并不知道。他只揽过周以，在她的耳边说："我们回家吧。"

车子开进一个小区，周以才知道，李至诚说的“回家”，是真正意义上的回家。

上了二楼，李至诚在门前停下，对周以说：“到了。”

周以看他站着不动，推他的胳膊，道：“那你开门呀。”

李至诚侧过头，向她摊开手掌，学着她的语气说：“那你把钥匙给我呀。”

周以疑惑地问：“什么钥匙？”

李至诚指着她的包道：“把兔子拿出来。”

周以睁大眼睛，道：“你怎么知道我带了它？”

李至诚弹了一下她的脑门，回答道：“早就看见兔耳朵了。”

周以从包里掏出毛绒兔递过去，道：“它也得见见异地的女友呀，毕竟相思病犯得厉害。”

看着李至诚打开兔子身上的斜挎包，取出一把钥匙，周以愣住了，她竟然没发现他在这里藏了东西。

李至诚将钥匙插进锁孔一转，打开门，道：“前两天找人打扫了一下，进去看看吧。”

房子是复式结构，一楼是客厅、餐厅和厨房，二楼是卧室。房子整体小而温馨，装修风格和他在溪城的家很像，客厅里同样摆了两张电脑桌，此外只有一些基本的家具，架子上空空的，看起来已经很久没有住人了。

“交给你一个任务。”李至诚抓着周以的手，把那枚钥匙塞进她的掌心，道，“我想把这里改成民宿，从明年开始出租，你帮我打理吧。”

周以问：“租出去？”

李至诚笑着点点头，道：“嗯，租给那些只能在周末见面的异地情侣。”

周以吸了下鼻子，说：“那我得给他们打折。”

李至诚颔首，道：“你说了算，房东太太。”

周以意识到问题，问李至诚：“这里租出去了，那以后我们住在哪里啊？”

李至诚说：“当然是再买套更大的了。”

周以心里有些顾虑，道：“可是，现在海城房价这么高。”

李至诚张开手臂抱住她，把下巴抵在她的脑袋上，道：“那就得辛苦周老师，多写论文，多发表著作，多赚钱了。”

周以突然觉得自己的肩上担起了重任，一腔热血地向他承诺道：“好！拼搏二十年，我要让你住上大房子！”

李至诚的眼里满是愉悦的笑意，亲昵地蹭着她的头发，道：“嗯，周老师养我。”

这间公寓确实非常适合情侣居住，二楼阁楼式的卧房像一座空中花园，落地灯的光是橘黄色的，仿佛收藏了一抹落日余晖在家中，安宁而静谧。

睡前，这一天发生的一切在周以的脑海里极快地闪过。她枕着李至诚的胳膊，突然开口说：“我很负责地告诉你，我真的不是为了钱才和你在一起的。”

李至诚低低地笑起来，问她：“那是为什么？”

周以回答道：“不知道，原因很复杂，说不清。”

李至诚碰了碰她的鼻子，道：“那我也很负责地告诉你，其实，我也不是富二代或暴发户。”

“啊？”

李至诚非常欠揍地说：“我的爷爷是暴发户，我爸是富二代，我嘛，只是个有理想、有信念的独立自强的优秀青年罢了。”

“滚蛋。”周以屈腿要去顶李至诚，却被他抓住了胳膊，钳制在身下。

“还睡不睡了？”

周以赶紧背过身，裹紧被子，道：“睡了，晚安。”

李至诚伸出胳膊，将她的腰往自己怀里带，压低声音说：“总觉得好像在梦里见过这场景。”

“什么？”

“你在我身边，睡前总有一大堆的话要说。”李至诚顿了两秒，接着道，“但是每次醒过来，还是只有我一个人。”

周以找到他的手，和他十指相扣，给他真实感和安全感，道：“现在不是梦了，我就在你身边。”

温热的唇覆上颈后的皮肤，她听见李至诚呓语般的声音：“怎么办？又有点儿舍不得把这里租出去了。”

周以笑弯了眼睛，道：“大房子不要啦？”

李至诚：“……那还是大房子好。”

溪城就像周以的世外桃源，在这里，她只需要考虑吃喝玩乐，和李至诚笑闹着度过每一天。床头柜上的兔子和小羊手牵着手，下午他们在书房里打游戏，晚上就偎依着躺在沙发上看电影，日子过得快而轻松。

那天晚上不愉快的事，两人都没再提起过，似乎就这么过去了。

但当周以回到学校，走进院教学楼的办公室时，她清楚地知道，该面对的糟心事还是得面对。

霍骁仍旧衣冠楚楚，一副温润如玉的样子。见到周以时，他甚至如往常般微笑点头，和她打招呼道：“早啊，周老师。”

周以扯出一抹不走心的笑，道：“早。”

“周末过得怎么样？”

周以翻开文件，回避着他的视线，道："还不错。"

系主任站在办公室门口，敲了敲门，说："小周来啦？"

周以赶忙站起身，道："唉，方主任。"

方勤思朝她招招手，道："你来我的办公室一趟。"

"好的。"

出于某种莫名的心理，周以瞥了霍骁一眼，他正姿态悠闲地喝着咖啡，似乎对此并不好奇。

两人进入主任办公室后，方勤思给周以沏了一杯茶，让她坐下，又从桌上拿了一沓文件放到她的手边，道："看看吧，院里今年的科研项目，这个是国家级的，负责人是钱教授。"

周以信手翻开文件，正上方是黑体的项目主题——中国典籍翻译中的生态学视角研究。

方主任告诉周以："团队里想再招个年轻老师，商量过后选了你。你先看看项目方案吧，明天，教授会来院里开会。"

周以却有些迟疑，道："翻译并不是我的强项啊，这方面应该找霍骁吧。"

方主任端起茶杯，朝她笑了笑，问："还记得之前面试的时候，钱教授最后问你的那个问题吗？"

周以当然记得，忙道："他说，他最近陪女儿看电视剧，有一个小问题，如果女主角穿了一身旗袍，男主角想夸她清雅秀丽，应该如何形容？"

"你是怎么说的？"

周以摸着脖子，有些难为情地复述道："You remind me of the gentle breeze and the bright moon.（你让我想起了清风和明月。）"

方主任说："这个问题，他也问了霍骁，他的回答是'delicate and elegant（清雅秀丽）'。"

周以挑了一下眉，简单直接，确实是他的风格。

“这可能就是你们俩的不同，他精准，你灵动，没有谁对谁错，只是各有所长。其实，当时我们真的很纠结，没想到会有你这匹黑马，钱教授当时就非要留你。”

周以有些受宠若惊，笑着说：“幸好之后还有机会。”

“是呀，这不是立马就去联系你了嘛。”方思勤叮嘱她道，“你好好看看这个项目，别让钱教授失望。”

周以乖顺地应道：“好。”

从主任办公室里出来后，周以若有所思，原来如此啊。

她捧着那沓文件推开办公室的门，在霍骁的桌边停下，直接问他：“你知道主任叫我过去是为了什么吗？”

霍骁抬起眼皮，眸中笑意浅淡，道：“不知道，我也不关心。”

周以笃定地道：“你知道。”

两人安静地对视了一会儿，霍骁先挪开了视线，他敛起笑意，声音陡然一冷，道：“所以，你现在想说什么？”

周以单手撑在桌上，俯低身子，向霍骁逼近了一些，语气轻佻地道：“哎，你会打架吗？”

霍骁没料到她会冒出这么一句话：“啊？”

周以回到自己的座位上，解释道：“我不喜欢办公室里一直是这种别扭的气氛，是真男人就打一架吧，中午十二点，体育馆跆拳道室，不见不散。”

她没管一脸蒙的霍骁，收拾好东西拎包离开了。她决定去外面的咖啡馆里把这份项目文件浏览一遍，免得惹来办公室里某个小心眼的男人妒忌。

十一点五十，霍骁出现在跆拳道馆门口时，周以已经换好了借来的跆拳道服。

小时候，因为打不过周然，她心血来潮地去学了跆拳道。周以现在无比感谢那个热血的自己。

霍骁单手插着裤子口袋走了过来，有些好笑地打量她，问："不是，你来真的啊？"

"不然呢？"周以正了正腰带，转身时利落地抬腿踢过去，丝毫没有犹豫。

霍骁的左脸麻了一下，很快有了剧烈的钝痛和肿胀感，他微张着嘴，目光呆滞，缓了好一会儿才找回自己的声音，骂道："你有病啊？"

周以冲他笑了一下，这是她头一次听到霍骁说脏话，她还觉得挺新奇。她道："看来你不会，那你完了呀。"

这一次，她依旧没给霍骁反应的时间，胳膊肘抬起又落下，击中他的肩膀，同时抬腿狠狠地顶住他的腹部，而后掐住他的脖子将他摁倒在地。

"你知道，平民最大的爱好是什么吗？"周以问。

霍骁表情扭曲着，想掰开她的手指。

"就是谈论你们这些人的八卦。你以为我就不了解你的背景吗？你爸是某外国语大学法语学院的霍教授，我虽然没见过令尊，但也久闻他的鼎鼎大名。可惜了，他怎么就生出你这种人面兽心的混账东西？"

周以加重手上的力道，接着说："本来你以为走个过场就行，结果我差点儿抢了你的位置，你急了吧？没能让我迷恋上你，还发现钱教授看中的人是我而不是你，你很不服气吧？"

霍骁的脸色已经难看到极点，可惜，在周以眼里，这毫无威慑力。

"女权主义者恶心？你当然没办法理解。你从小受到优待，享受着父母给你的资源，成年之后，你需要苦恼的事只是选择进外交部还是继续做学术，你安心地走着父母给你铺好的路。对你来说，二十四岁到三十五岁漫长而充实，你可以大展身手，你可以畅想人生，但是，你知道一位女性的这十年有多匆忙吗？你能毫无顾虑地一口气读到博士，但是我见过的无数学姐得花至少两年的时间来结婚和生育，等她们好不容易能够回到自己的岗位上，青春还剩几年？你从来都是被偏袒的那个，怎么知道公平的意义？”

周以神情漠然、居高临下地看着他，道：“你可以否定我的努力，嘲笑我只靠运气，你可以看不起我，但是霍骁，”周以松开手，站起身，一针见血地道，“你难道没发现，你有多么自卑和怯懦吗？”

她甩了甩手，如释重负般呼出一口气，郁结在心口的情绪散去，她感到前所未有地痛快。

她迈开长腿，跨过躺在地上的霍骁，学着他尖锐的语气几乎将原话奉还：“Hypocrite is disgusting.（伪君子才恶心。）你才是真的幸运。”

在跆拳道室，周以出了一身汗，回到教工宿舍洗完澡，换了身衣服后，她坐在沙发上，心跳依旧急促，耳边嗡嗡作响，她的大脑持续处于兴奋状态，完全无法冷静。

想来想去，周以拿出手机，决定先和李至诚汇报一下情况。

她给李至诚发微信：“我把霍骁打了！我牛不牛！”

屏幕上立刻弹出了语音通话的申请，周以点了接听，将手机放到耳边。

她连“喂”都没来得及说，李至诚惊慌失措的声音已经响起：“你受伤了没？啊？怎么打起来了？”

周以挥着拳头，骄傲地道：“我没受伤，我只用了三招就把他解决了，牛吧？”

电话那头沉默了一会儿，李至诚问：“你说的解决方式，就是把他揍一顿？”

周以“啊”了一声，道：“打完这一架，以后，大家就继续做好同事啦。”

李至诚疑惑地问：“你和他说好了？”

周以答：“倒也没说好，我自己是这么想的。”

李至诚：“……你下手重不重？”

周以想了一下，道：“还行吧，我肯定有分寸的，就是……”

“就是什么？”

周以声音越来越小：“就是……第一下，我踢在他的脸上了，他这两天可能不怎么能见人。”

李至诚倒吸了一口气，冲她凶巴巴地吼道：“周以，打人不打脸，你讲不讲武德啊？！”

周以心里燃起怒火，提高声音道：“他都不讲品德，我讲什么武德啊？！”

又一阵静默过后，李至诚咬着牙说：“你先等等。”

周以后背发凉，问：“怎么了？”

“我在给你联系律师了。”

周以惊恐地道：“不是吧，你是说，他会告我吗？！”

李至诚反问她：“你觉得呢？”

周以跌坐到沙发上，双手捂着脑袋，道：“我不会要去警察局吧？警察会来找我吗？”

李至诚冷哼一声，道：“现在知道怕了？”

周以欲哭无泪，道：“呜呜呜，你一定要救我。”

李至诚抚额，无奈地叹道：“等见了面我再收拾你。”

周以无助地道：“那我现在该怎么办？”

李至诚仿佛是家有熊孩子、恨铁不成钢的家长，道：“还能怎么办，先等着吧。”

周以后知后觉地害怕起来，道：“万一他找人报复我呢？！”

李至诚声音严肃地回道：“那你就跟他放狠话，告诉他，他如果敢惹你，你男朋友会带一车的人找他算账。”

午休时间，金黄的阳光穿透校园里树木的枝叶，万物寂静。

霍骁扯开口罩透了口气，很快又戴上，把自己的下半张脸遮得严严实实。他的左侧脸颊红肿，中心泛着青紫，稍微咧开嘴角都会牵扯出钻心的痛意。

尽管今早上课时，有个善良可爱的女同学安慰他说，帅哥脸上的伤不能叫伤，那是勇敢地存活在这俗世的勋章，但他还是不太能接受自己这副样子。

霍骁在走廊里遇上了方勤思，他摘下口罩，微微躬身，喊道：“主任。”

“哎哟。”方勤思都不太忍心看他这张脸，犯愁道，“这到底是怎么摔的啊？得多久才能好？”

霍骁浅笑着道：“没事，小伤。”

听到楼梯上传来脚步声，霍骁斜眼瞥去，却只看到那人仓促落跑的背影。

方主任高声喊道：“小周，怎么了？”

周以头也不回，匆忙解释道：“我去上个厕所！”

霍骁短促地笑了一声，对方勤思说：“那我先回办公室了。”

“好。”方思勤边走边嘀咕，“怎么总感觉哪里怪怪的？”

办公室里没有人，霍骁打开窗户通风，转身时，他的目光扫过周以的办公桌。

她的桌子并不杂乱，只是物品十分丰富。除了电脑前的一块位置被留出来办公，其他的地方都被杂物占满了：黑巧克力和代餐谷物棒压着试卷，他送她的那盆多肉植物被她放在键盘旁边，电脑的边缘粘满了便笺，包括他写的那一张。

霍骁的视线没停留多久，把她桌上一本摇摇欲坠的笔记本往里推了推，便回到了自己的位子上。

那天，周以那么盛气凌人，过后却一见他就跑，霍骁都开始怀疑，到底谁才是挨揍的那个。

他按下主机的电源键，开机后进了邮箱，开始批阅学生们上周提交的作业。

四十分钟过去，他正回复到第六份邮件，办公室的门被轻轻推开了。霍骁抬头和周以四目相对，他先是一愣，而后极快地挪开了视线，见她还站在门口，便又看了过去。

周以朝他走了过来，将手中的袋子放到他的手边，表情不卑不亢。

霍骁没说话，用眼神询问她意欲何为。

周以挠挠下巴，开口说："我问了我朋友，你这种情况，要热敷才好消肿。"她打开袋子，拿出一颗白煮蛋，抽了两张纸巾包好，递给霍骁。

在她殷切的目光中，霍骁微微向后仰，与她拉开距离，质疑道："你确定？"

周以露出一个无语的表情，伸手扯了他一下，不管三七二十一地把蛋按在他的脸上，而后揉搓起来。

滚烫的鸡蛋贴上肿胀的脸，霍骁立刻疼得直吸气。

周以边揉边说："我的朋友是护士，这是权威认证的方法，而且，我也没有恶毒到要对你进行二次伤害吧？"

霍骁扯了下嘴角，讥诮道："你还不够狠毒吗？"

周以加重了手上的力道，惹得霍骁皱眉瞪了她一眼。

经过那荒唐的一架，大概是无须再伪装和周旋，面对霍骁时，周以反倒轻松了许多。

右手举累了，周以甩了甩手腕，停了下来。

霍骁抬起眼皮看她，问道：“突然良心发现了？”

周以十分不屑地“嘁”了一声，道：“怎么可能？你就是欠揍。”她闭了闭眼，继续说，“今天我给大一的学生上课，听到几个女生说，‘不知道是哪里的门把霍老师撞成这样，简直罪该万死，不知道帅哥的脸价值连城吗？’”周以掐着嗓子，学得活灵活现。

霍骁挑起眉，满足地笑了起来，脸上火辣的疼痛感都淡了几分。

周以咬着后槽牙，愤愤地道：“真不知道我为什么会觉得心虚。”

霍骁够到袋子，里头还有一个鸡蛋，他利索地剥去蛋壳，将白滑的水煮蛋拿到嘴边，慢条斯理地吃了起来。

蛋黄的味道让周以迅速捂着鼻子离他远了几步，嫌弃地道：“真不知道你们为什么爱吃鸡蛋，不觉得有股屎味吗？”

霍骁动作顿住，凉凉地剜了她一眼，道：“可以不爱，但请尊重。”

周以噤声，换上低眉顺眼的样子，继续替他按摩脸颊。

一颗鸡蛋咽下去，有些噎，霍骁拿起杯子喝了一口水。

“哎，你这里也有一颗痣。”周以说。

“嗯。”

周以夸张地道：“怪不得你这么聪明，智多星啊。”

霍骁放下杯子，面向周以，问道：“所以，你到底为什么突然献殷勤？你现在这样，让我觉得心里发毛。”

周以咽了咽口水，道：“那个，你不会去告我的，对吧？”

霍骁冷笑一声，道：“你不嫌丢人，我嫌。”

周以放下心来，嘴角露出笑意，道：“那就好。”

风将窗帘吹起，阳光照在玻璃窗上，一晃一晃的。

“怎么办？”霍骁舒展开温润的眉眼。

周以抬起头：“嗯？”

“我好像真的有点儿喜欢你了。”

霍骁紧盯着周以，没有放过她任何的情绪转换。

她的表情从呆滞变成恐慌，而后她睁圆眼睛，急促地呼吸了两下，叉着腰，严肃又幼稚地警告他：“你可别，我男朋友会带一车的人找你算账！”

霍骁应该是第一次在人前表露出这样明朗的情绪，他怕牵动受伤的脸，动作不敢太大，肩膀一耸一耸，从胸腔里发出低低的笑声。

“晚饭少吃点儿，”他说，“留着肚子，我请你吃夜宵。”

周以眨了眨眼睛，表情极为痛苦地道：“你要追我吗？你是认真的？你是受虐狂？”

霍骁把那颗凉了的鸡蛋放进周以的掌心，道：“是向你郑重道歉，以及与你和解，如果你考虑甩了现任男友，我现在就可以订花。”

周以握着鸡蛋连连后退，道：“别别别，用不着、用不着。”

霍骁和周以最终选择去那家给他们都留下了不愉快的经历的小酒馆。

点单时，两人都没有要酒，霍骁要开车，周以说男朋友不让。

霍骁冷笑一声，道：“我以为你们女权主义者都对大男子主义深恶痛绝。”

周以敲敲桌子，道：“脸上的伤口还没好，你还是管住你这张嘴吧。还有，你难道想看到女朋友和一个居心不良的男人单独喝酒吗？这是人之常情。”

霍骁不说话了，反应过来后，又道：“你说谁居心不良呢？”

周以耸了耸肩。

等菜上齐后，霍骁抿了一口茶润喉，启唇道：“对于那天晚上的话，抱歉，我为我和我朋友的冒犯向你说声‘对不起’。”

周以提醒他道：“还要对我男朋友说。”

霍骁忍住翻白眼的冲动，补充道：“向你们俩说声‘对不起’。”

周以摸着脖子，有些无所适从，道：“你真的不该那么误解人。”

“对不起。”霍骁摸了一下脸颊，周以朋友说的那个土法子还挺管用，他真觉得脸没那么肿了，“不过，你不是也误解我了吗？”

周以下意识地反驳道：“我哪儿有？”

霍骁勾了勾嘴角，道：“你说我否定你的努力，你不是也否定我的努力了吗？你觉得我能取得今天的成就都是靠父母。我的起点可能确实比大多数人的高，但那不代表我就活得轻松。说实在的，我还挺羡慕你的，你获得的成就都是你自己的，而我做成的一切都会被归功于父母。”

他拿起筷子，接着道：“那天晚上，我被喊回家吃饭，数落从我进家门后开始，到桌上的碗筷都被收走才停。我心情不太好，喊朋友出来喝酒，看到你们俩就更不爽了，那些话是故意说的，你别往心里去。”

周以有些愕然：霍骁也会挨骂吗？不可思议。除了那一晚的言论，他在人前从来都是妥帖完美的。

周以小心地问：“是霍教授说你了吗？”

霍骁说：“他明嘲，我妈暗讽。”

周以深吸一口气，她知道霍教授对学生是出了名地严格，听说他在答辩环节呛哭过无数学生，令人又敬又怕。周以虽然并不了解霍骁的母亲，但猜想她大概也是一位有头有脸的人物。

周以搓搓胳膊，觉得后背发凉。

小时候，周建军对她也特别凶，她干什么他都看不顺眼，逮着一件小事就要骂她一顿，狠起来也没少打她。但那会儿，她爸爸对她再凶，好歹还有她妈妈护在她的身前。

周以突然有些不敢想象霍骁是怎么成长起来的，怪不得他心理扭曲，这成长环境换谁不得憋坏？

霍骁自嘲道：“挺丢脸的，我都快三十岁了，见到他还是会害怕，他声音一大我就会发抖。”

周以笑了笑，和他碰了下杯，道：“我也是，我感冒的时候，连在我爸面前吸鼻子都不敢。”

两人就中国家长的问题深刻地讨论了起来，畅所欲言，各抒己见，仿佛是在开展一场学术座谈会。

最后，霍骁说：“那天太混账了，对不起啊。”

周以就算有气也已经全撒出去了，她伸出手，欣然地接受了他的道歉，道：“原谅你了，以后好好相处，霍老师。”

霍骁握住她的手，轻轻地晃了晃，道：“Hope to get along with you,sincerely.（真心地希望能和你相处得愉快。）”

这顿夜宵吃到将近凌晨，回宿舍的路上，周以拿出手机给李至诚打电话。

晚风凉爽，周以的脚步轻快，接通后，她甜甜地“喂”了一声，问：“在干吗呀？”

李至诚的声音里透着疲惫：“加班开会，现在是中场休息时间，你呢，在干吗？”

周以抬头看着月朗星稀的夜空，道：“霍骁请我吃了顿夜宵，向我道歉了，我跟他彻底和解了，以后就是真正友好的同事了。”

李至诚“嗯”了一声，对她说：“看看，人家这才是成年人解决问题的方式。”

周以噘高了嘴，不满地道：“你怎么还夸他呢？”

李至诚笑起来，道：“不然夸你吗？周周以以，暴力虽爽，但不可取。”

周以“哼”了一声，道：“你那天不是也想上去打架吗？”

不知是否因为正处于工作状态，李至诚沉稳而镇定，连嗓音都比平时多了几分成熟的性感。周以在脑海中想象他现在是以什么样的姿态和她打着这通电话。想起姜迎说过，他平时在公司很凶、很严肃，她越发好奇了。啧，看来她才是个受虐狂。

李至诚在电话里说：“说实话，我是不会去打他的。力的作用是相互的，打他，我还嫌弄疼了我的手呢。”

周以只当他是马后炮、逞口舌之快，问道：“那如果我不拦你，你会干什么？”

李至诚沉吟片刻，像煞有介事地道：“走过去，保持微笑，对他不屑地说‘就这？吃不到葡萄说葡萄酸’，然后比个鄙视的手势，最后，搂着你潇洒地扬长而去。”

周以笑出声，道：“你这是成年人解决问题的方式？我看你才是小学生吧？”

李至诚不以为意地道：“我有那力气干吗要浪费在他身上？”

周以：“……我到门口了。”

李至诚应了声“好”，说话的声音伴着脚步声，道：“我也要继续开会了，早点儿睡啊，注意休息。”

周以拿下手机，对着麦克风用力地“啵”了一声，道：“给你充个电，你也注意休息。”

李至诚顿了两秒，说：“等等，先别挂。”

周以问：“你要干吗呀？”

李至诚呼吸急促了些，道：“走到一个没人的地方，然后……”

电话那头响起了一道轻而明晰的声音。

李至诚补完后半句：“亲你一下。秘书催我了，这次真得挂电话了。”

周以眉眼弯弯地道：“快去吧！明天见！”

只有异地的情侣才明白这个世界上最动听的情话是哪句。

——“明天见。”

第 十 章

爱是必需的

李至诚这一周非常忙碌，作息极其不规律，有时候，周以起床了他还没睡。

李至诚抽不出空过来，周六那天，周以又有工作，最终，她决定还是在周四那天坐高铁去溪城，好歹还能一起待两天。

周以对这座城市已经不再陌生，坐上出租车，她便给李至诚发消息：“我上车了！”

对方过了几分钟才回：“在家等我，饿了就先找东西吃。”

小区的保安已经认识周以了，看见她，保安便笑着打招呼，道：“来啦？”

周以用力点头，道：“来了！”

上次，李至诚带她在小区里走了两遍，她终于摸清了去十七栋的路。

走到楼下，感觉到口袋里传来振动，周以摸出手机，发现是李至诚打来的电话。

“喂，怎么了？”

他正急促地喘着气，问：“你到哪儿了？”

周以回答道：“准备上楼了。”

“先别上去！”李至诚连忙制止了她，道，“先去姜迎家。”

周以停下脚步：“啊？”

李至诚深吸一口气，向她解释道：“我妈刚刚打电话说，她要过去送东西，你先别上去。”

“周以，是吗？”

李至诚最担心的事情还是发生了。

听到声音后，周以仰起脑袋，对上了一双笑意温柔的眼睛。

二楼过道，李至诚的公寓门口，一位和他眉眼极相像的妇人向周以招了招手，和蔼亲切地道：“快上来呀。”

挂电话之前，周以听到李至诚说："我马上回去。"

躲不掉了，周以四肢僵硬地走上去，喊："阿姨。"

沈沐心看见她，却好像一点儿都不意外，她往边上退了一步，让出位置，道："刚好，我走到这里才发现没带钥匙，你来开门吧。"

周以硬着头皮掏出钥匙开门。

进屋后，她迅速换好鞋，从柜子里拿出一双新的拖鞋放到沈沐心脚边，又忙不迭地去接她手里的袋子。

沈沐心留意到周以鞋子上的粉红猪，揶揄道："怪不得不让我穿呢，原来是专门给你买的。"

周以不好意思地笑了笑，把东西放到茶几上，道："阿姨，您先坐吧，李至诚说他马上就回来了。"

沈沐心问她："你刚从海城过来？"

周以点点头，惊讶于对方对她的了解程度。

沈沐心又问："要在这儿和他过周末？"

周以回："对。"

听到沈沐心"哼"了一声，周以不自觉地屏住了呼吸。

"以后让他去找你，老让你跑来跑去的算怎么回事。"

周以赶紧说："我比较闲嘛，没事的。"

沈沐心把带来的袋子放到餐桌上，周以也跟着过去。

她挠挠脸，有些犹豫地开口问道："所以，阿姨，您已经知道我们俩……"

沈沐心的身上带着典型的江南风韵，气质柔和温婉，她看着周以笑道："他以为他能瞒得了我？我一眼就看出来他谈恋爱了。他不告诉我你的事，我就找人问了问。你在海城怎么样啊？"

周以帮沈沐心把东西放进冰箱，她带来的是好几盒新鲜水果，还有两罐酱牛肉。

"挺好的，比想象中好适应。"

沈沐心转过身看着她，说："这还是我们第一次见面。周以，阿姨一直想和你说一声'谢谢'。"

周以惊慌地道："谢我什么？不用不用。"

不知道是回忆起了什么，沈沐心有些动容，声音也轻微地颤抖着："是真的要谢谢你，李至诚毕业的时候，多亏有你陪着他。说起来，其实那个时候我们就应该见面的，但是我生了病，他爸爸为了照顾我也没去成他的毕业典礼，儿子人生中最重要的时刻之一，我们俩都没能在场。"

周以喃喃道："生病……"

沈沐心垂下视线，道："他没告诉你吧？我想也是。还挺严重的，那阵子，我整个人都绝望了，稀里糊涂地说了好多瞎话，他们爷俩估计没少被我折磨。"

周以大脑一片空白，呆愣地听沈沐心继续说下去。

"其实，阿姨还欠你一句'对不起'，我是在他大三的时候查出病来的，他本来已经决定保研本校了，说是在那里有喜欢的小姑娘，他想跟她在一块儿，但后来，他还是选择了回来。他原本也打算留在北都发展，他不说，但我知道，他是担心我的身体，不敢走远。你们俩的事我也知道一点儿，我有时候就想，要是他当初留在北都，你们俩会不会……"

周以心里堵得慌，沈沐心搭上她的手腕的那一刻，她如同条件反射一般紧紧地牵住沈沐心的手，道："阿姨，您别这么说。"

沈沐心拍了拍周以的手，笑着道："其实，我已经猜到他为什么不想让我知道你回来了，他是怕我又催你们结婚吧，但阿姨已经想开了。"

那是一个周以很熟悉的笑容，李至诚笑起来的时候和他妈妈一样，右边的脸颊上会出现一道细痕。她曾经用指腹轻轻抚过那道痕迹，然后告诉李至诚：“你上辈子一定过得很快乐。”

她终于知道李至诚为什么会有一个温柔的好性格。

“人生嘛，总有遗憾的，我已经很幸运了。”沈沐心的手并不纤细娇贵，相反，她的虎口和指腹处都有薄茧，掌心温暖，“阿姨看到你回来，真的很开心。”

周以抿着唇，视线模糊，她笨拙得不知如何表述，只一味地点头。她红着脸，有些傻气，却格外认真地向沈沐心保证道：“阿姨，您放心吧，余生我一定让他过得更快乐。”

李至诚回来得并没有想象中快，应该是实在抽不开身。

沈沐心和周以坐在沙发上，吃着水果聊着天。

沈沐心告诉她，李至诚大概是全世界过得最惨的小少爷，小时候，他曾经问过她很多遍，他到底是不是她亲生的。

“他的爷爷就是这么教育他爸的，富人家的小孩就要穷养，尤其是儿子。他从小到大的零花钱都必须靠自己挣，他爸总能找到各种各样的活让他干，买烟啦，遛狗啦，搬花啦，我看，就是他自己懒，所以使唤傻儿子呢。当年，他读完研究生后想在海城买房，他爸其实都准备好钱了，还非要他拿手里的一个程序交换，他爸给的钱哪儿有后来靠他自己赚的多哟！”

吐槽起老公来，女人总是滔滔不绝，周以时不时地跟着发出笑声。

她觉得童年时拼命为自己挣零花钱的李至诚很可爱，但又生出难言的酸楚和愧疚——原来，他并不是生来就富裕和自由的，他甚至需要付出更多的心血，去换取那些人们以为他理所应当地拥有的东西。

虽然存在自恋的成分，但李至诚说的并没错，他不是富二代，他确实算是一个独立自强的优秀青年。

听到周以的肚子“咕咕”叫，沈沐心起身走进厨房，给她做晚饭。

一碗盖着煎蛋的面端上桌时，她们听到楼下传来车上锁的声音，两人抬头对视了一眼，异口同声地道：“回来了。”

楼道里响起一阵急促的脚步声，不到两分钟，李至诚匆匆打开门，一进屋就喊：“周以！”

“别喊了。”沈沐心的声音幽幽地响起，“已经被我用五百万打发走了，现在，应该哭着去机场了。”

李至诚叉着腰站在客厅喘气，转身看见“女主角”正坐在椅子上，晃着腿悠闲地吃面。

他松了一口气，走过去拉开椅子坐下，抢走周以的筷子和碗，道：“给我吃一口，饿死我了。”

沈沐心用筷子头敲了一下他的手背，呵斥道：“别抢周以的，你咬这么大一口鸡蛋干吗呀！”

李至诚口齿不清地为自己辩解道：“她不爱吃鸡蛋！”

周以一边搓着李至诚被打红的手背，一边对沈沐心说：“没事的，阿姨，反正我也吃不完。”

沈沐心叹了一口气，叮嘱周以：“别对他太好。”

周以只是笑，没答应。

沈沐心看他回来了，又交代了几句，不想多打扰小两口相聚，准备走了。

“那我走了啊，你忙完找个时间带周以来家里吃饭，没事就多带她去山庄玩玩。”

李至诚应道：“知道了，陈叔到楼下了没？”

沈沐心踮脚越过他，和周以说：“阿姨走了哦，你记得把冰箱里的蓝莓吃了。”

周以乖巧地道：“好。”

李至诚把人送到楼下，看着她上了车才回去。

一进门，他径直走向周以，捧着她的脸，关切地问：“我妈都和你说什么了？”

周以圈住他的腰，像沓沓一样用头蹭了蹭他的掌心，道：“没什么呀。”

李至诚不信，道：“她是不是……”

“没有。”周以知道他要说什么，打断道，“阿姨没有催我什么，也没有要求我什么，更加没有给我压力。她说谢谢我，还告诉我，我回来了，她很开心。”

李至诚把周以拥进怀里，嗓音沙哑地道：“看来她是真的很喜欢你。”

周以轻轻地拍着他的背，道：“你妈妈真的很温柔，我也喜欢她。”

他们沉默着相拥了片刻，彼此心照不宣。

察觉到他有话要说，周以吸了一下鼻子，率先开口道：“对不起。”

李至诚的手臂收紧了些，问：“突然说对不起干什么？”

“我那个时候不该无理取闹。”

李至诚揉着她的头发，道：“不提了，都过去这么久了。”

刚刚在沈沐心面前，周以一直憋着情绪，这会儿，她终于发泄了出来。

“其实，你应该告诉我的。我那个时候神经太脆弱、太敏感了，被什么刺一下都会反应过激，我觉得好对不起你。”

周以的眼睛酸得厉害，她用手背抹了一下，却像按下了开关键，泪珠成串落下。

李至诚抱着她坐到沙发上，撩开她脸上的头发，替她擦了擦眼泪，道：“你那个时候太辛苦了，我也很后悔，不该多嘴说那一句的。”

周以哭得更厉害了。

当年，因为放弃了出国交流的机会，辅导员找到她，和她聊了聊原因，也对她的家庭状况有了大概的了解。

周以在读本科的四年间参加过许多比赛，几乎所有的老师都认为她应该走得更远，如果她就这样被世俗条件限制了发展，那就太可惜了。

她也是后来才知道，辅导员给她的父母打过电话。

当母亲告诉她“想出国读研就去吧”时，周以热泪盈眶，欣喜若狂。

但很快，一盆冷水便从头浇下。

周建军的冷嘲热讽，那些古板而迂腐的理论，那些女孩子不该做什么、该做什么的陈词滥调，一句一句都往周以的心上扎。

她记得，最后，她红着脸，手脚冰凉。

周以很想质问他：“你眼睛都不眨地给周然拿了两万，却舍不得给你的亲女儿出学费吗？”

她也很想痛快地说一句：“我不去了，不受你这个气。”

但她说不出。

她只能咬着牙，抠破手背的皮肤，卑微地道谢。

从那一天开始，周以不觉得自己是这家的女儿了，她好像欠了他们一笔沉重的债，她背负着这笔债，连喘气都困难。

之后，她给自己罩了一层玻璃罩，切断了所有情绪的开关，让自己忙起来，让自己麻木，让自己不再犹豫和动摇。

那段时间，她和李至诚联系得并不频繁，一天最多一通电话，她毫无分享自己生活的欲望，只是冷淡地听他诉说近况，然后逼自己笑着给他回应。

在李至诚问出“你有没有想过不去英国？留在国内读研也挺好的”时，周以感觉自己像一只灌满了酸水的氢气球，被锋利的针戳破了，彻底炸开。

她不太记得自己那天说了些什么，不过她歇斯底里的样子应该吓到了李至诚，否则，他不会第二天一早就赶了过来。

周以只记得，在宿舍楼下见到他的那一刻，她泪如泉涌，哭了很久很久，对他不断地重复她好累，她快要撑不下去了。

那时，李至诚温柔又疲惫地抱着她，亲吻她满是泪水的脸，不厌其烦地一遍一遍地说："还有我呢。"

明明那个时候，他同样过得不好。

可是，她直到今天才知道。

周以哭得上气不接下气，她紧紧地抱着李至诚，在他耳边哽咽着说："对不起、对不起。"

李至诚亲了亲她的手背，道："回来就好。"

周以找到他的唇，给了他一个柔软的吻，而后说出了有些不知死活的请求："我希望你今天对我凶一点儿。"

在她说完这句话后，李至诚呼吸重了一些，但没有任何表示，只是沉默地望着她。

周以又凑上去，引他想起难堪的回忆，道："那天，我跟你说'滚'，我让你不要再来烦我，你一直看着我，你在想什么？你明明很生气，你想把我怎么样？我居然把你甩了，你应该想杀了我吧？"

李至诚胸膛起伏的幅度更大了，他摸了摸周以的额头，替她擦去汗。

"我在想什么？"李至诚盯着她，问。

——你不觉得我们根本就不合适吗？我不能理解你，你也不能理解我。

——不知道为什么，我一看见你就觉得烦，你别来找我了。

在他要去抱她的时候，她惊恐地后缩，尖叫着喊："滚哪。"

那个喜欢跑着扑进他怀里的人，看到他就像见到洪水猛兽，一个劲地后退躲避。

“你觉得我在想什么？”李至诚又问。

窗户没关严实，冷风扫过裸露的皮肤，周以像完全铺开的纸张，单薄白皙，在风中微微颤抖。

“对不起。”她的眼尾红得像要滴血。

在周以小声呜咽时，他出声问道：“你在想什么？”

周以睁眼，呼吸灼热，诚实地坦白：“你。”

李至诚奖励似的揉了揉她的刘海，道：“我从来看不得你哭，看不得你难过，我总是太心疼你。”

周以深吸一口气，脖子上传来一阵刺痛，一直延伸至神经末梢。

“但那一刻，我真的很想收拾你一顿。”李至诚的嗓子粗哑得厉害，“让你哭着求我，让你说不出话。”

他早就濒临失控，像头眼神锋利的雄狮，低吼挥爪，叼着猎物纤细的脖颈回到自己的领地。

后半夜，多云转阴，有雨从窗缝飘了进来。

李至诚拿下嘴边的烟，见周以的手露在外面，想替她盖好被子。他的指尖刚触到她的手背，她便敏感地缩了一下，看起来想躲。

李至诚心里一沉，蹙起眉头，叼着烟，赶紧用手背去探周以的额头。

她迷糊地睁开眼睛，睫毛湿漉漉的，眼下还有泪痕。

“难不难受？”李至诚问她。

周以看了他两秒，然后，张开手臂贴了过来。她摇摇头，把下巴靠在他的肩上，道：“有你抱着，我就不难受。”

李至诚突然鼻酸，眼眶发热，他把人牢牢地箍在怀里，声音沙哑地道：“只是解法错了，换一种解法重来就好。”他亲了亲周以的耳垂，道，“你放心，我们好学生，错过一次的题目，绝对不会错第二次。”

直到第二天下午，周以才起来。李至诚早去上班了，他还要补上昨晚落下的工作。周以洗漱完，换上长衣长裤，抱着沓沓在沙发上办公。

将近下午五点的时候，姜迎带着饭菜和一袋药来了。

两人已经相熟，一见面，姜迎就和她吐槽道：“要不是李至诚给的钱多，我才不高兴来。哪家公司的策划加完班还要给老板娘送饭啊？！”

周以笑了笑，向她保证，一定让李至诚给她加工资。

姜迎瞥到她电脑屏幕上的画面，指着问：“这是你吗？”

周以看了过去，点点头，道：“嗯，是我大三的时候。”

姜迎坐下，好奇地凑过去看。

那是一段全国大学生英语演讲比赛的视频，周以当时拿了一等奖，她演讲的题目是——Why is marriage the finality of romance?（为什么婚姻是浪漫的终结？）

画面上的女孩和现在一样，留着黑色长发，面容清冷，高瘦漂亮，但看起来稚嫩多了。

姜迎问她：“怎么把这个翻出来看？追忆青春啊？”

周以没回答，只问她：“结婚是什么感觉啊？”

姜迎想了想，道：“也没什么不同啊，就是向别人介绍他的时候，终于可以理直气壮地说‘这是我的老公’了。”

周以笑了起来。她刚刚在微信上问过覃松，她的回答是：“他的朋友圈只有两条，一条是庆祝博士研究生毕业，一条是晒我们俩的结婚证。我每次心情不好时，只要打开他的朋友圈看看，就会开心起来。”

屏幕里，二十岁的周以自信从容，她用诙谐的语言调侃，用理智的字句分析，两性关系向来是个复杂而庞大的问题，她得出的结论现实而悲观。

——Marriage may not be the end of romance, but it is certainly the beginning of philistinism. For women.（对女人来说，婚姻也许不是浪漫的终结，但它一定是庸俗的开始。）

姜迎看了一会儿，意识到什么，道："天，你不会是不婚主义者吧？"

周以敲了敲杯壁，摇摇头，道："不算吧。"

她的毕业论文是从女性视角落笔的，再加上她表露出来的冷淡性格，周围大多数同学都认为她八成是一名女权主义者。

很久以前，周以也觉得自己是。从小到大，她身边没有一段婚姻关系是美满的，因而她对男人和婚姻一直是失望的。

但是，有一个特例出现了。

"我不相信婚姻，但我想，我应该是相信爱的。"这并不冲突，周以想。

白天阴雨绵绵，傍晚这会儿却出了太阳，金灿灿的，急切地照耀着世界。

周以半边身子沐浴在夕阳里，看上去平静而愉悦。

电脑旁边放着她的电子阅读器，水墨屏上被她标注了一段话，出自珍妮特·温特森的《守望灯塔》。

"我也不把爱看作灵丹妙药，我把爱看作一种自然的力量——像太阳的光一样强烈，是必需的，是不受个人情感影响的，是广阔无边的，是不可思议的，是既温暖又灼人，是既带来干旱又带来生命的。爱一旦烧尽，这星球也就死亡了。"

李至诚回来之前给周以发了消息，到家时，她刚煮好夜宵。她只会煮馄饨，还试着煎了个蛋，卖相有些丑，但味道应该不错。

李至诚很给面子地全部吃光了。

他洗完澡出来时，周以正盘腿坐在地板上，她对他招了招手，说道："你过来，我有话要说。"

李至诚用毛巾擦着湿发，坐到沙发上，问："怎么了？"

周以鼻梁上架着银框眼镜，穿着他的棉质睡衣，模样乖巧居家。

她问李至诚："不管别人是怎么想的，不管家里是不是催你，我问你，你想结婚吗？"

李至诚愣了一瞬，反过来问她："你呢？"

周以抱着膝盖，道："我还是觉得，婚姻是浪漫的终结。"

李至诚有些失落地应道："哦。"

周以撑着下巴看他，问："你呢？"

"要听实话吗？"

"当然。"

李至诚拿下毛巾放在一边，道："以前，这种事情对我来说很遥远，我也觉得无所谓。但是现在，我很明确，我想和你结婚。"

他的笃定出乎周以的意料，她问："为什么？"

李至诚张开手臂，把她抱到自己的腿上，微微仰起头，道："如果结了婚，万一你又要和我分开，到那个时候，你会不会多考虑一会儿？"

他的回答让周以瞬间红了眼眶，心中酸涩无比。

李至诚捧着她的脸，轻轻地吻了一下她的嘴角，道："这个想法很过分，但我得承认，我希望婚姻可以牵绊住你，让你留在我身边。"

——我卑劣地想剥夺你的部分自由。

他自嘲地笑了一声，哑声说："怎么办？我是不是有创伤后应激障碍了，我说过，你要体谅我一点，失而复得的人就容易患得患失。"

周以哽了一下，艰难地说：“但是我——”

她缓了一口气，不想轻易许下承诺，坦诚地道：“我没办法一下子转变观念，我不是不爱你，也不是不信任你，但我……”

李至诚替她把话说完：“你需要时间。”

“对。”周以有些没底气，垂下脑袋，失落地道，“而且，我现在不想换工作，你的公司也才刚起步。”

李至诚无所谓地说：“那就这样呗。我们一周有三四天可以见面，你还有寒暑假，来回都不过是一个小时左右的车程，我们这都不能算异地恋。”

他捏了捏周以的手，带着笑意说：“对我来说，和你在英国的那些年比起来，现在这样的距离真的很近了。”

周以趴在他的怀里，感受着他平稳有力的心跳，她向李至诚保证道：“我不会让你等很久的。”

李至诚用指腹轻轻地抚过她的眼睛，道：“其实那天，我想的还有别的。”

“什么？”

真可怜。她嘴上说着让他离开，但是眼神传达的明明是——你千万别走。

所以那天，李至诚压下升腾的怒火，无视了那些刺耳的话，只是看着周以，在她哭喊完后，他强硬地扯过她，替她抹了把泪。

“恭喜你如愿以偿。”

这是他那天想说的最后一句话。

沓沓跳下猫爬架，云朵挂坠晃了晃。

李至诚单手把它捞起来，放到周以的背上，一家三口玩起了叠叠乐。

“你知道我那天走得有多慢吗？我一直在心里重复‘回头我就

是狗’，我好不容易才忍住没回头。”

周以“嘁”了一声，道：“你明明大步流星，健步如飞。”

李至诚又不正经起来，道：“是吗？你误会了吧，我腿长，步伐大，没办法。”

周以捶了他一下，却被李至诚握住了拳头，他说：“以后都要像这样，有什么说什么，不要置气，不要自己憋着。”

周以举起另一只手的三根手指，道：“好的，我发誓。”

李至诚也顺手牵住了她这只手，问：“明天下午回去？”

“嗯。”周以点点头，道，“晚上就要去给乐翡上课了。”

听到李至诚叹了一口气，周以扬起脑袋问：“怎么了？”

“要不，你做一次昏君吧？”

周以看了他两秒，李至诚还是那副表情，但周以没有理由地心软了。

周以从沙发上爬起来，边去够手机，边说：“我去问问霍骁能不能帮我代课。”

两分钟后，她抓着沓沓的后脖子，把它挪到了一旁，趴回原位，道：“他不答应。”

李至诚问：“为什么？”

周以欲哭无泪地道：“我说我想多陪男朋友两天，他让我有多远滚多远。”

李至诚笑得不能自已。

“那我只能乖乖地回去打工了。”周以拿脸颊蹭了蹭他的头发，道，“还得让你早点儿住上大房子呢。”

李至诚在她的额头上印下一个吻，道：“国庆前我就能忙完，我去找你。”

周以靠在他的怀里，问：“明天是不是还有雨啊？”

李至诚看向窗外皎洁的月亮，道：“嗯，我又要开始想你了。”

周六，回到海城，周以简单地吃了一口晚饭就动身去了乐翡住的酒店。

乐翡刚跑完通告，正在房间里卸妆。

经纪人林舞跟周以解释道：“麻烦你先等等啊，今天这个是特效妆，不赶紧卸的话会伤皮肤。”

周以体贴地道：“没事，不着急的。”

眼看她还要一会儿，周以撑着下巴，解开手机锁屏，点开了某个颜色明丽的图标。

这是一款恋爱手游，名字叫《小世界》，李至诚昨天拿她的手机看，发现她竟然没有下载这款软件，气愤地替她下载安装了，注册登录后，他还让她充了五百块钱进去。

周以还真没怎么玩过这种少女游戏，没一会儿就开始打哈欠，因着支持老公事业的决心，才坚持着玩了下去。

“你在玩什么游戏？”

听到声音，周以抬起头，发现是乐翡，她便回答道：“哦，《小世界》，就是抽抽卡、过过关的那种恋爱游戏。”

乐翡又问：“好玩吗？”

周以想了想，说：“好玩，可有意思了，这个游戏设定挺不错的，好像还有悬疑和推理元素，很有意思。嗯。”

乐翡一听，起了兴致。

“那我也来试试，在这儿坐着好无聊。”

周以连连点头，指导她在应用商店里搜索下载。

林舞抬起目光，看向乐翡说：“玩可以，千万别给我动谈恋爱的心思。”

乐翡扬了扬眉，鄙夷地道：“娱乐圈有值得谈恋爱的男人吗？”

周以抿唇偷笑，给乐翡比了个赞。

几分钟后，听到“哎呀”一声，林舞不得不再次抬头问：“怎么了？”

乐翡捂着嘴，不安地道：“我是不是干坏事了？上面显示分享有礼，我一不小心就发到微博上了。”

林舞问：“小号？”

乐翡：“……大号，你刚刚让我发两张自拍照，我就忘了切号。”

周以不知道事情的严重性，但看林舞瞬间阴沉下去的脸色，她暗自深吸了一口气。

看到林舞走了过来，乐翡缩着肩膀，无助地道：“我立刻删、立刻删。”

“不用了。”林舞拿过她手机，道，“都已经一千个点赞了。”

乐翡朝林舞讨好地笑了笑，揪着她的裙摆喊：“姐。”

林舞揉着太阳穴，头疼地道：“这游戏捡到大便宜了，少花了一笔广告费。”

周以清了清嗓子，掐着大腿，极力地克制着上扬的嘴角：这哪儿能叫干坏事？

这是大喜事啊！

很快便有营销号发了这件事，见“乐翡小世界”上到热搜位了，林舞又让乐翡发了一条微博，文案为“少女心偶尔也要泛滥泛滥”。

周以点进去，看到底下有粉丝评论——

“我立刻下载，看看是哪个野男人勾走了姐姐的心！”

“原来乐翡也会沉迷纸片人？！”

周以面上不动声色，其实已经在心里拍烂了大腿。她把截图给李至诚发过去，意气风发地道：“我真了不起！”

李至诚回得很快："贝妍刚刚和我说了，我就知道跟你有关，怎么回事啊？"

周以窃喜道："她看我在玩，就也下载了一个，结果不小心分享到微博大号上去了，免费打了个广告，你赚大了！"

李至诚说："我们不白占便宜，把她的账号给我，我让人给她的号里送点儿宝石。"

这下，周以不爽了，道："你怎么不给我送宝石？你还让我往里充了这么多钱！"

李至诚总是有一大堆歪理："我是想让你体验一下人民币玩家的乐趣，不爽吗？"

周以："哪里爽，我只感受到了花钱的痛！"

李至诚："亲亲，哪里疼？我代表本司给尊贵的客户您揉一揉。"

周以："不说了，我上课了。"

李至诚尽职尽责，还在扮演着客服："好的呢，亲亲。"

简直没眼看，傻子男友欢乐多。

不过倒也挺可爱的。

总结起来，二〇二〇年的上半年，压抑沉重，太多事让人唏嘘。

好在，乌云总有散去之时，这一年的中秋和国庆是同一天，天气也晴朗，是个好兆头。

李至诚和周以不打算外出旅游了，窝在海城那间小公寓里，准备黏糊糊地过完这个小长假。

考虑到对节日的基本尊重，十月一日的晚上，他们还是决定出门吃饭。

长街灯火通明，城市似乎许久没有这样热闹，到处都是成双成对的情侣。

朗朗月光铺洒下来，与路边橘黄的灯光交织在一起，空气里飘着浅淡的花香。

这天，周以穿了一件粉色的吊带衫，胸前有一个大蝴蝶结，她在外头套了一件白色的薄针织衫，下半身穿着高腰修身的牛仔裤和万年不变的帆布鞋，可谓是温柔中不失甜美，甜美中暗藏性感。

这件衣服是从覃松那儿拿来的，她见周以满衣柜都是宽松的T恤和卫衣，便将这件买回来后发现尺码不合适的吊带衫送给了她。

上衣偏短，会露出一点点腰腹，出门前，周以站在穿衣镜前照了半天，回头问李至诚："这一身搭得怎么样？"

李至诚抬头看过来，回答道："简直不要太漂亮。"

周以咳嗽一声，道："会不会太露啊？"

她心里想的是什么，李至诚猜都不用猜："我说露的话，你会去换吗？"

周以摇摇头，道："不会，我还会抨击你的思想太传统。"

"那就穿你想穿的呗。"李至诚拿了车钥匙，扣环套在食指上转着圈，勾着周以的脖子，还是那副玩世不恭的样子，"想打扮得漂亮是你的自由，我没有不让一朵花盛开的权利。"

周以想起她毕业时收到的唯一一捧花，由白色郁金香、浅色玫瑰、弗朗菊、小飞燕和蓝色风铃扎成，如同油画般，卡片上写着："你一定会肆意绽放。"

不是"希望"，不是"祝你"，而是肯定到有些张狂的语气，那曾经给了周以莫大的勇气和信心。

"学长。"她喊出已经许久不用的称呼。

李至诚蒙了一下，但很快就扬起笑容，道："干吗呀，学妹？"

周以踮起脚，在他的脸颊上亲了一口，道："你今天帅到无敌。"

李至诚嘚瑟地"哼"了一声，道："我每天都帅到无敌。"

他们手牵手，路过长街，穿过人群，在金黄的圆月下并肩说笑。心跳再次达到同一频率，对视时，他们的眼里只有彼此。

周以还是没能吃完一整个巧克力冰激凌，李至诚买了一袋炒栗子塞给她。

一颗香甜软糯的栗子进嘴，周以嚼了两下，整个人突然僵住了，像被拔下了电源插头，瞬间死机。

李至诚紧张地问："怎么啦？吃到坏的了？"

周以伸手摸了摸耳朵，有一边的耳垂上空无一物："耳坠好像掉了。"

那是周以入职之后送给自己的礼物，香奈儿的经典镶钻双C，吊着一颗珍珠，买了没多久，没想到今天难得戴一次就掉了。

李至诚看了看，耳朵上确实只有一只耳坠了，他当即把手里的冰激凌盒扔进了垃圾桶，道："估计是掉在路上了，你在这儿待着，我去找找看。"

周以还没反应过来，他就转身准备去找耳坠。

"哎。"她拉住李至诚的胳膊。

李至诚拍了拍她的手，安慰道："我吃饭的时候还看到来着，我去找啊。"

周以摇摇头，说："算了吧，这么多人。"

李至诚却坚持要去找，说："不试试怎么知道？万一就掉在附近呢？"他顿了下，揉了揉周以的耳垂，接着道，"要是真被我找到，就当将功补过了，行吗？"

回忆汹涌而出，晚风吹得眼眶发涩，周以松开手，看着李至诚没入熙攘的人群。

有一阵子，周以非常依赖李至诚。那时，她找不到缓解情绪的方式，整个人神经紧绷，把自己绕成了一道无解的难题。

她急切地需要关爱，需要有一双温暖的手拉着她。

那时，她近乎病态地依赖着李至诚，结果却适得其反，往常那些微不足道的小事，都成了让她崩溃的不安因子。

现在说来，分手的导火索有些可笑，起因是周以的耳机丢了，也许是在餐厅的桌子上，也许是在地铁的座椅上，在她行动轨迹上的任何一个点，但就是不知道丢在了哪里。

周以很少抱怨，她对大多数糟心事表现出来的态度只是无奈，除了一件事——丢东西。

这给她带来的烦躁感近乎是毁灭性的，她会极度焦虑，极度难受，会一遍一遍地翻找背包和口袋，即使已经知道东西不在背包和口袋里。

但那时的李至诚并不能理解，他甚至不觉得这是一件重要的事。

那天，他不以为意地对周以说："没事，再买一个呗，别浪费时间找了，走吧。"

公交站台昏暗的路灯下，蝇虫飞舞。周以抬眼看着李至诚，眼睛里的情绪很复杂。那时，她觉得李至诚就是个衣食无忧的公子哥儿，而公子哥儿都有个通病。

"钥匙给我。"

李至诚从口袋里摸出钥匙，递了过去。

周以接过，又陡然松了手，那一把钥匙掉落进下水道里，发出一声闷响。

李至诚张着嘴，不解地看着她，心里也来了气，冲她吼道："你犯什么病？"

周以尖锐地问："我就想知道，你丢了什么会紧张。对你来说，是不是不管什么东西没了，都只要再买就行啊？"

生来就富裕的人，是不会懂得珍惜的。

他们之间存在的差距实在太大了，她不够可爱，不够漂亮，性格不温柔，她敏感又自卑。

别看那个年轻男人现在喜欢你，有一天，他丢了你时，也会像丢失东西时那样不在乎——周以那时悲观地想。

眼前模糊不清，周以抬手擦了擦眼泪。她看见李至诚笑着朝她走了过来，轻狂的少年和沉稳成熟的男人渐渐重叠在一块儿。

“还真被我找到了，厉不厉害？”李至诚喘着气，上前把耳坠给周以戴上。

周以点点头，笑着夸道：“太厉害了。”

“那个问题，我现在可以回答你了。”李至诚碰了碰珍珠吊坠，看它摇摇晃晃。

四周喧嚷嘈杂，风把他的声音清晰地带到她的耳边——

“你啊。周以，丢了你，我不行的。”

周以的视线再度模糊，她很用力地点头，圈住他的腰，在他的嘴角落下一吻。

对她来说，最不幸的是失去，最幸运的是失而复得。

她紧紧地抱着李至诚，将头靠到他的肩上，小声说：“上辈子如果你开天辟地，那我肯定是补天又造人。”

李至诚轻声笑起来，道：“盘古和女娲可不是一对。”

周以的眼里还含着泪，咬牙埋怨他道：“你能不能不要破坏气氛啊？！”

李至诚牵住她的手，有商有量地道：“那这样，我是玉皇大帝，你是王母娘娘。”

周以抹干眼泪，道：“没文化吧，玉皇大帝和王母娘娘也不是一对。”

李至诚无奈地道：“那你来，你说一对‘官配’给我听听。”

周以抬头看了眼皎洁的月亮，道："我是美貌的嫦娥，你是天蓬元帅。"

李至诚用臂弯钩住周以的脖子，作势要勒紧道："再说一遍！"

周以立马改口："你是美貌的嫦娥，我是天蓬元帅，行了吧？"

李至诚若有所思地道："那沓沓岂不是玉兔了？"

周以借势挣脱他的手，往前跑了两步，道："就咱家玉兔的重量，有点儿难奔月吧？"

李至诚怒了，道："哪儿胖了？咱儿子轻盈着呢。"

周以阴阳怪气地"嗯"了两声，道："是呢，那天被沓沓跳到背上说闪了腰的又不是我。"

李至诚快步追上她，简直要气笑了，道："已经痊愈了，今晚我就证明给你看！"

明明刚刚气氛还挺好的，不知道怎的，两人突然打起了嘴仗。

他们不知不觉走到了商业街的尽头。

弧形的平台上有一面留言墙，背景板上写着"中秋寄语"，上面贴满了便笺和明信片。

周以扯了扯李至诚的胳膊，兴奋地道："我要去写！"

周以在工作人员那儿扫码关注了公众号，领了一张明信片，把李至诚宽挺的背当成垫板，提笔写下了一句话。

她边写边说："等会儿你看到了，不要哭出来哦。"

李至诚哼了一声，道："你准备说什么肉麻话？"

周以笑了笑，道："你看到就知道了。"

她很快便写完了，找了处空白的位置将明信片夹好，回过身向李至诚挑了下眉。

李至诚眯着眼打量她，将信将疑地走上前去。

那是一句非常简单的话，可能连小学生都知道意思——Would

you marry me?（你愿意和我结婚吗？）

李至诚却发了好一会儿呆，傻愣地问："什么意思啊？"

"看不懂啊？"周以从包里拿出一个盒子，打开盒盖后取出一条手链，那是刻意做旧的纯银款式，双G钥匙形状，背面刻了复古雕花，"那我给你翻译一下：我可以把工资卡上交给你，你能不能嫁给我啊，李至诚？"

李至诚的手腕上多了一条手链，他拨了拨，终于找回了一些真实感，一时间，他的心情难以言表，他用掌心揉了下酸涩的眼睛，道："周以，主语和宾语又反了，还有，你的台词能不能浪漫文艺一点儿啊？"

周以笑得张扬，语气十分笃定地道："别挑剔，这可是我想了一晚上的台词，你这个人不就是又喜欢钱又喜欢我吗？"

李至诚轻撇嘴角，道："那确实。"

周以用指腹摩挲了一下那把钥匙，牵住李至诚的手，轻轻地晃了晃，问："所以，好不好嘛？"

今天，连月亮都圆满，何来拒绝的理由呢？

他说："好到不能再好了。"

番外一

最浪漫

十月中旬，海城正式入秋，银杏叶金黄，微风习习，清晨的阳光给城市的每个角落都蒙上一层复古滤镜。

加入钱教授的项目组后，周以恍惚间以为自己回到了从前赶论文的苦涩岁月。

办公桌上堆着七八本书籍，保温杯里的咖啡凉了又重新冲泡，周以将自己埋在电脑屏幕后，将键盘敲得噼啪作响。

在她又一次叹气后，霍骁终于忍不住，偏过脑袋问："快把你的苦恼说出来，让我开心开心。"

周以给了他一个白眼，道："他人痛苦且莫笑，不定明日轮到你！"

霍骁毫不在意地道："博士论文都写过了，这有什么难的？"

周以为他的天真冷哼一声，道："博士论文，我单枪匹马就能杀出一条血路。"她抖了抖手里厚厚一沓文献资料，接着道，"但是，这就是赵云背着阿斗七进七出，懂？"

她这么一说，霍骁便了然于心，道："遇上猪队友了？"

周以又长长地叹了一口气，道："倒也不算，人家能力很强，又是隔壁人文学院的老师，只是喜欢拖到截止日期交东西，我也不好多催。我让他找一份医学典籍翻译中对本土文化色彩保留和剔除的例子，他到现在都没交过来，我这分析报告也写不下去。"

霍骁同情地看了她一眼，道："按照我过往的经验，凡事不如全靠自己。"

周以烦躁地揉了揉头发，道："我倒是想啊，他说他在N大读的研究生，能搞定那里的资料库，我只能等他的消息。"

本性暴露后，霍骁在周以面前也不装了，贱兮兮、轻飘飘地说着风凉话："这都做不到？钱教授当时还不如找我呢。"

周以咬牙，刚想给他比个手势，额头上就被他贴了一张便笺，她拿下那张便笺，问：“这什么？”

“你不知道吗？我本科是在N大读的。”霍骁顺走她桌上的一块黑巧克力，道，“不客气，这个就当谢礼吧。”

便笺上龙飞凤舞地写着账户和密码，周以瞬间热泪盈眶，恨不得给霍骁磕个头，道：“大恩大德，没齿难忘！改天请你吃饭！”

霍骁坐回自己的座位，咬了一口巧克力，道：“好说。”

整个十月，周以和李至诚都忙着手边的工作。书房没能成为他们驰骋游戏世界的家庭网吧，反倒变成了两人的临时办公室，有时候，两人一待就是一整天，饿了便去隔壁楼云岘家蹭口饭，沓沓也暂时被送到他们家照顾。

手边的杯子空了，周以起身倒水，也借机休息片刻。看冰箱里还有前两天沈沐心送来的水果，周以洗了一捧提子，装盘后端进了书房。

李至诚正在和人打电话，眉头紧皱，大概是遇到了棘手的问题。周以一坐下，他就拖着椅子凑过来，把额头靠在她的肩上。

李至诚的头发有些长了，额前的刘海松软微卷，他穿着一件黑色连帽卫衣，看上去完全不像三十岁。

周以咬着提子，咯咯地笑起来。

李至诚抬眼看她，用口型问：笑什么？

周以不方便说话，在备忘录里输入：“感觉我们现在好像期末时泡在图书馆的大学生。”

李至诚舒展开眉头，眼里有了笑意，他一边和电话里的人交谈，一边拿过周以的手机，在她那句话下面输入：“同学，我观察你很久了，等会儿自习完，可不可以一起去吃饭？”

手机又回到周以手里，她笑眯眯地输入：“好的呀，学长。”

“这事没得商量，周一见了面再谈吧。”李至诚语气冷硬地挂了电话。

周以给他喂了一颗提子，问："累了没？"

李至诚把她抱到腿上，道："有点儿。"

周以捧着他的脸，给了他一个酸甜的、青提味的吻，道："辛苦了。"

所有的疲惫和坏情绪都悄然消失，李至诚靠在她怀里，安心到好像即刻可以入眠。

"几点了？云岘家的晚饭应该做好了吧？"

周以摸了摸肚子，道："姜迎好像说今天做可乐鸡翅。"

李至诚抱着周以起身，道："走咯，去吃饭了。"

另一边。

姜迎戴着围裙，右手拎着锅铲，从厨房里探出脑袋对云岘说："快好啦！叫他们过来吃饭吧。"

云岘刚要拿手机，就听到门铃声响了起来。他走过去开门，笑着说："这两天，我怎么总有一种为人父母的感觉呢？"

姜迎把炒好的酸辣土豆丝端上桌，道："我也是，而且儿子和女儿还是艰苦奋斗的高三生。"

云岘点点头，道："挺好，就当提前演练了。"

忙碌了一个月后，李至诚和周以打着休养生息的名号肆无忌惮地当起了宅男宅女，可乐成箱囤，夜宵天天吃，凌晨四点睡，过了正午起。

这天，操不完心的"老父亲"云岘意识到两人近期颓靡生活的严重性，往四人群里发了好几篇热门文章——《熬夜的危害你知道吗？长期熬夜可能导致猝死》《经常熬夜的我，才二十来岁就差点儿猝死》《别再熬夜了！某主播连续在线十个小时后猝死》《熬夜猝死前的症状，看看你中了几条》。

李至诚：“……”

周以：“……”

周以撂下手机，惊恐地抓着李至诚的胳膊，道：“完蛋，我今天洗澡的时候觉得胸闷……”毕竟上了年纪，不比从前。

李至诚深吸一口气，沉思后决定道：“睡觉，我们明天就出门锻炼。”

周以不喜欢跑步之类的运动，最终，两人选择去附近中学的篮球场打篮球。他们在楼下和回家的云岘、姜迎撞上，周以捧着篮球问两人要不要一起去。

不喜欢把自己弄得满头大汗的云岘婉拒道：“晚上我们要回老丈人家。”

压根儿就不喜欢运动的姜迎道：“嗯，你们去吧！”

周以好几年没打篮球了，上学的时候，由于个高，她曾被学校女子篮球队抓去凑数，后来她便喜欢上了这项运动。

到篮球场时正值傍晚，有几个男孩在夕阳下挥洒汗水，他们穿着校服，像刚刚下课，赶在晚自习开始之前活动活动筋骨。

看着青春元气的他们，李至诚眼角眉梢染上笑意，对周以说：“猜猜我是什么时候对你沦陷的。”

周以把长发束成高马尾，问：“什么时候？”

“你猜呀。”

周以想了想，道：“第一次见面？你对我是一见钟情吧。”

李至诚嗤笑道：“想多了，我那个时候只是觉得你这个女生挺有趣。”

周以把手里的篮球扔过去，问：“那是什么时候？”

李至诚稳稳地接住球，拍了两下，道：“篮球比赛那次，我们院和你们院比赛。”

夕阳将影子拉长，回忆开始倒带，定格在某年某月。

初夏的周日上午，天气闷热无比，跑道在阳光的炙烤下发出难闻的橡胶味，天地好像庞大的蒸笼。

上场前，李至诚离开自己的队伍，走到另一边属于外语学院的观众席上，在周以面前站定。那天，他穿着蓝白色的篮球服，清爽又帅气。

李至诚手撑在膝盖上，微微俯下身子，问周以："来给谁加油的呀，学妹？"

周以用一本词汇书挡在额头上遮阳，迎着光抬眸看他，回道："学姐有事，我来代班。"

李至诚"哦"了一声，像在表达失落。

周以双颊被晒得绯红，她从口袋里摸出一颗橘子味的水果糖递过去。

李至诚故意说："我手脏，你帮我剥开。"

周以用胳膊夹住书，小心地剥开糖纸，将糖喂到他嘴边。

李至诚含着那颗硬糖，目光直直地看着她，问："要是我今天赢了，你会高兴吗？"

周以举高脖子上挂着的工作牌，提醒他道："我好像是你们敌方阵营的人。"

李至诚直起身，道："那我要是赢了，你请我吃饭吧。"

周以眨眨眼睛，问："为什么？"

李至诚开始耍无赖："如果我输了，我就请你呗，就当打个赌。"

周以稀里糊涂地答应了。

李至诚被橘子糖酸到闭了闭眼，他鼓着一边的腮帮子对周以说：

“和我说‘加油’。”

周以听话地道：“加油。”

男孩笑了，笑容张扬耀眼，像冒着气泡的可乐，像初夏炙热的太阳：“那我要好好想想今天中午吃什么了。”

周以舔了舔微燥的嘴唇，道：“打球的时候就别想了，要专心。”

回想起来，那其实是一场不太愉快的角逐。比赛较量的是实力，一群男人磊落地打一场球，输赢都痛快。但外语学院的七号球员大概是玩小动作的老手，打法不太好，爱撞人，擦着边缘打下好几个球，每次成功后便和队友暗笑着击掌。

李至诚有气也只能憋着，他们院的都不愿意吵架，这么起冲突不体面，而且，在裁判没吹哨之前，哪怕他们质疑也很难判定结果。

坐在底下的观众有些并不熟悉规则，几个男生看出端倪，也只能私下议论。周以提心吊胆地看完上半场，怕控球后卫李至诚受伤，怕他生气动怒，又怕他委屈憋闷。

中场休息的哨声吹响时，周以的脸色已经难看到了极点。

队员们勾肩搭背，嬉笑着下场休息。

“牛哇，兄弟！”

“够得劲！”

“头一次打赢他们院，爽！一雪前耻了！”

“旭哥牛！”

周以抬眼，不忘代职经理的本职工作，将水瓶分发给每一个队员。只是，轮到七号胡旭时，她没有走过去，在距离他三四步的地方停下，“哎”了一声，将手中的瓶子扔了过去。当时，胡旭正坐在椅子上和旁边的学妹们说话，笑得满面春风，根本没注意到她。

一道抛物线从空中划过，那纯黑的不锈钢运动水瓶砸在胡旭的肩上，他痛呼一声，站起身就指着周以吼：“你干吗呢？”

对上男生咬牙切齿的表情，周以一脸无辜地挠挠脸，道：“对不起啊。”

不知道是不是因为天气燥热，胡旭一动肝火，两道鲜血戏剧性地从鼻孔里流下来。他被送进校医务室，换了替补上场，战术没了主心骨便失效了。下半场，对面的队伍一鼓作气地扳回比分，顺利拿下了比赛。

周以起跳投篮，篮球擦着篮板落下，她懊恼地“啧”了一声。

李至诚捡到球，扔给她，道：“我说，你的投篮能力这么差，当时是怎么砸中人家的？”

周以耸耸肩，道：“我能说我一开始想砸的其实是他的脸吗？”

李至诚朗声笑起来，道：“说真的，那是我大学四年最爽的时刻。”

落日时分，天边的云如同被火燎了一般金红。

“我原本以为，一个男人动心，肯定是有人让他产生了保护欲或者征服欲。”李至诚扬起手臂，投出一个利落干脆的三分空心球，接着道，“但原来，也可能是因为感到被保护了。”

那天，他穿过拥挤的人群，看见孤身一人站着的周以，走过去问：“没事吧？”

周以拿出一张湿巾，塞到他的手里，认真地说：“如果他告我的话，你要帮我赔偿。”

李至诚笑了，明知故问：“为什么要我赔？”

周以双颊羞红，瞪着他道：“就要你赔。”

下半场，李至诚可谓意气风发、扬眉吐气，靠着大局观和及时的战略调整，他带着队伍赢得了最终的胜利。

球赛结束后，李至诚一下场就在观众席找周以的身影。他甚至顾不上和队友欢呼庆祝，径直向她跑去。

“拿着。”李至诚把一件干净的白色T恤递给她，道。

周以接过，下一秒却见他捏着衣摆，将上衣脱了下来。她瞥到男人紧致白皙的腰腹，立刻抬手用衣服挡住视线，羞恼地道：“光天化日的，你要什么流氓？！”

李至诚把剩下的矿泉水胡乱地浇在身上，简单地冲了冲汗，拿走周以手里的衣服，给自己套上。

眼前没了阻挡，周以赶紧闭眼转身，道：“我现在肯定被他们骂死了，他们会说我是外语学院的叛徒，说我是你派来的卧底，怎么办？”

李至诚捏着她的后领，转正她的身体，让两人面对面，道：“还能怎么办？把我送过来和亲，能不能缓和一下两院的关系？”

“这大概是全天下最流氓的表白方式。”周以评价道。

李至诚叉着腰喘气，道：“管他流不流氓，有用就行。”

“而且，是你自己没发现。”

“什么？”

李至诚指了指身上的白色球衣，那是他新买的，橙色的勾边，胸前的数字还是“21”：“你以为我为什么选这个数字？”

周以猜道：“你那个时候二十一岁？”

李至诚摇了摇头，揭开谜底：“笨，是字母‘Z’和数字‘1’。”

“直男”的小心思真是让人无语，但周以还是愉悦地笑弯了眼睛。

某人不知羞耻地夸自己道：“我穿着它拿了那一届球赛的冠军，这应该是全天下最浪漫的表白方式。”

番外二

别来无恙

乐翡的课程结束后，周以每个周末都会去溪城。

李至诚有空就会来接她，腾不出时间的话，她就自己坐高铁去，不出一个小时就可以抵达那座四季宜人的江南小城。

这天，周以刚下车就接到了李至诚的电话。

“到哪儿了？”

周以回道：“小区门口。”

“我下班了，马上回来。”

周以顷刻喜笑颜开，道：“好的，等你。”

不过半个小时，听到楼道里响起脚步声，周以知道是李至诚回来了。他走到门口，却没拿钥匙开门，而是按响了门铃。

“叮咚”一声响后，周以边起身，边拖长声音问：“谁呀——”

李至诚站在门后，面带笑意，衬衫领口的扣子解开了，西装外套搭在臂弯处。他把手里的袋子递给周以，不轻不重地掐了一下她的脸颊，道：“你老公。”

周以打开看了看，里面装着一个礼盒，她问：“这是什么啊？”

李至诚换鞋进屋，把外套随手挂在衣帽架上，道：“不知道，今天中午回家吃饭，我妈让我带给你的。”

周以一听，捧着那方盒跪坐在客厅的地毯上，小心翼翼地揭开了盒盖。

李至诚的妈妈沈沐心是宜市人，曾经是紫砂壶名家，生病之后，她慢慢退隐，现在经营着一家陶艺工作室，空闲时会做些小物件。

这次她送给周以的是一套紫砂壶，分别做成了苹果、柿子、南瓜的形状，每一个都小巧玲珑，寓意吉祥，精致可爱。

周以把茶壶拿在手里仔细观赏，又忍不住拿出手机找角度拍照，准备等会儿在朋友圈晒一晒图。

李至诚坐到沙发上，问她：“喜欢吗？”

周以用力地点头，道：“喜欢！”

李至诚笑着揉了揉她的脑袋。

周以在微信上和沈沐心道过谢后，戳了戳李至诚的胳膊，疑惑地问：“你说，你妈妈这么心灵手巧，你怎么就笨手笨脚呢？”

李至诚不服地道：“我怎么笨手笨脚了？”

周以嗤笑一声，道：“你自己去看看阳台上的花！”

李至诚无赖地道：“那是它们的品种有问题，我可是精心地照料过它们了。”

周以懒得和他争辩，把茶壶收好，放进柜子里。

李至诚跟着走过来，从背后抱住她，坏笑着说：“而且，我干活好不好，你还不知道吗？”

精心灌溉又施肥，一朵灰粉玫瑰汲取着养分，娇艳欲滴，摇曳生姿。花匠亲自证明，他一点儿都不笨手笨脚。

李至诚端着炒饭进卧室的时候，周以正裹着被子打哈欠。

他从衣柜里拿了一件自己的T恤给她套上，道：“吃饭了。”

周以揉揉眼睛，道：“我想睡觉。”

李至诚把炒饭喂到她的嘴边，道：“吃完再睡。”

周以机械地张嘴、咀嚼、吞咽，半合着眼，仿佛下一秒就能入眠。

李至诚越看越觉得她可爱，忍不住掐了掐她的脸，道：“我妈今天问我，什么时候能见见你的父母。”

周以反应了三秒钟，猛地挺直身子，问：“什么时候？”要说这个，她可就不困了。

李至诚笑了，把水杯递给她，道：“问你呀。”

周以捧着杯子喝了一口水，道：“可接下来我没什么假期了。”

李至诚似乎早就想好了办法，道：“能不能挑个时间，接他们来山庄玩两天？”

周以点点头，道："明天我问问。"

李至诚捏了捏她的手背，道："只是见个面，放轻松。"

炒饭还剩小半碗，周以说吃不下了，让李至诚替她解决。

她抱着膝盖，直直地盯着李至诚看，蓦地出声喊道："老公。"

李至诚动作一顿，抬眼看向她，问："怎么了？"

虽然平时开玩笑、打闹时，周以也会喊他"老公"，但这是她第一次这么认真地喊出这个称呼，给他的感觉跟以往完全不同。

李至诚觉得自己的胸腔里住了个小人，一会儿往他的心脏上捶一下，一会儿又张开双臂拥抱住他的心脏，让他的心忽而酸涩，忽而甜蜜。

周以眼里仿佛闪着星光，她轻轻地说："你是第一个会吃我的剩饭的人。"

李至诚点了点她的额头，道："第一个怎么了？以后还得吃一辈子呢。"

周以挪动着把下巴靠到他的肩上，道："我可能说过很多次，但还是要再说一遍，认识你真好啊，李至诚。"

——无数个难过或快乐、倒霉或幸运的瞬间，我都感叹，幸好还有你。你让悲伤失去效力，让幸福无限放大。

硬币项链被摘下放到桌上，挨着他的烟灰缸和一排黏土小人。

周以张开双臂，抱住李至诚，笑着道："你好像真的会魔法。"

二〇二〇年的最后一天，周以把家里人接到了溪城。有爷爷奶奶，大伯父大伯母，爸爸妈妈，还有周然。

接机那天的场面，李至诚大概永生难忘——他一米八五的个子，怎么说也不算矮，但往周家的男人里一站，气势瞬间就被压倒了。

"你们家都是什么基因啊？"路上，李至诚跟周以咬耳朵道。

周以拍拍他，道：“你别怕啊。”

李至诚用力地攥着周以的手，道：“我没怕啊。”

周以憋不住笑了，道：“那你抖什么？”

李至诚瞪了她一眼，用眼神示意她看后面那位一米九二、长着一张超模脸的男人，压低声音说：“你管这叫一事无成、相貌平平、只会抢你的鸡腿吃的肥仔堂哥？”

周以耸耸肩，道：“他以前确实是啊。”

李至诚闭了闭眼，心里默叹：造了孽了。

到达山庄后，沈沐心安排他们入住小别墅。行李基本是周然和李至诚帮忙搬的，周以和沈沐心带着老人们四处闲逛。

一楼客厅里，周然从口袋里摸出烟盒，递给李至诚一支烟。点燃烟后，两个男人站在门口吞云吐雾，没怎么说话。

香烟烧至一半，周然先开口道：“上次闹了笑话，幸好你们俩没事。”

李至诚勾起嘴角，道：“丢人的事就别说了。”

周然抖了抖烟灰，含着笑说：“你把她拉黑了，是吧？我头一次见她那么着急。”

李至诚看向不远处小花园里的周以，不知道是不是有心灵感应，她也偏头向他看过来，朝他笑了笑。

周然说：“她一出去就是六年，也不常和家里联系，我们还担心她找不到男朋友。”

李至诚夹着烟，声音里听不出多少情绪：“我倒是相反，我怕她找到男朋友。”

周然看向他，心领神会地一笑。

晚上，两家人一起吃饭，除了父母，李至诚的爷爷奶奶和几个亲戚也都出席了。

包厢里二三十个人，周以头一次见这么大的阵仗，她挽着李至诚的胳膊，紧紧地跟在他的身后，跟他的长辈一一打招呼。

“别紧张啊。”在别人看不见的地方，李至诚捏了捏周以的手指，道，“婚礼上要见的宾客可比这多多了。”

周以猛吸一口气，手脚哆嗦得更厉害，问：“能不办婚礼吗？”

李至诚语气坚硬地否决道：“不能，你以为我半山腰的花房是建了干吗用的？”

周以问：“干吗？”

李至诚语气张狂却又无比认真地道：“当然是八抬大轿，明媒正娶，给你办个世纪婚礼。”

原先的紧张和局促感消失，周以耸动着肩膀笑起来，攥拳要捶他：“你！”

李至诚抬起食指，“嘘”了一声，提醒她道：“注意形象，未婚妻小姐。”

周以清清嗓子，重新搭上他的臂弯，甜甜一笑，道：“好的。”

那天高朋满座，酒过三巡，李至诚有些喝多了。屋外正是寒冬，天际挂着一轮冷月。他抓着周以的手，站到圆台上，橘黄色的灯光十分温暖。

“周以说，我应该再正儿八经地和她求一次婚。”

李至诚开口之后，全场安静下来，大家齐齐笑着，将目光落在那对般配的情侣身上。

“但是她不知道，我早就求过了，而且是两次。”李至诚面向周以，从口袋里取出一个丝绒小盒子。

“你二十岁生日那天，我送了你一条项链和一颗戒指糖，你以为糖是我路过便利店随便买的，但我不好意思告诉你，我是希望，在被法律认可拥有结婚权利的这一天，你想到的会在未来成为你的丈夫的人，是我。

“我毕业那一天，你穿着一条白裙子，怀里捧着一束花，朝我走过来。那天，阳光很好，照在你身上，好像给你披了层白纱。你挽着我合影的时候，我和你说，这就是我们的第一张全家福了。”

李至诚牵着周以的手，单膝跪了下去。

“但我聪明的小学妹好像没有听明白，所以，这一次，我决定实在一点儿。

“八块钱的可爱多甜筒，我给你买，甜筒太腻就给我吃；我的炒饭技术会越来越好；比起我，沓沓已经更依赖你了；阳台上的花，我保证好好照顾……所以，你愿意嫁给我吗，周以？”

在周以视线模糊，哽咽着要出声时，李至诚已经站起身，十分欠揍地道：“你不可能不愿意。”

他取出那枚镶着钻石的银色指圈，颤抖着手，小心地把它套到周以的无名指上。

“套牢了就是我的了，不能再丢了。”李至诚在她的手背上落下一吻。

在四周喧嚣的起哄和祝福声中，周以揽住李至诚的腰，贴在他的耳边说：“你的，丢不了。”

那晚是跨年夜，零点时，周以许了三个愿望——

希望家人健康平安。

希望李至诚工作顺利，继续赚大钱。

希望世间的重逢总是别来无恙。

番外三

他的夏天

李至诚第一次见到周以，是在张远志的手机上。

照片是从学校官网的报道上截下来的，画质不算清晰。她站在主席台上，穿着最简单的白衬衫，黑发束成马尾，五官清秀，但因为脸窄、颧骨高，又有几分英气。

能在新生年级大会上作为代表发言，她成绩肯定不错，也确实是聪明人的长相。

“哥，这个漂亮吧？外语学院的，那天社团招新认识的。”张远志用两指放大照片，让她的脸蛋占据了整个屏幕，像看宝贝一样反复观看。

李至诚瞥了两眼便挪开了视线，咬着吸管说：“还行吧，什么社团啊？”

张远志答道：“跆拳道社。”

李至诚呛得咳嗽了两声，怀疑自己听错了，提高声音问：“什么东西？”

张远志跳着挥了挥拳头，道：“跆拳道啊，你不知道？她在贴吧里已经封神了。”

李至诚拿过张远志的手机，凝眉审视起来，表示质疑：“就这样的？你们现在都喜欢‘御姐’，是吗？”

张远志耸耸肩，道：“反正这是大势所趋，萌妹只能骗骗十四五岁的小男生和你们这群上了年纪的老男人咯。”

李至诚喝完可乐，把易拉罐砸了过去，道：“滚蛋！十八岁了不起啊？我也是九〇后好不好？”

当天晚上，耿耿于怀的李至诚登上了学校的贴吧，找到了张远志说的那篇帖子。帖子里几百条回复中，有写小作文表白的，也有问 QQ 号的，他就当看笑话，图个乐呵。

看到第三百一十四条回复时，李至诚停下了滚动鼠标的手指。

“理性讨论，你们敢和周女神表白吗？我不敢，我觉得她会送我一个白眼。”

“白眼？我觉得她看都不会看我一眼。”

“我也是，反正我不敢。”

“哪个勇士改天去实践一下？我想看女神冷脸拒绝人的样子。”

“楼上的爱好也太奇怪了吧？我只想被女神的高抬腿踢一下。”

“你不是更奇怪？！”

李至诚看着看着乐出了声，同时又不禁感叹，看来时代变了，审美趋势也跟着变了。他们那一届的贴吧女神是艺术学院的一个女孩，眼睛又大又圆，像黑葡萄一样，笑起来更是甜得要命。

室友云岘催他去洗漱，马上要熄灯了。李至诚“唉”了一声，关了电脑。

睡前，他打了个哈欠，翻过身子，问道：“云岘，你喜欢萌妹还是‘御姐’啊？”

云岘开着小壁灯在看书，头也不抬地回道：“都不喜欢。”

李至诚被噎住，他就知道问云岘等于白问，他又踹了踹挡板，问隔壁床的蒋胜：“胜子，你喜欢萌妹还是‘御姐’？”

蒋胜思考了片刻，回答道：“看是做女朋友还是做女神，做女朋友选萌妹，做女神的话选‘御姐’。”

李至诚愣住了，问：“还分情况吗？”

蒋胜说：“那当然了，桃花和白莲能一样吗？前者易于亲近，后者只能远观。”

李至诚眨眨眼睛，嘀咕道：“是吗？”

半年后，两人在花坛边意外相遇。不知怎的，明明李至诚只看过两眼她的照片，后来，张远志也不怎么在他面前提起她，但他就是一眼认出了那是周以。

那天，他走到宿舍楼下才发现钥匙丢了，思来想去，他觉得，应该是推自行车的时候从裤袋里掉了出来。

沿原路折返，原先停车的地方有个女生在蹲着打电话，他隐约看见钥匙被她踩在脚下，刚要说“麻烦抬一下脚”，她就突然开始大哭。

一切发生得猝不及防，李至诚被吓了一跳，犹犹豫豫地收回手，进也不是，退也不是。

他就这么傻站着看人家哭了十多分钟，被蚊子叮了三个包。有路人带着好奇的目光打量他，李至诚赶紧摆了摆手，道：“我不认识她，不关我的事。”

在那姑娘抬手要捶自己的脑袋的时候，李至诚没多想，出于本能反应，上前拦住了。

“哎哎哎，小心把人打傻了。”

她停止哭泣，抬起头。那是一张满是泪水、双颊通红的脸，实在不能算漂亮，狼狈又可怜。

李至诚摸了摸裤兜，里面的纸巾是今天晚上吃炒面时随手塞进去的，皱皱巴巴的，他递过去，说：“擦擦吧，别哭了。”

那姑娘却非常不识好歹地瞪了他一眼，没好气地说：“你看……看什么看？”

李至诚被气得差点儿吐血，他抽了一张纸，俯身在她的脸上胡乱地抹了一把。他的指腹无意间触到她柔软而湿漉漉的皮肤，温热的触感令李至诚突然心猿意马起来。

他开始蹩脚地搭讪：“哎，你是那个外语学院英语系的学妹吧？”

姑娘冷漠地回：“我确实是英语系的。”

李至诚笑了一声，心道：果然名不虚传，挺高冷的，可是刚刚人设已经崩了呀，小学妹。

初夏，月朗星稀，夜晚的风潮湿闷热，他挠了挠手臂上的蚊子包，站起身，说："走吧，庆祝我找回宿舍的钥匙，请你吃个冰激凌。"

可爱多四块五一个，雪碧两块五一瓶，周以不知怎的，破涕为笑。李至诚起初觉得莫名其妙，后来也跟着她一起笑。两个人站在街口笑了十分钟，连小卖部老板都疑惑了：他们到底是喝了雪碧还是白酒？怎么像两个二傻子？

回去的路上，李至诚边转着钥匙边想：什么池中白莲，高不可攀？那就是一个有趣的普通姑娘，会哭会笑，情感鲜明而充沛。并且，他有些意外地发现：原来这个世界上，还有她这种可爱法，无须粉红、毛绒，也能不偏不倚、不轻不重地戳中他的心。

李至诚万万没想到，不到一个星期，他和周以又遇上了，这次是在一家网吧。那家网吧离学校有四五公里的距离，不算近，但环境和设备很好，老板娘做的卤肉饭也很不错，所以，李至诚有空就来这儿。

网吧里，她穿着宽大的T恤和肥裤衩，捧着一桶泡面，吃得正香。

四目相对时，李至诚的嘴里叼着烟，刚拿出打火机，还没来得及点烟。两人大眼瞪小眼半晌，他脑子糊涂了，掏出刚放回去的烟盒，问她要不要来一支。

周以像是这里的常客，她正在和隔壁的高中生一起玩《刀塔》。李至诚不喜欢玩这种游戏，他更爱枪战类的游戏。

衣着随意，素面朝天，在网吧里吃泡面、打游戏——这就是新晋的贴吧女神？李至诚勾了勾嘴角，坐到周以旁边，问她："下午没课？"

周以摘下耳机，诚实地说："有一节'思修'课。"

李至诚眯着眼打量她，问："好学生也逃课啊？"

周以挠挠头发，道："今天是小组展示，不上课……"

李至诚拖长尾音“哦”了一声，道：“我懂。”他的视线落在她手边的泡面桶上，问，“你就吃这个？”

周以专注地看着电脑屏幕，将键盘按得“噼啪”响，道：“嗯。”

李至诚嫌弃地撇撇嘴，道：“少吃垃圾食品。老板娘做的卤肉饭很好吃，你可以试试。”

周以敷衍地道：“嗯，知道了。”

李至诚看她玩得投入，不再多言，找老板买了饭后，开机调试设备。

一碗香喷喷的卤肉饭端了上来，按键盘的声音停止了，周以皱起鼻子嗅了嗅，目光锁定了香味的来源，眼睛也跟着看了过来。

卤肉淋满了汤汁，肥瘦适中，酱香浓郁，看上去就很下饭。

李至诚捕捉到她的表情，压住上扬的嘴角，用勺子舀了一勺饭，拌好汤汁，又夹了一块肉放在上面，举过去，说：“尝一口，看看我有没有骗你。”

周以抿了抿嘴唇，犹豫了两秒，张开嘴凑了上去。

李至诚笑着问她：“好吃吧？”

周以腮帮子鼓鼓的，眼睛都亮了，用力地点头，以表认可。

李至诚找老板要了一把新的勺子和一个小碗，分了一半的饭给周以。

见他要把卤蛋夹过来，周以伸手拦住，道：“我不吃鸡蛋。”

李至诚便收回手，顺口问道：“鸡蛋过敏？”

周以摇了摇头，道：“就是不喜欢吃。”

李至诚点点头，记下了。

周以没客气，美滋滋地享用起这小半碗饭，末了，她对李至诚说：“谢谢学长。”

李至诚佯装不满地道：“就这样？”

周以想了想，严肃地补充道：“你今天很帅。”

明明她夸得这么不走心，但李至诚“扑哧”一声笑了。

一局游戏结束，周以起身离开。几分钟后回来时，她的手里拿了两罐可乐，她将一罐放在李至诚的手边，什么话都没说，重新戴上耳机，回到了虚拟世界。

李至诚喜欢把指甲剪得很短，他拉了几次也没拉开可乐罐的拉环。就在他逐渐烦躁的时候，旁边伸过来一只手，周以接过可乐罐，轻松拉开拉环后递还给他。

清脆的一声响伴随着细密的气泡声，清风般一下驱散了李至诚的烦躁。

李至诚抿了一口可乐，想说句什么，但看她这么认真，又不忍心打扰。

过了一会儿，他问周以：“明天还来吗？”

周以摇了摇头，说：“明天满课。”

李至诚“哦”了一声。

周以看过来，又说：“周六行吗？”

她指了指李至诚的电脑屏幕，问：“你刚刚，是瞬狙？”

李至诚纠正她道：“严格地说，是闪狙，闪现加瞬狙，怎么样，帅吧？”

周以点点头，捧着可乐罐，诚恳地道：“我也想学，但我枪战类的游戏玩得不太好，你能教我吗？”

李至诚立刻露出一抹灿烂的笑，欣然应允：“好的，没问题，学长包教包会。”

那家网吧的名字叫“密约”，十分应景，从此，他们有了一个只关于彼此的秘密约定。

此后的一个月，李至诚出没在网吧的频率高了起来。

脑子灵光的人，学起东西来很快，他不用手把手地教，只是偶尔提点两句，周以一下就能听懂并改进。

闪狙考验手速和预判能力，李至诚让她先从甩狙的操作练起。周以操作一般，胜在有想法、反应快，有时候，还就得相信女人的第六感。

“左前方掩体后有人。”周以双手离开键盘，擦了擦掌心的汗。

李至诚漫不经心地“嗯”了一声，他也注意到了，看样子是个落单的。

周以带着隐隐的兴奋说：“学长，看我。”

预判位置、瞄准对象、闪现走位、开枪射击，整个过程在眨眼之间完成。

随着“敌人被击毙”的提示音一同响起的是周以的欢呼：“Yes！”

李至诚都没来得及为她紧张，她就成功了，他弯唇笑起来，夸道：“牛啊，出师了。”

周以搓搓脸，骄傲地道：“这一枪，我可以炫耀一年。”闪狙成功率低，确实值得炫耀。

李至诚清清嗓子，提醒她道：“那不也得看是谁教的？”

周以朝他“嘻嘻”一笑，去冰柜里拿了两盒冰激凌。

“哦，那个，学长，马上要到期末了，我得断网，戒游戏。”

李至诚点点头，问她：“暑假什么时候回家？”

周以回道：“七月六日，机票已经买好了。”

李至诚在心里算了算，之后他们有将近两个月见不到面。

周以叼着木勺，斜眼瞥向他，道：“我四号考完，五号要不要一起出去玩？我想去坐摩天轮……”

李至诚回望过去，她却迅速地挪开了视线，他看见她的脸颊泛起了红晕。自己提出邀请，又自己害羞上了。

李至诚低笑了声，道：“好啊。”

盛夏的石锦山人山人海，李至诚看着排成长龙的队伍，腹诽：怎么会有人把游乐园列为最佳约会地点，这一下午能玩到一个项目吗？纯粹是热锅下饺子。

“热不热？”他低头问周以。

她的双颊被晒得红扑扑的，刘海被汗打湿，贴在额头上，身上穿了件浅紫色的泡泡袖连衣裙，风格清纯甜美，少女感十足。

李至诚心想：这姑娘虽然不是一眼惊艳的那种类型，却淡妆浓抹总相宜，格外耐看。

周以朝他摇摇头，往旁边退了一小步，拉了拉他的衣袖，说：“你站过来一点儿。”

为了躲避太阳光，两个人贴得很近。

李至诚垂眸看着她，问：“除了摩天轮，还有什么想玩的吗？”

周以拿手扇着风，道：“没了。要不，坐完摩天轮，咱吃冰去吧？”

李至诚应了。

周以说：“我今天要吃杧果冰，大碗，双份杧果的。”

李至诚笑了声，道：“怎么感觉一说冰就没这么热了呢？”

周以立刻道：“冰冰冰冰冰冰冰。”

李至诚笑着抬手抚了一下她的脑袋，道：“就你机灵。”

坐进摩天轮的轿厢后，周以长长地呼出一口气，道：“终于坐上了——”

李至诚干咳了一声，摸摸脖子，心不在焉起来。他计划了一整晚，在纸上打了草稿，还逼着云岘帮他修改润色了一番，就等着今天在摩天轮上表白。两个月时间太长了，他必须拿到一颗定心丸，才能放她走。

摩天轮缓缓上升，李至诚也随之变得不安又躁动。

他正把稿子默背到一半，手背上一暖。

周以抓着他的手，担心地问：“学长，你是不是恐高啊？”

李至诚“啊”了一声。

周以掰开他的掌心，一脸忧愁地道：“你都冒冷汗了。你早说啊，早说我们就不坐了。”

李至诚失语，决定将错就错，让她这么牵着。

摩天轮到达最高点的时候，不止整个园区，全城的风景都能尽收眼底。从高空中俯瞰这座城市的感受很奇妙，可见高楼大厦，可见繁华街道，可见绿林河流。

两人掌心相贴，体温逐渐趋同，李至诚快分不清这到底是在坐摩天轮还是在坐过山车。

原本要说的话已经全数忘光，他正懊恼着，却蓦地听到周以说：“可能我现在看起来有点儿乘人之危，但请你闭上眼睛，准备好。”

他愣怔地抬眸，看见周以倾身凑了过来。

她轻声地数着倒计时：“三、二……”

摩天轮达到顶点，李至诚的心跳亦是。

女孩的嘴唇柔软，轻轻地贴过来时，像含了一口甜丝丝的棉花糖。凉风吹在皮肤上，李至诚浑身发烫。

那是一个生涩含蓄的吻，持续的时间很短。

两人分开时，周以抽走了手，低着头坐回原位，颤抖着声音开口道：“我……”

李至诚急切地制止她道：“闭嘴。”

他的语气听起来有些凶，周以顿时手足无措起来，慌慌张张地道歉：“对不起！我……对不起……”

李至诚胸膛起伏，平复着呼吸，他抓过她的手放在掌心，无奈又甜蜜地笑着说：“我是说，表白还是让男人来吧，行不行？”

周以埋着脑袋点点头。

“那天，在食堂看见我，为什么装作不认识？”

周以抬起头，有些不明白他为什么突然提起这一茬。

李至诚捏了捏她的手背，问：“为什么？”

周以挠挠脸，实话实说道：“就是，如果和你打招呼，我不知道要怎么向室友介绍你。”

李至诚叹了一口气，假装委屈道：“你知不知道，当时我可受伤了。”

周以撇着嘴皱起脸，小声说：“对不起。”

李至诚掐着她的脸蛋捏了捏，道：“以后就说我是你的男朋友，聪明又帅气。你真是太有福气了。”

周以点点头，学着他的语气，抑扬顿挫地道：“我真是太有福气了。”

李至诚失笑，在她噘高的嘴唇上亲了一下，道：“周周以以，你怎么这么可爱呢？”

李至诚不知道“当摩天轮达到最高点时，如果与恋人亲吻，就会永远一直走下去”的这个传说是不是真的，但是他的姑娘给了他最浪漫的开篇。从那一天开始，李至诚喜欢上了这个骄阳似火、万木葱茏的季节。

周以二十岁生日那天，适逢英语演讲比赛的决赛。

早上，在会馆外，李至诚从口袋里摸出小方盒，取出项链给周以戴上。

他把它戴在周以的脖子上，信誓旦旦地保证道：“我是会魔法的，现在，我给了你加持，你只管往前冲。”

周以摸着硬币，眉目舒展，嫣然一笑。

李至诚又把兜里的戒指糖塞到她的手里，道："还有这个。"

周以拿起来看了看，道："糖啊？"

李至诚说："补充糖分有利于思维运转。"

周以剥开糖纸，把钻石戒指造型的糖套在手指上，将手举到李至诚面前，道："这是我小时候吃过的，好大颗哦。"

李至诚"嗯"了一声，没再说什么。

周以是第三个上台演讲的。面带微笑地上台后，她自信从容地开口，丝毫不怯场，光是表现力就给她加了不少分。

那篇稿子，李至诚听她背过几句，这是他第一次听完整版。

她演讲的主题是——Why is marriage the finality of romance?

周以运用了演讲技巧，这个话题并没有被沉重压抑地探讨，甚至有几处，她的诙谐调侃让全场观众都哄笑起来。

李至诚坐在台下注视着她，却突然感到一阵难言的心酸。他为她的聪明、独立、坚韧而骄傲，又心酸地意识到，这个女孩并不是他能放进玻璃罐里珍藏的玫瑰，她是有自我意识的风筝，她会飘远，会飞走。

他既想紧紧地拽着那根细线，将风筝据为己有，又希望风筝能不停地往上飞，去更高的天空。

那天，周以拿了一等奖。

下台后，周以飞扑进他的怀里，眼里满是笑意，蹭着他的脖子求夸奖："我棒不棒？"

李至诚揉揉她的头发，吻了吻她的额角，道："太棒了，学长带你去吃大餐。"

周以说要喝酒，这次，李至诚没拦着。

七月中旬，暑气最盛的时刻，川菜馆里热闹喧嚷，充满周以最喜欢的烟火气息。

走出饭馆的时候，正是日落时分，世界一片灿烂的金黄。见周以脚步虚浮，李至诚有些后悔了。她自称酒量好，喝了小半斤白酒，还是醉了。

把人背到背上，李至诚托着她颠了颠，道：“一米七几的个子，怎么这么轻？”

周以把下巴靠到他的肩上，口齿不清地说：“怎么，嫉妒我吃不胖？”

李至诚“哼”了一声，道：“我才没有。”

周以往前拱了拱，和他脸贴脸，她的脸颊滚烫又柔软，呼出的暖热气息拂了过来。

“学长。”周以黏糊地说，“你要陪我过完生日。”

李至诚没多想，问：“我不是正在陪你吗？”

周以把头埋在他的颈侧，开口道：“我是说，你要一直陪我到零点。”

李至诚没说话，在二十四小时便利店的门口把周以放下，独自一人进去。

几分钟后，李至诚出来了，他往周以的手里塞了一支可爱多甜筒。

“就不该让你喝那么多酒。”

周以舔着草莓味的冰淇淋，朝他傻气地笑了笑。

“生日快乐，小寿星。”

在这一天即将结束的时候，李至诚又说了一遍生日祝福。

项链贴在周以泛红的肌肤上，后来，她一戴就是近八年

那天，周以靠在李至诚的怀里，戳了戳他的心口，问：“你还记得我们第一次见面的时候吗？在花坛边上，那天，我哭得很惨。”

李至诚“嗯”了一声。

“还有在‘密约’那次。那天，我逃课出来打游戏，特地跑到离学校远一点儿的网吧，其实是因为我遇到了点儿烦心事，想找个地方发泄一下。”周以摸到腰间李至诚的手，搭了上去，道，“好神奇啊，每次我不开心，你都会出现，你是不是真的有魔法？其实你是老天爷派给我的守护神？”

李至诚被她的说法逗笑了，道：“嗯，我是你的守护神。”

那时的周以是个热爱文学的理想主义者，她年轻浪漫，富于幻想，认为所有的问题都能找到答案，所有的困难都会迎刃而解，这个世界精彩纷呈，结局总会是美好的。

李至诚就这么看着她，好像一下子跌进了夏天。

随口说的一句“守护神”，却真的让李至诚生出了使命感和保护欲。

至少在周以面前，他希望自己永远是强大、可靠、无所不能的样子。

这也许是男人的通病，他们不愿意展示出自己脆弱的一面，所以逞强，所以强颜欢笑。

大三的时候，李至诚得知母亲的身体不太好，但是家里没和他细说，他起初也没想到母亲的病会严重到威胁生命。

母亲有着典型的江南风韵，总是温柔和善的样子。那是李至诚第一次看见歇斯底里、偏执又脆弱的她。

“你和小周提了没啊？等她毕业就结婚。她愿不愿意来这边生活？”沈沐心躺在病床上，见到他，开口先说的总是这个话题。

李至诚叹了一口气，后来，他连搪塞都懒得搪塞，置若罔闻。

沈沐心自顾自地念叨：“趁着年轻，你们先生个孩子再忙事业也行的，咱家又不缺钱，她要是不想工作也行。”

“妈，”李至诚的语气带着不满，“她不是那种姑娘，你能不能别再提这件事了？我们到了该结婚生孩子的时候，自然会结婚生孩子的。”

得不到儿子的理解，沈沐心顷刻间红了眼睛，带着哭腔道：“可是妈妈还能活多久啊？”

李至诚觉得头疼，疲惫地喊：“妈。”

沈沐心哽咽道：“诚诚，妈妈不想带着遗憾走。”

雪白的床单，蓝色的病号服，苍白憔悴的面容，母亲小声啜泣的画面像块巨石，落在李至诚的心上，压得他喘不过气。

那天晚上，和周以日常通话时，李至诚犯了糊涂，问了个不该问的问题。他明明知道周以为了出国读研究生有多努力，却还是出于私心，试图挽留她。

像推倒了第一张多米诺骨牌，此后一切崩盘。

电话里哭喊的周以让李至诚想起了病房里的沈沐心，以为自己可以拥有一切的年轻男人终于意识到，这个世界上，他抓不住的东西太多了。

李至诚开始害怕，二十多年来，这还是他头一次那么困顿无助。

李至诚和周以依旧每天打一通电话，但时长越来越短，聊的内容也越来越平常，两人都怕再触到雷点，所以如履薄冰，但这样太累了。

异地恋到最后往往如此，初恋也大多是无疾而终的。或许他们也逃不过类似的结局。

他们没有隔三岔五地争吵，就是在一个夜晚，在公交站台昏黄的路灯下，他们忽然知道，他们走不下去了。

分手后，李至诚也没颓废。沈沐心生着病，需要人照顾，他还有学业、工作要忙活，哪儿有时间和精力分给失恋？他必须一刻不停地挺直腰背，咬着牙，继续走下去。

曾经的室友蒋胜没继续读研，早早地进入了职场。他最近谈了个女朋友，时不时地在微信上向李至诚取经，问和女孩出去约会都需要注意一些什么。

李至诚却回答不上来。

回想起来，他和周以最常待的地方就是网吧。两人也不总是一起打游戏，英语系课多，作业多，经常是周以在他旁边安静地做作业，饿了的时候，两人再一起去周边吃饭。

李至诚突然觉得，他对他家姑娘太不好了，哪儿有人自己打游戏，让女朋友在旁边陪着的？

蒋胜又问他，送花要送什么，红玫瑰会不会太俗。

李至诚同样回答不上来。他很少买花，唯一一次精挑细选买了束花是周以毕业那天。他以前总觉得周以不会在乎这些，但现在仔细一想，哪儿有姑娘会不喜欢鲜艳漂亮的花束？

匆匆结束了和蒋胜的对话，李至诚下楼买了两罐冰啤酒，大口灌下，想压住心头烦乱的情绪。

周以很少向他要什么，她总是这么懂事，不会黏人，让人省心，但她会在只有两个人的时候钻进他的怀里索取拥抱和亲吻。

麦芽的气味蹿入口腔，他想起周以不喜欢啤酒，她喜欢烈的、辣的，也不知道是不是庆市的女孩都这样。

李至诚红着眼眶，在蚊虫飞舞的路灯下摸出手机，点开了沉寂许久的聊天框。他将手指放在键盘上，却不知道要按下哪个字母。

说什么？

他思考了许久，最后选择了一句最无关紧要的问候语——

“今天伦敦有没有下雨？”

出乎李至诚的意料，她很快就回复了。

她说："下了，下了一整天小雨。"

他把喝空的易拉罐捏瘪，扔进垃圾桶，熄了屏幕，往家的方向走。

张远志也回来了，在J大读研。

李至诚约他一起喝酒。

下班后，李至诚直接去了酒吧，他穿着板正的衬衫西裤，张远志一见他就说："哥，你现在好像斯文败类！"

李至诚笑骂道："滚蛋，会不会用成语？"

张远志掏出手机对着他，说要拍张照留作纪念。

李至诚不明白苹果公司为什么要把手机屏幕越做越大，他清楚地看到张远志把照片发给了备注为"周以"的联系人。

两人喝酒碰杯，随意交谈，聊海城，聊北都，聊大学，聊职场。

"哥。"忽地，张远志话锋一转，问道，"你和周以真掰了啊？"

李至诚明显失神了一下，半晌后，他抬杯抿了口酒，淡淡地"嗯"了一声。

张远志说："真没可能了？我们大家可都以为能喝到你俩的喜酒呢。不就是闹个小矛盾嘛，过几天她气消了，你再把人哄回来就行。异地恋你们都能坚持两年，这样结束多可惜啊。"

李至诚放下杯子，嘴角挑起若有似无的笑，搭着张远志的肩拍了拍，开口说："你能和我保证，我李至诚将来娶的老婆一定是她吗？你能和我保证，在她周以为主人公的故事里，我一定是那个男主人公吗？"

李至诚说完，又自己否决道："不能。"

"如果今天有个人在我面前打包票，说：'不管怎么样，你们肯定都能修成正果’，那她去哪儿，我都会追着不放。但不是这样的，她在那边会遇到谁、会喜欢谁、会被谁喜欢，我都不知道。我现在去缠着她，两个人再折腾个几年，重蹈覆辙，怎么办？我不知道我是不是她的正确选项，我也不敢再错一遍了。何况，人又不是一辈子只能爱一个人，也许，她已经遇到更好更适合她的那个人了，我总不能挡着她奔向未来的路。所以，算了吧，不折腾了。”

长长的一番话说完，李至诚将杯中的酒一饮而尽。张远志看着他，欲言又止，最后也只是惋惜地叹了一口气。

这是后来，李至诚唯一一次在别人面前谈起这段感情，像说了段结束语。

时间把生活翻新，人总得朝前看。

不过，和其他分手后的情侣不同，他们并没有成为陌路人，相忘于江湖。一句“今天伦敦有没有下雨”好似凿破了冰墙，他和周以的联系慢慢地频繁了起来。

毕竟，在成为恋人之前，他们就是彼此契合的朋友。他们有一致的三观、共同的爱好，能懂对方抛出的哏的笑点。人生中能遇见这样的朋友，是很难得的。

恍惚间，李至诚觉得他们回到了刚认识的时候，除了感情，他们几乎无话不谈。

前上司是个和李至诚极不对盘的男人，这人只比李至诚大三岁，他们的想法却时常南辕北辙，这令李至诚很痛苦，因为做出妥协的人总是他。

一份倾注心血的产品策划方案被严词驳回，李至诚知道，他和这家公司是彻底没缘分了。待不下去了就拍拍屁股走人呗，要是不想再做信息技术，他还可以回去帮老爸打理家业。

辞完职走出公司的那一刻，李至诚觉得空气格外清新。

之前，他觉得有个项目挺有前景的，但那个上司没看上，他打算去联系一下画手，等拿到授权，就成立自己的工作室。

晚上和周以打游戏时，李至诚和她分享了这个想法，他没说和前上司的种种纠葛，只说："以后就自己做老板咯，大家都听我的。"

周以羡慕地道："真好。我最近快倒霉死了。"

李至诚问："怎么了？"

周以叹了一口气，开始了一长串的抱怨：突降大雨被困在教学楼内；还未保存文档，电脑突然黑屏；伦敦的冬天冷得要命，感冒了却发现自己买不起药；室友凌晨才回来，把她吵醒了……

周以丧气地说："我怎么这么衰啊？就没一件好事。"

李至诚沉默地听着，一句"待不下去就别待了，赶紧回来行不行"憋在喉咙口，终究没有说出来。

他看着周以硕士毕业，看着她继续读博，翻看了无数遍她的朋友圈，却没勇气问一句："那你到底准备什么时候回来？"

他退回到学长、朋友的位置后，始终跨不出去那一步，时间越久，越难开口。

再没有定心丸了，李至诚提心吊胆地过着那六年，怕突然有一天，她的朋友圈里出现一个陌生男人。

知道周以回国后选择留在海城，他发现自己并没有想象中那么兴奋和喜悦。那种情绪很复杂，笼罩在表面的是层深灰色的无措。

姜迎问："你们明明都很清楚对方的心思，为什么不复合？"

李至诚想：不一样了。

像人怕水、怕蛇、怕高，一旦某样事物被认定为具有伤害性，人就会产生自我保护机制。分手那天，她把他推开，连李至诚自己都没意识到，她的躲避和后退刻在他心上的痕迹有多重多深。

周以来海城是出于什么心思，其他人一看就知道。但李至诚当局者迷，他不是不信，他是不敢信。

曾经，两人只需要相互喜欢就能在一起，其他事情都不成问题。但现在不一样，李至诚他需要一份坚定的、比以往多出很多倍的爱，才能说服自己放心。他无比清楚，他和周以的复合还差一个契机。他们需要开诚布公地谈一次，把遗留的问题解决掉，这样复合后，才能长久地走下去。

民宿房间里，周以说那些话刺激他，他知道，她这是毛病又犯了——她一不高兴，说话就会不由自主地难听。李至诚一直觉得这无关痛痒，女孩子嘛，总是口是心非的。

所以，那天，他只冷了声音提醒她："这么多年，不是我死缠烂打，是你离不开我。"

第二天上午，李至诚想着，过了一晚，她的情绪应该平静下来了，他们可以好好地聊一聊，结果他回到房间时，发现她已经跑了。

走廊里，李至诚的计划和原先的美好预期被一条语音消息冲击得支离破碎。陌生男人的声音，亲密的称呼和欠揍的语气，李至诚只觉得耳边嗡嗡作响，血压狂飙。

不知道算不算"情场失意，职场得意"，一天后，他收到了某科技公司的邮件，说他们公司对那款产品很感兴趣，希望能进一步详谈。

李至诚逼着自己从感情中抽离，把全部的心思投入工作中。

连续加了四天班，这天会议进行到一半，中途休息时，他捧着咖啡杯发愣，秘书喊了他两遍，他才回过神。

贝妍把手机递给他，道："老板，手机响了。"

李至诚接过手机，见来电人是云岘，点了接听。云岘说店里有一个他的包裹，让他有空来取。

看到周以的那一刻，李至诚其实已经不生气了。他把人带回家，想着等这两天忙完就好好把感情的事理清楚，却忘记了那姑娘心思敏感，容易想太多。

他忙昏了头脑，走错房间，却歪打正着，给了两个人倾吐心声的机会。

把她抱在怀里为她擦眼泪时，李至诚想，他总喜欢做计划，希望一切都能按计划进行，但每次都被周以意外打乱。摩天轮上的表白是这样，现在又是这样。但回过头来看，似乎一切发生的时机又都刚刚好。

此刻，周以钻进他的怀里，李至诚心里缺了一块的地方终于被补上。

他的夏天，挟着咸湿的海风，终于回来了。

番外四

依然可爱

“好，那你注意安全啊，李至诚不让我用太久手机，不和你说了啊。”挂断闺密的电话后，周以嘴角的笑容消失了，她握着手机，轻轻地呼出一口气，缓解了此刻紧张的情绪。

手被牵住后，暖意传递过来，周以抬眸，对李至诚笑了一下。

“紧张啊？”他轻声问。

周以点点头，道：“有点儿。”

李至诚摊开手掌，与她十指相扣，道：“我也有点儿。”

周以晃晃他的胳膊，问：“你说，会是吗？”

“我也不知道。”李至诚用指腹摩挲着她的手背，问，“想不想喝水？我去买。”

周以摇摇头，将下巴靠到他的肩上，道：“你还是在这儿陪我吧。”

长廊上来来往往地走过了许多人，李至诚和周以依偎在一起，坐着发呆，安静地等待结果。

直到护士来通知，周以咬了咬嘴角，刚刚平复的心情又起波澜。

“走吧。”李至诚扶着她起身，道。

现在是八月底，夏天即将结束，怕医院冷气太足，周以穿着李至诚放在车上的西装外套，高瘦的身材显得更单薄了。

感受到他的手指逐渐收紧，周以轻轻地笑了：李至诚怎么比她还紧张啊？

进屋对上主治医生和善的目光，他们紧接着就听到一句：“恭喜啊。”

周以心脏收紧，突然感到鼻酸，她捂住嘴，抬眸去看李至诚，却见他一脸茫然。

医生拿着检查单告诉他们宝宝的情况，以及后续的注意事项，又和周以确认了下次产检的时间。整个过程中，李至诚像失了魂，呆呆地站在旁边，面无表情。

周以时不时地瞥他一眼，觉得挺有意思：她见过即将做爸爸的男人大哭大笑，却没见过直接傻了的。

走出诊室，李至诚终于回过神来，让周以坐着，他去排队拿药。

“老公，”周以拉住李至诚，捏了一下他的手，问，“你没事吧？”

李至诚蹲在她身边，摇了摇头，他看着周以，眼眶逐渐泛红，哑声说：“周以，谢谢。”

周以原本认为自己还算冷静，却被他的这句话激得翻涌起了情绪。她吸吸鼻子，戳了戳李至诚的额头，假装不满地道：“说什么谢谢啊，你这只猪。”

李至诚揉了一下她的脑袋，起身去药房取药。周以看着他挺拔的背影，将手轻轻地搭在小腹上。

小腹还很平坦，但里头有个小生命正在悄悄地长大，周以的内心柔软而沉重。

——你好呀。

她在心里和他打招呼：我是你的妈妈，这是我认识你的第一天。

按照李至诚和周以的计划，备孕是明年的事，李至诚公司研发的产品“一舟”刚刚上线，周以也刚评上研究生导师不久，手头要处理的工作很多。

她这两天总是觉得浑身没力气，提不起精神，胃口也不好，这才向学院请了假，让李至诚送她来医院检查一下。

王老师关心她的状况，随口提了一句：“小周，我怎么看你有点儿像怀孕了呀？”

周以和李至诚没往这个方向想过，他俩都觉得她只是最近太忙，没休息好。

去医院的路上，李至诚问周以：“要是真怀孕了，会影响到你现在的工作吗？”

周以根本没心思权衡这些，她只是无措，还有一些莫名的忧虑。她抓着李至诚的手，问：“不管影不影响，我们都会留下他的，对不对？”

李至诚“嗯”了一声，道：“他来得也是时候。”

周以在李至诚的怀抱里，听着他的心跳声，渐渐安心，也许他们还没有做好为人父母的准备，但肚子里的这个小家伙一定会在爱的包围中长大。

李至诚牵着周以走出医院，往家的方向走去。这是个没有太阳的阴天，微风不燥，城市朦胧而安静。

他们在结婚半年后，迎来了家里的第三位成员。

李逢舟小朋友是在春末夏初出生的，是个七斤四两的大胖小子。

名字是爷爷取的，逢舟，谐音“逢周”，代表着父母的爱情，也有着愿他这一生总能绝渡逢舟、化险为夷、平安健康的寓意。

他的小名叫小船。最开始是爸爸这么叫，后来全家都跟着叫，索性就给他当了小名，不另外再取了。

李逢舟的外貌更像妈妈周以，大眼窄脸，五官清秀，一举一动却和爸爸李至诚一模一样，为此，周以没少头疼。

“李逢舟，”她叉着腰，拿出老师的威严，声音严肃地道，“要看电视就坐好，不要躺在沙发上。”

四岁的小男孩噘了噘嘴，拿小手指了指旁边的男人，委屈地道：“他也躺着，你说说他。”

李至诚把他的小拳头包裹在掌心，道：“什么‘他他他’，我是你爸。”

周以一巴掌拍在李至诚的胳膊上，道：“你也别瘫着了，能不能给儿子做个好榜样啊？”

李至诚听话地挪动身子坐起来，向周以敬了个礼，说：“是，老婆大人。”

“都下午三点了，带他去看会儿书吧。”周以发话道。

“好嘞。”李至诚一把捞起儿子，关了电视，将他夹在胳膊下带进书房。

周以在客厅里问：“我和姜迎去趟超市，要给你们带什么吗？”

李至诚回道：“不用。”

周以拿起包准备出门，道：“那我走啦。”

李逢舟奶声奶气地喊：“拜拜，妈妈！”

听到大门关上的声音，书房里，李至诚和李逢舟对视一眼，扔了手里的儿童益智书。

李逢舟熟练地爬到爸爸身上，李至诚带他坐到电脑前，打开视频软件，搓了搓手，说：“儿子，今天老爸带你看一部热血动漫，下一个黑子哲也就是你，知道吗？”

李逢舟拍拍手，笑嘻嘻地说：“老爸，我要喝可乐！”

李至诚打开柜门，伸长手臂往里摸索，道：“等等啊，我翻翻还有没有存货，薯片吃不吃？”

“吃！”

李逢舟左一口可乐，右一口薯片，快乐似神仙。他美滋滋地对李至诚说：“还是爸爸最好。”

李至诚本来把腿搭在书桌上，懒散地靠着椅背，沓沓趴在他的肚子上。一听这话，他放下腿，端正坐姿，语气认真地对儿子说：“船儿，话不能这么说。妈妈也好，她是为了你的健康，为了你好，所以才不允许你看太多动画片，也不允许你喝饮料、吃零食。爸爸觉得没什么，所以爸爸可以偷偷地让你破破戒。但在大原则上，咱还是要和妈妈保持一致的，知道吗？”

李逢舟睁着一双大眼睛看他，懵懂地点点头，也不知道听明白了没有。

李至诚揉揉他的脑袋，缓和语气说：“不是爸爸最好，是爸爸妈妈都好，你要清楚这一点。”

这次，李逢舟用力地点了点头，重复道：“爸爸妈妈都好。”

大门外传来钥匙的转动声，父子俩还没反应过来，就听到周以的声音响起：“李至诚，你看见我的手机了吗？”

她走向书房的这段时间，手忙脚乱的两人只来得及收拾完桌上的零食和可乐瓶，电脑屏幕没来得及关。

走进书房后，周以瞬间沉下脸色，她抱着手臂，一字一顿地喊：“李、至、诚。”

李至诚讨好地笑了笑，应道：“唉。”他试图转移她的注意力，“找不到手机了？是不是在卫生间啊？你去看看。”

周以直接问：“怎么回事？”

父子俩面面相觑，沉默不语。

大的老奸巨猾，还是小的好对付。

周以转向李逢舟，问道：“是你自己要看，还是爸爸给你看的？”

小孩实话实说：“爸爸给我看的。”

周以瞪了李至诚一眼，问：“我让你带他看书，怎么变成看动漫了？”

李至诚理直气壮地道：“书多没意思啊，都是一些城堡、森林、公主王子，船儿又不喜欢这些，再说了，我这不也是为了给他培养培养兴趣爱好嘛，篮球多好啊。”

周以气结，道：“要培养兴趣爱好，就带他去楼下玩球，哪儿有在这儿看动漫的？”

李至诚据理力争道：“这不也是一种循循善诱的方法吗？我小

时候就是看《灌篮高手》看得热血沸腾，才爱上篮球的呀。”

周以说不过他，摆摆手，道：“看吧看吧，最多半个小时啊。”

李至诚应了一声，把她推到门口，道：“快去找你的手机。”

“不和你说了，姜迎还在楼下等我呢。”周以走出去两步，又回过头，皱着鼻子嗅了嗅，奇怪地问，“你们吃什么了吗？怎么这么香啊？”

爷俩对视了一眼，小的抿唇，不敢说话，大的糊弄道：“哪儿有味道啊，是你中午做的可乐鸡翅吧？”

周以半信半疑地道：“是吗？”

“是是是，别让姜迎等急了。”

周以找到手机，边下楼边琢磨，越想越不对劲。

她坐进车里，姜迎看她皱着眉，问她：“想什么呢？”

周以系上安全带，和姐妹抱怨道：“两人偷看动画片、偷吃零食，被我抓到了。你说说，李至诚就不能教点儿好的？”

姜迎笑起来，道：“我们家和你们家刚好相反，云岘昨天还说我呢，让我传达点儿正能量的东西给女儿。”

周以打量她一眼，问：“你干什么了？”

姜迎说：“就是给她读睡前故事呀，那些儿童绘本对我来说太无聊了，云想还没困呢，我就读得哈欠连天的。我就想着，反正都是读嘛，一两岁的小孩听得懂什么呀，我就拿了‘同人文’读给她听。”

周以惊讶地看着姜迎，道：“不是，你来真的呀？”

“真的呀。”姜迎点点头，道，“我觉得，论文学性，同人文肯定不输那些儿童故事。我挑的都是极品，文字含蓄优美，我读着读着差点儿哭出来呢。”

周以“扑哧”一声笑了，道：“你和李至诚真不愧是上下属，这育儿理念一脉相承啊。”

姜迎耸耸肩，道："家里肯定都要有红脸和白脸吧，我和云岘都说好了，我就负责让云想快乐，以后尽量让她干想干的事，他就负责告诉女儿什么是正确的、应该做的。"

周以想了想，认同地点点头，又担忧地道："那你说，这样，孩子会不会更依赖李至诚一点儿，觉得爸爸更好呀？"

姜迎倒没这个顾虑，道："他就算真的更爱爸爸一点儿又怎么了？他爸还爱你呢，你也爱他爸呀，没必要吃这个醋，反正都是一家人。"

周以扬唇笑起来，道："是，你说得对。"

李逢舟在一对优秀父母的栽培熏陶下，逐渐成长为德智体美劳全面发展的小帅哥。

学校里，喜欢他的姑娘一抓一大把，小李同学拒绝的理由永远是那一句："我爸说，我将来要娶岘叔叔的女儿，所以，我不能跟你结婚了。"

于是，整个二年级传开了：李逢舟的父母给他定了娃娃亲。

同龄人都站在时代浪潮的前沿，他们嘲笑李逢舟的父母又土又古板，什么年代了，还搞娃娃亲这一套。

周以参加家长会，从老师那儿得知此事，硬着头皮搪塞了几句，在心里骂了李至诚一百八十遍。

一回到家，她就把父子俩喊到客厅，就此事严肃审问。

"你说说你，没事和儿子瞎说什么，你知道他的同学都是怎么嘲笑他的吗？他们说咱俩土，说我们思想迂腐。"周以越说越气，"还有啊，小想才多大呀，人家还在上幼儿园呢，就被传和你儿子的绯闻了。"

李至诚不认可这话，道："哎哎哎，什么叫绯闻啊？还有，娃娃亲怎么土了？我告诉你，那群小子将来找不到对象的时候，只会怨恨自己的父母当年没给自己定个娃娃亲。我们船儿和小想青梅竹马，两小无猜，多般配啊，云岘和姜迎不也挺喜欢咱儿子吗？”

“去你的。”在这些事上，周以向来说不过他，李至诚总是能扯出一大堆歪理来，说多了还能把她绕进去。

周以弯腰看向李逢舟，说：“船，妈妈和你说，你下次不可以再说你将来要娶云想做老婆这种话了，知道吗？”

李逢舟噘了噘嘴，苦恼地问：“那以后要是有人说喜欢我，我要怎么办呀？”

周以张了张口，却回答不了，她青春年少时，根本就没有拒绝人的机会。于是她说：“问你爸去，他经验丰富。”

李至诚抱着儿子赶紧解释道：“胡说，你妈是我的初恋，你爸的经验一点儿也不丰富。”

周以冷哼一声，他那点儿往事，沈沐心早和她说了。

晚上，他们一家三口去云岘家串门的时候，云岘和姜迎正在包馄饨，周以坐下帮忙，李至诚在沙发上带两个孩子。

说起学校里的这件事，周以向云家夫妻吐槽道：“我看李逢舟将来就是一个小李至诚，我有得愁了。”

姜迎不以为意地道：“我看小船儿挺好的，比李至诚可爱多了。”

“对呀，给我们家做女婿，我很欢迎的。”云岘附和道。

周以笑了笑，偏头看向沙发上的人。

云想吃火龙果，弄得嘴边都是红色的汁液，李至诚抽了一张纸，却没自己上手擦，而是递给李逢舟，让儿子抓紧机会表现表现。

周以简直无语了，她收回目光，又看见姜迎正拿着手机抓拍两个小孩，笑个不停。

周以叹着气，摇摇脑袋，开玩笑地道：“看来，他俩不结婚还真是挺难收场的。”

某一年的初春时分，溪城的樱花盛开，连绵的粉色花树好似灿烂的云霞，春意融融，这个季节的风都是甜的。

挑了个大家都有空的周末，两家人带上孩子去了趟春樱渚。他们在树下找了块空地，铺好野餐垫，将带来的食物饮料摆好。

李逢舟已经上小学六年级了，用不着大人操心，甚至能帮着他们照顾妹妹。

看阳光正盛，李至诚牵着周以去湖边散步，享受二人世界。

“时间过得好快。”周以举起手挡在额前遮太阳，无名指上的婚戒在阳光下闪闪发亮。

李至诚“嗯”了一声，道：“我还记得，第一次遇见你的时候，你踩着我的钥匙，哭得昏天黑地的。”

周以停下脚步，挽着李至诚的胳膊问：“我很好奇，那天，我哭得那么丑，你到底是怎么看上我的？”

李至诚挑了一下眉，道：“确实挺丑的。”

周以拉下脸，道：“你好好回答。”

李至诚牵住她的手，重新迈步向前，道：“如果你觉得一个人漂亮、善良、优秀，那没什么，但如果你觉得一个人很可爱的话，那你就‘在劫难逃’了。周以，那天的你也许很狼狈，但是在我看来很可爱。”

周以最抵挡不了他一本正经说情话的样子，她扬起被阳光晒红的脸，弯了弯眼睛，道：“那我现在呢？”

李至诚认真地回答她：“你依然可爱。”

二十岁的周以在舞台上侃侃而谈，稚嫩而坚定地认为婚姻是浪漫的终结。而什么是浪漫呢？是鲜花、摩天轮，还是红酒和烛光晚餐？

那些被物质左右的东西，都不是浪漫的根本。所有的浪漫都源于爱。鸡毛蒜皮的小事让浪漫终结，但爱又让其得以延续。

有了李逢舟以后，李至诚和周以很少再有机会单独出去约会。但是这一刻，四十二岁的李至诚牵着四十岁的周以并肩走在湖边，粉色樱花漫天，微风徐徐，阳光温暖，他告诉她：“你依然可爱。”

——这也是浪漫的一种。

周以抬眸，满含爱意地望向丈夫，轻声说：“谢谢你。”

李至诚似乎并不满意，道：“还有呢？”

周以踮脚在他的脸侧亲了一口，道：“我也永远爱你。”